U0070748

守財小妻

上

忘憂草 著

文創風 825

目錄

序文

忘憂草

《守財小妻》描述的是一個穿越亂世農家的女孩，為了生存需要不得不接受三家換親。換親後，女主努力賺錢，男主努力上進，劉、陳、王三家在亂世中相互扶持，一起努力過上幸福生活的故事。

當初提筆開始寫這個故事，一個是因為我身邊就有換親這樣真實的事例，在很早之前，也因為好奇，曾跟父母和長輩打聽過這種換親現象；另一個，隨著時間的流逝，人們生活水準的提高，這種為生活所迫而存在的婚姻形式正在逐漸消亡，我寫這個故事也為了紀念，讓大家通過這個故事瞭解這種曾經存在的婚姻形式的想法。

而在小說中加入戰亂這個背景，則是為了讓整個故事發生、發展更合乎情理。想想天災、戰亂面前一個普普通通的農家會發生什麼？為了生存背井離鄉、親人離散。到了陌生的地方，為了融入當地，不被當地人欺負，那麼跟當地人換親也就成為一件很順其自然的事情。

文中，女主並沒有什麼太大的金手指，也不是全能，她容貌只是清秀，還拙於辭令，跟男主一樣都只是一個很平凡的小人物。可是她並沒有放棄，即便身處低谷，她依然靠著自己勤勞的雙手踏踏實實的走好每一步，努力上進，和男主一起一點一點創造他們自己的美好生活。

這就跟現實中的我們一樣，成功是沒有捷徑可走的。我們每個人都是普通人，但只要我們不放棄，努力奮鬥，總會贏來屬於我們自己的美好明天。

希望看到這個故事的讀者，不僅能從這本書中收穫快樂、歡笑，還能收穫積極的心態和正能量！

第一章

乾朝庸帝末年，吏治腐敗，各種賦稅繁多，時值中原連年大旱，民不聊生，匪盜四起，百姓流離失所。

胎穿到乾朝十四個春秋的王蓉終於在村裡人逃走了近一半之後，也捲起包袱跟著全家人一起走上了逃荒的道路。

逃荒的路不好走，缺吃少喝不說，路上還凶險有匪盜，他們一家原本計劃往南走，去南邊投奔遠親，不想卻路上遭遇劫匪，慌亂逃命間無暇顧及方向，待反應過來已經不知不覺中往北走了一、兩百里了……

往南的路不敢回，一家人也只得繼續北上，最終在走了幾個月之後，跟路上遇到、結伴逃難的陳家人一起在這個叫做山凹里的犄角旮旯的小村子安定下來。

幾個月的逃難之路走下來，王蓉眼睜睜的看著奶奶、小妹在逃難路上因為生病無藥可醫沒了，兩個堂弟一個慘死劫匪刀下，一個不知所蹤。而二嬸因為親眼目睹親子慘死，半瘋半癲，她娘也險些因為小妹哭瞎了眼睛……

王蓉自己也是在這裡住下後，約莫小半年才緩過來……

唉，人總是要往前看不是，看著遠處的青山，王蓉深深的呼吸了一口氣。

「蓉娘，蓉娘，妳二叔受傷了，妳快去看看吧！」

陳家跟王家有一起逃難的情義，在這山凹里定居後，又是唯二的兩家外來戶，關係便自然地親近。而陳月又是陳家唯一的女孩子，跟王蓉年紀相仿，兩人關係很不錯，這會兒陳月著急忙慌的跑來，唬了王蓉一跳！

「我二叔怎麼了？出啥事了？」

王蓉出門前二叔還好好的，扛著鋤頭帶著二嬸一起去拾掇家裡那兩畝薄田去了，這也沒多久啊，怎麼就受傷了？

王蓉連忙往回跑，跑到半路，聽陳月在後面喊。「不在家，在細水河那邊呢！」她又掉頭往細水河那邊跑，跑到細水河邊，細水河邊已經圍了一圈人。

「我們逃難過來時，大貴家兩個孩子出事，大貴媳婦受了刺激……」

「受刺激就有理了，受刺激就能打人啊？你看她把我兒子脖子掐的，這要不是有人看見，還不得出人命啊？你也甭跟我說這些，反正今天這事沒完……」

「對，沒完！」

眾人義憤填膺，這樣的情景這些日子不是第一次發生，卻每次都讓王家人很無力。二嬸的瘋病時好時壞，她們也不能就把人像牲口一樣綁在家裡不讓二嬸出門，可即便是有人看著，也有顧不到的地方。他們王家又是外來戶，每次出事，連想找個人幫著說和說和都找不到……

「老大，我尋思著找村裡人換個親……」

好不容易把事情解決，將二嬸哄睡下，王老頭、王大富兩口子、王大貴幾個圍坐在窄小的客廳裡，相對默然無語了好久，王老頭才迸出這麼一句。

「爹？」王大富、王蓉娘劉氏、王大貴震驚的睜大了眼睛。

王老頭自顧自繼續道：「這樣下去不是個事啊，老二家的這個病，以後肯定還會再犯，要是每次都這樣賠，再多的家業都得敗光了。」況且他們一路逃難，好不容易到這安定下來，又重新買了幾畝地建了幾間房子，家底都掏乾了，手裡哪還有什麼銀錢？這次是老大媳婦拿了嫁妝裡最後一個銀戒子賠給人家，再有下一次，拿什麼賠？

「爹，我以後一定看好孩子他娘，可是今天的事，真的不怨孩子他娘啊，是那些孩子先來招孩子他娘的……他們就是欺負我們是外鄉人，那孩子不過是被勒了點紅印子，根本就沒啥大事啊……」說到這，王大貴眼圈都紅了，聲音也帶上了些哽咽。

王老頭心裡也不好受，老眼混沌，似有淚要落下，卻硬生生又給憋了回去。「是啊，就因為我們是外鄉人……所以爹才要找村裡人換親。」這樣一來便於他們王家融入村子裡，另一個以後有什麼事情也不至於抓瞎，就是委屈了老大家的兩個好孩子。

想到兩個孩子，王老頭重重的嘆了一口氣。「老大你表個態……」

王大富眼圈通紅的不出聲，只一個勁用拳頭捶腦袋、捶牆，手上青筋暴起。

王蓉娘張張嘴想說點什麼，看看短短不到一年，蒼老了十多歲的公公，紅著眼圈沒說話的丈夫，又轉頭看看滿臉自責臉憋得通紅的小叔子，最終頹然的低頭抹起眼淚。

「算了，老二，你去把栓子跟蓉丫頭叫進來……」

「爺，不用叫了，我們已經聽到了。」王蓉直接推門走了進來。家裡本就沒多大地方，這個時代屋牆的隔音效果也沒多好，僅僅隔著一道門，在院子裡啥聽不見？

「我沒關係的。」王栓當先表態。

「我也沒關係，爺。」

若是剛穿來王蓉可能還會想著反抗一下，拒絕換親這種陳規陋習，可是她在這裡生活了十五年，經歷了太多她上輩子二十多年都沒經歷的生死大事，感受到了太多生活的無力。王蓉很清楚，跟村裡人結親確實是目前王家能夠選擇的最快融入這個村子、讓家人不再受村人肆意欺負的方法。因此，王蓉實在說不出反對的話。只是……

「爺爺，為什麼要換親，不直接結親？」

「結親要考量的事太多，大多數人家不是兒子實在娶不起媳婦，閨女嫁不出去很少有人會願意跟外鄉人結親……」

人離鄉賤，從古至今，人都排外，且結親還要考慮聘禮、嫁妝……現在家裡都被掏空了，根本拿不出像樣的聘禮、嫁妝，與其因此結不到好親，倒不如換親。挑那家裡窮但人品性情不錯，又跟村裡牽絆深的，既解決了家裡的問題，又能給孫子孫女謀個還不錯的親事。

王蓉點點頭，還待再問，卻被她爹王大富搶了個先。

「那爹現在可有看中的人家？栓子是娶媳婦倒還好，反正是娶到咱家來，栓子吃不了什麼太大的虧，可蓉丫頭卻是要嫁過去生活一輩子的，若是人不好……」豈不害了閨女一輩子？後半句王大富沒能說出口，但意思卻很清楚，逃難路上，他已經沒了小閨女，若是再因為家裡害了大閨女，他這輩子怕是都不得安寧。

都是自家孩子，王老頭何嘗又不心疼？

「爹看中了村東頭劉老二家。他們家老四劉鐵跟二閨女杏花年紀正合適，品性我也打聽了，也都是好孩子。」

王大富抹了把臉點點頭。這一家他也略有耳聞，雖然窮是窮了一點，但在村裡的口碑確實還不錯，且那劉家老四叫劉鐵的他也見過，長得不能說多好看，卻也周正，說話做事看著也還行，而且這劉老二跟劉氏族長是嫡親的堂兄弟，兩家還頗為親近，若是能跟劉老二家結親，確實再好不過。看來他爹這個換親的想法不是突然提出來，而是已經思量好些日子了。

一想到這裡，王大富心裡又難受起來。王蓉娘劉氏更是當場嗚咽出聲。

「爺，這換親的事，咱們要不要跟陳家那邊也透個話？」

大人正難過著，還是王栓先想起來。畢竟兩家有一路扶持共患難的交情，現在他們家為了融入村裡，準備跟村裡人換親，要是不說一聲，似乎不太好。

王老頭點點頭。「是要跟陳老哥說一聲的，我這是先跟你們商量，你們同意了，我再去找陳老哥說。」

「爺，我們沒意見。」兄妹倆異口同聲。

「成，那我這就去找陳老哥。」王老頭低頭抹了把臉，將老臉上沁出的眼淚抹掉，起身往外走。

一場逃難，隔壁陳家除了陳老頭，就剩下陳軒跟陳月兄妹倆。陳家原先勉強也算得上是耕讀人家，陳軒、陳月都讀過書，如今外面紛亂還在打仗，他們躲在這裡也不知道什麼時候才是個頭。陳軒做農活也不擅長，眼見著日子越發艱難，陳老頭每日也是愁得不行。

聽了王老頭要換親的話，陳老頭好半天都沒說話，思考許久。

「老弟，這樣，你給我點時間，我考慮考慮，另外也要跟兩個孩子商量商量，明天我給你回話。」

「成，老哥哥也不用勉強，我們兩家情況不同……」

陳老頭嘆氣擺擺手，有什麼不同？王家確實有王大貴媳婦這個不定時炸彈，可他們陳家又好到哪兒去？王家最起碼還有兩房人互相照應，他們陳家呢？就剩他們祖孫三個，他這身子還不中用，哪天沒了都不知道，到時候留下軒兒兄妹倆在這異鄉怎麼活？這麼想著，陳老頭便也覺得換親倒是個不錯的主意。

雖然換親聽上去不好聽，可三家換親，兩兩結親，三家的關係會更加緊密，以後哪怕他哪一天不在了，還有另外兩家幫襯，軒兒兄妹倆的日子也會好過很多。

這麼想著，在問陳軒、陳月兄妹倆意見時，難免就帶出來一些。

「爺若覺得好，就換吧，不過……月兒還是嫁到王家比較好。」雖然印象裡劉老二家的老四劉鐵人還不錯，可怎麼也不如王家知根知底。相比劉家，他還更相信王家。

陳老頭點點頭，第二天就跟王老頭把自己這邊的條件說了。

對此，王栓倒是沒什麼異議，就是擔心這事若是成了，王蓉要嫁到劉家，也不知道劉家人好不好相處……尤其劉家人好不好相處，還真說不好，畢竟劉家五個兒子，王蓉要是嫁過去，這麼多妯娌要說彼此之間沒點是非那是不可能的。

不過經歷了這麼多事，王蓉覺得她的心臟已經歷練到了足夠強度，只要劉家人不是極品到家，她應該都能過得很好。再怎麼說她也多了上輩子的經歷，見識什麼的總比真正的農家丫頭多些，只要勤快些，應該不會過得太差吧？

王陳兩家達成共識，王老頭、陳老頭兩個很快便想辦法找上了劉老二。

彼時，劉老二兩口子也正在為他們家老四劉鐵與小閨女杏花的親事發愁。

「換親？」

劉老二點點頭。

「跟哪家？」

「半年前新搬來那兩家。」

「那兩家？」金氏放下手中做了一半的縫補，想了想，抬頭看向劉老二。「那兩家好像是有適齡的小子、丫頭，可咱也不知道根底……」

「不知道，打聽打聽不就好了。他們是外鄉人，還敢騙咱不成？」

「那應該不敢。你的意思是這換親可行？說出去會不會不太好聽啊？」金氏還挺看中名聲的。

相對金氏看中名聲，劉老二就更看重裡子一點，為了裡子他可以不要面子。「有什麼不好聽的？又不是兩家換親，這三家換親，跟互相結親也沒啥區別了，咱之前愁的聘禮、嫁妝也不用再愁了，多好的事兒啊！那兩家的小子，我也注意過，都是挺好的孩子，陳家那小子據說還讀過書，要不是現在世道亂，咱家杏花還不定能訂個讀書人呢。」

「你想讓陳家小子做女婿？那小子身子骨會不會單薄了點？種地能行嗎？」金氏遲疑。

「人家讀書人做點什麼不行？誰說非得下地種田才能養家？大哥家的二小子就讀了兩年書，在鎮上不做得挺好的，也沒說養不了家。」

這倒是。金氏點點頭。

「再說，妳要覺得陳家那小子不能幹活，不是還有王家小子嗎？王家那小子一看就是會幹活的材料。這兩個，我瞧著哪個都配得上咱小閨女。」

「有你這麼當爹的嗎？這麼寒磣自家閨女……」成吧，畢竟她家杏花的名聲……

「那兒媳婦呢？你看好哪家丫頭？」

「這我老頭子可不好說，還要看妳老婆子的。」

王陳兩家自從在山凹里落戶以來，王蓉、陳月的行事都看在村人眼裡，金氏之前沒注意，現在特意打聽，隨便找幾個人問問又在路上假裝偶遇，然後跟兩個小丫頭聊了幾句，就了解得差不多了。

他們家老頭子倒也沒說錯，這兩家雖是外來戶，看著家底跟他們一樣窮，可孩子確實都是好孩子，兩家的閨女都不錯。不過要說娶媳婦，她還更傾向王家一些，最起碼親家都在，而陳家那邊讓閨女嫁過去倒是不錯，上面沒有公公婆婆，過去就能當家做主，沒人壓在上頭。

這麼一尋思，金氏覺得這兩門親事倒都不錯，回頭跟老頭子一分析，若是真像她想的那樣，還真是除了窮，哪都好。

「既然妳也覺得好，回頭我就答應了？」

「先跟兩個孩子透個消息吧？總得兩孩子覺得行才行，結親的方式，也得是我們想的那樣才成。」

劉老二點點頭。

晚間，吃完晚飯，金氏特意留下老四跟小閨女，將換親的事情說了。

「……王陳兩家的情況就是這樣，你們爹跟我都覺得不錯，你們覺得呢？」

「爹娘做主就好，只要對方不計較，我沒意見。」劉杏花今年十七了，之前也訂過親，只是訂親沒幾個月就聽說對方跟人在外面胡混，還弄大了人家的肚子。劉家當然不可能讓自家閨女嫁給這樣的人，當即就上門退了親。只是雖退了親，劉杏花的名聲卻也壞了，後來說親一直不太順利。這些事情，早些時候村人沒少嚼舌根，後來族長大伯出面，嚼舌根的人家又叫劉鐵兄弟幾個打上門去幾次，才沒人敢說道了。

「胡說什麼？是那胡家小子作孽，跟妳有啥關係？他們有什麼可計較的？」

劉杏花低頭不說話，金氏卻越發心疼，還想再勸，被劉老二拽了一下衣襟攔住了。

「杏花，爹知道妳的心事，當年都是爹娘沒掌好眼，聽了那花婆子的瞎話才……不過這次妳放心，爹娘已經細細打聽了，那新落戶的王家陳家小子都是好的。爹也知道妳擔心什麼，妳放心，爹不會瞞著妳之前訂親的事，回頭一定跟人家說清楚，若是他們介意，這親不換也罷。老四也是，我跟你娘的意思是想著杏花跟陳家結親，你則娶王家閨女，陳家上面沒有公公婆婆，杏花嫁過去日子能鬆快些。王家那丫頭你也見過，長得水靈又能幹，不過最後都看你們，若是你們看不上這事就算了。」

「爹，我沒意見，王家，王家挺好的。」說到這裡，劉鐵難得的有點面皮發脹。

金氏狐疑的看了一眼突然臉色通紅的兒子。「真沒意見？沒意見，我跟你爹可就給王家、陳家回話了，你們可別反悔，咱雖是農家，卻也一口吐沫一個釘，不興說話不作數的。」

「沒意見。」怎麼會有意見？劉鐵半年前第一次意外在山腳遇到王蓉就上心了，只是小夥子有點面皮薄，正愁著不知道怎麼進一步呢，沒想到現在還有這好事，直接就能定下了，他怎會有意見？

雙方小輩都沒意見，陳家也不介意劉杏花訂過親，王陳劉三家的換親之事進行得很順利，只半個月事情就定了下來，就連嫁娶的日子都敲好了。

「陳家小子跟劉家閨女年紀大一些，親事就定在兩個月後，臘月初十；然後栓子跟月丫頭的親事定在明年二月，蓉丫頭跟劉家老四倒是不急，親事就定在明年秋後。」

「爹，那嫁妝聘禮是怎麼定的？」

「三家日子都不好過，哪拿得出什麼聘禮、嫁妝？」

「爹，那也不能什麼都不出吧？面上也不好看啊！再一個，劉家那可有好幾個兒子呢，要是就蓉兒沒嫁妝，可不得叫人看不上？」話裡的意思是，嫁妝就這麼空空落落，蓉兒將來嫁過去跟妯娌站一起，腰桿子也站不直啊。

這確實是個問題，眾人皺著眉思索起來。王家、陳家都是獨子，陳月、劉杏花嫁過來有沒有嫁妝，還顯不出來，劉家那邊可不一樣，是人都有比較心理，幾個妯娌一比，就他們家蓉兒沒嫁妝確實不好。

「爺爺，爹，娘，二叔，哥，沒關係的，沒有嫁妝也沒關係……」

「怎麼會沒關係？」劉氏激動的拽住王蓉。「有嫁妝沒嫁妝差得可多了！」

「栓子娘說得對，是老頭子考慮得不周全，有嫁妝沒嫁妝確實差不少，好在距離蓉兒出嫁還有一年時間，這一年咱們就辛苦一點……」

為了給王蓉攢嫁妝，接下來王家一家人越發辛勤，就連二嬸清醒的日子也在努力做繡活，就為了能多換幾文錢，到時候好讓王蓉扯上幾尺布，做身新衣服出門。這一切，王蓉看在眼裡，心裡既溫暖又辛酸。

「蓉丫頭，又上山啊？」

「是啊，家裡沒多少柴火了，上山撿些柴。」順便，也看看她之前挖的陷阱有沒有抓到什麼獵物。「嬸子也上山啊？」

一路走到山腳，王蓉遇到不少跟她一樣趁著天氣還不太冷，上山撿柴的人。只要看到了，不管老少，王蓉都會停下腳步，笑著跟人打招呼。上輩子，她恨不能宅在家裡一輩子不出門，胎穿以來長到十幾歲，看到人也只是笑笑不說話，只幾個月逃難，就磨掉了她身上這麼多年所有的矜持，學會了笑臉迎人、客氣的跟人寒暄。

一路走到山腳下，繼續又往上走了有一刻多鐘，終於看不到村裡其他人的身影，王蓉鬆了口氣。揹著竹筐，一手握著鐮刀繼續往上走。待走到一處路口時，轉身拐上了旁邊的一條小路。小路很窄，旁邊荊棘叢生，一不小心就被勾破衣服。

王蓉小心翼翼往裡走，又走了約莫小半刻鐘，眼見著前面小路也看不出來了，才停下，往旁邊繞過一片荊棘，又往前走了小半刻鐘才將竹筐放到一邊，然後估算了一下距離走到一棵樹後面。那裡，王蓉前兩天才跟王栓一起過來挖了一個約一平方公尺大，半公尺多深的坑。

若是運氣好，憑著那陷阱坑偶爾也能抓到些野雞、兔子之類的小東西。當然，前提條件是不被村裡其他人發現，之前還沒跟陳家、劉家三家換親，她跟王栓也在山上挖過兩個陷阱，可沒兩次就叫村裡其他人發現了，得到的獵物當場叫村裡的無賴奪去不說，她哥王栓還叫人打傷了，他們有理都說不清，那無賴甚至還叫囂要讓他們連上山撿柴都不許……

現在三家換親的消息傳出來，不知道是不是她算是劉家的準媳婦了，反正村人再看到她態度好了不少，她主動打招呼，人家也會給她個笑臉，遇到性子好的，還會跟她聊上幾句。而上次那無賴看到她雖然態度依然不好，卻也沒再怎麼樣。

這次挖這個陷阱，王蓉一個希望能多得些獵物，另一個就希望能晚些叫別人發現。

一邊這麼想著，王蓉一邊躡手躡腳的上前，興許是老天爺難得的聽到了她的祈禱，陷阱裡竟然真的有一隻肥肥的兔子。

王蓉激動得兩眼放光，忙撲上去，將兔子抓住，然後快手快腳的拿了繩子將兔子的腳捆好放到竹筐裡。做完這些，王蓉還彷彿做賊心虛的四處看了看，見四下無人，這才返回去將陷阱恢復原狀，然後快速在附近弄了些枯樹枝、荊棘之類的蓋在竹筐上從另一邊繞下山。

第二章

「蓉兒妹妹。」

一個男聲突然在耳邊響起，王蓉嚇得一個激靈，險些栽地上。

劉鐵沒想到自己只是打聲招呼，竟然把人嚇成這樣，慌忙去扶。「蓉兒妹妹妳沒事吧？」

「沒事沒事，劉鐵？是你啊？你怎麼在這兒啊？」王蓉藉助劉鐵穩住身形趕緊往後一步退開，這古代不比現代，男女授受不親不是說著玩的，雖說三家換親已經說定了，到底還沒真正過禮，小心點總沒錯。

劉鐵也不傻，這古代姑娘的名聲有多重要他比王蓉更清楚，剛剛只不過是陡然在山上偶遇心上人一時高興忘了，這會兒反應過來趕緊往後退了兩步，在兩人間留下合適的距離，一邊隱晦的打量王蓉，一邊跟王蓉解釋。

「這不快入冬了嗎？鎮上有幾家還要柴火，趁著現在還不冷，我多打些送過去……還有，前些日子我在醫館裡看到大夫收一種石頭，我之前似乎在山裡看過，正好順便找找。」

若是能找到賣到藥鋪裡也能多得些銀錢。劉家兄弟多，日子過得清貧，好在他老子娘還算開明，允許他們兄弟自己私下裡攢些私房錢，劉鐵是個有心力且勤快不惜力氣的，總想著自己存些錢，以後娶了媳婦分家也能自己蓋個大房子，不至於讓老婆孩子跟著自己吃苦。

跟王蓉的親事說定後，他心裡歡喜，就更勤快上山了，這會兒好不容易見到人，便忙不迭的表忠心。「蓉兒妹妹，妳放心，這幾年，我也存了些銀錢，回頭等我們成親了，都給妳收著……」

「真的？」這時代的男人，竟然還知道主動上交私房錢？王蓉禁不住詫異的抬頭看了對方一眼。

這時候的人可能因為大多營養不良的原因，身高都不太高，劉鐵也就大概一百七出頭，在現代來說這個身高真心不算什麼，可是在這裡卻已經算是高的了。加上經常進山、做農活，劉鐵的身子骨很健壯，身材看著也很好，就是臉龐因為風吹日曬的原因會看著略顯成熟一些。

不過這樣也好，最起碼不會讓她有一種老牛吃嫩草的感覺。

「真的，我會對妳好的。」劉鐵連連點頭，一副生怕王蓉不相信的樣子。

王蓉面上難得的有點發燒，不過劉鐵有這份心，她是極高興的，是以也不矯情。

「好，我記住了，只要你對我好，我也會對你好的，你若是對我不好，我就……」

「不會不會！」不想聽見後頭的話，劉鐵連連擺手打斷。「我肯定對妳好，真的，妳相信我，一輩子都對妳好。」

看著劉鐵著急的樣子，王蓉一時沒忍住，噗哧一下樂了，好一會兒才捂著嘴忍著笑道：「對了，你剛說找石頭，是什麼樣子的？我平時也上山，幫你看看。」

「滑石，青白色、黃白色都有，半透不透的，聽藥鋪裡的小哥說可以治什麼水瀉……」

王蓉點點頭，搜索了一下記憶，好像沒見過，不過沒關係，以後說不定能見著呢？

「行，我記住了，看到了我跟你說，時間不早了，我先走了，你也早點回吧。」想了想又添了一句叮囑。「賺錢自然好，卻也別太勞累了。」

「好、好！我會的！」

王蓉明顯關懷的話喜得劉鐵個大小夥子，在王蓉走後，一蹦三尺高，落地時差點把自己腳給拐了。連著好幾天心情都特別好，身上似乎有使不完的力氣。

劉家人看了直納罕，只有劉杏花猜測道：「阿鐵，你是不是見過王家丫頭了？」

「是啊！」劉鐵傻樂著直點頭。

「王家丫頭就那麼好？」劉杏花有些好奇。

「那是！」

劉杏花見了這態度，越發好奇，不過她自己婚期在即，得好好準備，現在倒沒太多功夫關心弟弟的事情。

轉眼，臘月初十，陳劉兩家的好日子到了。

一大早王蓉不用家裡人招呼，就早早從溫暖的被窩裡爬了出來，開始做早飯。

今天王大富兩口子、王大貴、王栓、堂妹王婷他們都要到隔壁陳家去幫忙，只王蓉、王老爺子、張氏留在家裡。

張氏怕等會兒隔壁熱鬧，自己受了刺激又犯病，讓王蓉將她綁起來，但王蓉心疼，一直不肯。「二嬸，也不一定會犯病。」

「還是綁上吧，我要是真犯了病，只有妳跟老爺子不一定看得住，要再傷了你們怎麼辦？」張氏每次犯病，力氣都會變得特別大，一個壯年漢子想要制住都困難。

「這……」

「那就綁上吧，蓉丫頭，妳之前不是讓老大做了幾把椅子嘛，就綁椅子上，手腳處用衣服墊一下，小心傷了手腳。」

最後還是王老爺子做主發話，王蓉才無奈將二嬸綁上。

綁好，王蓉怕二嬸張氏一個人閒著無聊又胡思亂想，便拿了針線筐過來，一邊做針線一邊跟二嬸說話，間或也說說隔壁的熱鬧。

王蓉的針線打小就是跟著張氏學的，雖然因為逃難停了有半年，這幾個月慢慢的也撿了回來，現下已經可以繡出不錯的花樣了。兼之王蓉到底在現代被薰染了二十多年，雖說沒太多專長，但別的不說，眼光、巧思還是有的，圖樣設計、色彩搭配方面做的就比張氏還要好些，倒也補足了技巧方面的些許欠缺，因此繡出來的東西常常會給人眼睛一亮的感覺。

此時便是如此，王蓉的十二生肖萌圖，讓張氏見了愛不釋手。

「就是可惜了這帕子料子一般，若是換成錦緞，怕是能得個很不錯的價錢。」

這一點王蓉如何不知？然，家裡本就清貧，若非前些日子山上的陷阱偶有所得，家裡又捨不得吃喝叫她拿去鎮上賣了，她連換這點細布、針線的銀錢怕是都湊不出來。是以，有這些她已經很滿足了，飯要一口一口吃，得了這第一桶金，以後總會越來越好的。

「新娘子來了，新娘子來了……」

新郎官接了新娘子回來，隔壁突然喧鬧起來，王蓉原先還伸著腦袋想看看，一轉臉猛然發現剛剛還好好的張氏臉色發白，手無意識的抖了起來。

王蓉只覺得恍如一盆涼水澆下來，什麼看熱鬧的心思都沒了。「爺、爺爺，二嬸又犯病了。」

王老爺子在裡屋聽到動靜趕緊出來，見張氏雖然晃動得厲害，還是被王蓉死死的按在椅子上，被縛住的手腳雖有掙扎卻也沒能掙開，便大大鬆了一口氣。「沒事沒事，過一會兒自然而然就好了，咱們在這看著，別讓妳二嬸傷到她自己。」

「好。」

張氏動作的力氣很大，口中不時還夾雜著哭嚎、嘶吼，王蓉一個人按著有些吃力，王老頭過來後，在後面幫忙按著椅子，王蓉才輕鬆一些。

不知道過了多久，隔壁雖然還是不時有喧鬧聲傳來，張氏的掙扎卻漸漸軟化，這時王蓉、王老頭兩個才得以喘口粗氣。

「爺，您先坐下歇會兒，我給二嬸擦擦臉。」

王蓉自己一腦門的汗，裡衣都濕了顧不上擦，先去廚房大缸裡打了洗臉水，打濕了帕子給張氏擦臉。擦到張氏眼角的淚珠時，王蓉心口一疼，眼前不期然浮現出逃難前幾個兄弟姐妹一起歡歡喜喜的下河抓魚，弟弟妹妹站在河邊，手裡舉著抓到的魚跟自己邀功時的情景……

王蓉趕緊低頭抹了把臉。

幾近天黑，隔壁陳軒、劉杏花熱熱鬧鬧的進了洞房，劉氏幾個幫著送完客，裡裡外外收拾完才回來。

回來後，二叔第一時間就去看了二嬸。此時，二嬸已經恢復了正常，只是手腕上還殘留著些許紅痕。王大貴摸著那紅痕，久久無言，眼中滿是心疼。

「當家的，我這病怕是沒得好了……」今天不過是隔壁些許熱鬧，讓她回想起兩個兒子還在時的場景，她就受不住了。

「沒關係，只要妳不再做傻事怎麼樣都行。」

「不會，不會再做傻事了。」有那一次就夠了，蓉丫頭說的沒錯，死有什麼可怕呢？不過是閉個眼的事，像她這樣的人活著才是折磨，折磨她自己，也折磨身邊的人。可是想到她的小兒子可能還活著，她就捨不得死了。她還要留著這條命，把她的小兒子找回來呢。

西廂房，王蓉洗漱完進屋，堂妹王婷正趴在床上，頭埋在被子裡小聲的哭。

王蓉進來，王婷頓了頓，用身下的被子囫圇擦了把臉，才哽咽著爬起來坐在床邊，眼圈通紅。

「怎麼哭了？」

王婷不作聲。

「可是為了二嬸的事？」

王婷抬頭看了王蓉一眼，復又低下頭去，好一會兒才喏喏的道：「三哥當初是為了去找我，才會失蹤的。都是我不好，如果我不到處亂跑……」

「妳不到處跑就被那些亂匪砍死了，那種時候，誰都會跑的。至於三弟失蹤，那真的只是意外。」

道理大家都知道，可是二房三人又有誰能真的放下？就連才將將十二歲的王婷都把王成的失蹤怪罪在自己身上，小小年紀就好像自己犯了什麼十惡不赦的大罪，沈默、怯懦的不像話。

王蓉心疼王婷，卻也只能經常開解開解，她自己心裡何嘗又不是時常閃過小妹在她眼前閉上眼的情景？有些傷痛，不是別人勸就能消除的，要等著時間來慢慢撫平。

第二天早上，王蓉到廚房時劉氏、張氏都已經在了，兩人正一個燒火，一個切鹹菜，嘴裡正說道著昨天陳家的喜事。

「這一個村子住著，之前都沒注意，沒想到劉家那閨女長得還挺俊的，看那說話行事，也都是好的，就是嫁妝確實是少了些。」就一個箱子，還不算大，大約也就裝兩身換洗衣服。村子裡的人見了，雖然沒有大肆指指點點，但劉氏還是聽到了一些不好的話。

「這也是難免的，當初老劉家同意換親，很大一部分原因就是因為聘禮、嫁妝，既然都是說好的，又哪兒好再做什麼要求？」張氏搖頭。「再者，當初陳家下聘，也就只備了些點心，哦，好像還加了兩本書？」

這個時代書籍珍貴，這麼說來的話，老劉家的嫁妝好像確實簡薄了一些？

「怕是家裡也實在拿不出什麼吧？」畢竟劉家兒子多，田地卻沒有多少，要養活一大家子確實不容易，這閨女的嫁妝怕是當真拿不出來，不然就憑劉氏誇得劉杏花的樣貌行事，哪怕是退了親的也不至於這麼大了還嫁不出去。

「估計是……蓉兒起了？這有我跟妳二嬸就行了，妳去堂屋把桌子收拾一下，把妳爺他們都叫起來，早飯一會兒就好了。」

「哎。」

吃完早飯，家裡都各有事忙，王蓉則有王栓陪著往鎮上去了一趟。

之前繡的十二生肖萌圖帕子雖然還沒全部繡完，卻已經完成幾個，王蓉想帶到鎮上繡坊去看看，順道問問價錢。若是價錢好，她也好藉著年前這段時間多做些，換些銀錢。

「姑娘可是要賣繡品？」

繡坊的老闆娘見的人多了，基本上人一進來就能猜的大差不差。

王蓉笑著點頭，而後從胳膊上挎的籃子裡將自己精心繡出來的幾塊十二生肖萌圖的帕子拿了出來。「老闆娘好，我閒來無事做了幾塊帕子，請老闆娘幫著掌掌眼，看看能得個什麼價錢。」

「唉唷，這花樣倒是鮮活得很。」王蓉的繡工只能算還可以，入不得老闆娘的眼，但花樣、配色卻是一下子吸引了老闆娘的注意。「我也不說虛的，妳這帕子繡工、料子也就一般，不過妳這花樣不錯，看著新鮮，這樣吧……妳這一張帕子我給妳二十文，算是用來買妳的花樣，妳看可行不？」

見王蓉神色似有遲疑，老闆娘又道：「如今到處亂得很，外面都還在鬧災、打仗呢，咱們這地方是因為偏遠，才沒受到波及，可這生意卻也多少受了影響……不若這樣，姑娘今日把這花樣賣了我，以後姑娘繡品的我都按六文一張來收……」

王蓉知道老闆娘說的有點誇張，卻也有八成是實情，且這鎮上就這一家繡坊，她不賣這裡，難不成還能為了幾塊帕子去一趟縣城不成？是以也只得同意，並道：「這帕子十二塊是一套，還有幾塊我還沒繡好，待繡好了再送過來，屆時老闆娘倒是可以弄成一套出售。」

「唉唷！那可好，姑娘真真是好靈巧的心思……」

從繡坊出來，王蓉手裡握著去除買繡線、布料用的五十文後，討價還價用十文錢跟老闆娘換的小半袋繡坊裡裁廢的布料以及剩下的六十文錢。接著她跟王栓先去了一趟雜貨鋪，花了二十文錢買了一斤鹽，然後又去豬肉攤子上花了二十文買了一斤多點板油，兄妹倆才一路急趕回了山凹里。

回到家，王蓉把板油、鹽以及還剩下的二十文錢一股腦的都交給劉氏，就興沖沖的去拾掇自己換回來的小半袋裁廢的布料去了。

繡坊的老闆娘為人還算實在，給她的布料雖然都是裁廢的，卻都是綢緞、絹紗，最次的也是細布之類的好料子，且都還能用，王蓉好好挑揀一番，將布料按大小分成了三堆。

大塊的那一堆，有三塊成人巴掌大的料子，緞面的王蓉想著做成兩個香袋，絹紗的王蓉想做成團扇扇面；中間那堆只有拳頭大小，抑或是布條狀的，能做成荷包的就做荷包，實在做不成荷包的，王蓉想試著做做緞帶。至於絹花的難度太大了，王蓉之前試過，可惜自己的手實在還是不夠巧，不想浪費料子，索性就放棄繼續嘗試了；剩下那堆，暫時王蓉還沒想到做什麼，實在不行……就拿來做鞋底吧！

分揀好布料，想著年前還能再賺些銅板，王蓉的心情很是不錯。

另一邊，劉氏看著面前的油鹽銅錢，因為欣慰兒女懂事孝順落了淚。

「哎，妳也別這樣，孩子懂事，咱們以後多疼一些也就是了。」

劉氏一邊用袖子抹臉一邊點頭。「是，是要多疼一些，這大塊的板油、這麼多鹽就算了，這二十個銅板我都收起來，到時候給閨女置辦嫁妝。」

王大富默默搖頭。哪能留得住？兒子既然跟陳家訂了親，年前肯定是要給陳家送點年禮的，多的不說，一條肉、些許果子點心總是要的吧？家裡沒其他積蓄，還不是要用這錢？

不過，王大富也知道，孩子他娘這會兒正難受著，自然不會這會兒往槍口上撞，只笑著轉移話題道：「我看閨女挺高興的，栓子說是閨女又從繡坊拿了新的布料、繡線，還跟繡坊老闆娘講價低價從繡坊買了些裁廢的布料，我估摸著閨女是想再做點別的，趁著年前再賺一筆，妳趕緊把這板油收拾了，別叫閨女再多操心這些。」

「那是自然的，蓉兒每天做繡活已經夠辛苦的了，怎麼會再讓她做這些。行了，我這沒事了，你趕緊忙你的去吧，我這就把板油收拾了。」說著，劉氏已經麻利的站起身，開始上灶洗鍋。

家裡油鹽都差不多見底了，閨女買回來這些剛好接上。雖然心疼閨女，但劉氏看到這麼大一塊板油，想著煉出來的豬油又能撐上幾個月，打心裡還是高興的。

子。

而劉氏高興的結果，就是這一天的下晌飯，王蓉面前多了一碗聞著噴香的豬油渣子。

當然說是一碗，其實也就淺淺的鋪了個碗底，然而饒是這樣也很難得了，要知道除了王老爺子其他人面前可都沒有。

「蓉兒，快吃。」

王蓉雖然也饞，但看著堂妹王婷饞得直咽口水的樣子，豬油渣子都挾到嘴邊了，到底筷子一轉，送到了王婷的碗裡。一句「婷兒也吃」說完，王蓉又給桌上包括王老爺子在內的家裡所有人都挾了一塊。一圈送完，碗底就只剩下小小一塊豬油渣子，可王蓉吃著這還不夠塞牙縫的一點肉，卻感覺分外的香甜。

接下來的日子，為了盡快將手邊的這點繡活在年前趕出來，王蓉把能用的時間都用上了，就連往日三不五時上山看看陷阱裡有沒有收獲這樣喜歡的事都扔到了腦後。

皇天不負有心人，一連趕了十來天，她總算在臘月二十六這天將活計全部趕了出來。數數，有錦緞的香袋兩個，絹紗的扇面一個，帕子十條，還有各種料子的荷包七、八個。

因著香袋、扇面、荷包的料子都是好的，花樣也頗具巧思，又趕著年前完成，再加上老闆娘之前叫人按著王蓉提供的那幾塊帕子繡出來的十二生肖萌圖賣得好，所以老闆娘給的價錢也高。香袋算五十文一個、荷包二十文一個，而團扇因繡的貓兒得老闆娘歡喜，乾脆給了一百文，如此加起來王蓉這半個月得的銀錢竟然超過了五百文。

哪怕王蓉面上不顯，內心也是頗為激動的。

「可是還要再拿些針線、料子？」

王蓉連連點頭，自然還要再拿些的，反正正月裡閒著沒事，做些繡活說不定能存下些銀錢給她哥王栓準備點好的聘禮、酒席。「老闆娘店裡可還有之前那樣裁廢的料子，我想再拿些。」

「有，又攢了約莫有一袋子了，都給妳拿上，妳按著上次的價給我就成。」

一大袋裁廢的料子只花了二十文錢，不過老闆娘說她的貓兒繡得不錯，想讓她繡一些貓兒的團扇，回頭她都按一百文一個來收，於是王蓉便又從老闆娘這買了些繡線以及素色的菱紗、絹紗，又花了近兩百文。

從繡坊出來，跟著一起來等在外面的王栓見王蓉這次比上次買的東西還多，趕緊過來幫忙。

「怎麼又拿了這麼多？不是說要歇一段時間嗎？」這半個月王蓉的辛苦，家裡人都看在眼裡疼在心裡，這才終於忙完了，又趕上過年，便交代著少拿一些，也歇一段時間，沒想到妹妹這次竟比上次拿的還多。

「沒拿多少，這是店裡裁廢的料子，老闆娘便宜賣給我的，是我們占便宜的事，不買回去豈不是虧了？哥你快別說了，快過來幫忙，沒想到這東西還挺沈。」

聞言，王栓不敢再嘮叨，趕緊過來從王蓉手裡接過去扛在肩上，然後兄妹倆往肉鋪走。

今天除了王蓉過來交繡活，還要再買些肉留著一家人過年吃。之前王蓉交上去的二十文錢，前兩天給陳家送年禮用了，即使劉氏再不捨，到底拿出來讓王栓去買了一條肉、一塊豆腐，就那些還不夠，還把二嬸手裡繡花得來的十幾文也給花光了。

這次好不容易得了幾百文，王蓉就打算多買點肉，再買上幾斤白麵，到時候家裡也吃上一頓白麵餃子好好過個好年。

從肉鋪要了一斤肥肉一斤瘦肉，又從米麵鋪子秤了五斤白麵，點心鋪子裡要了半斤飴糖，兄妹倆才匆匆往家走。

到了家，看到買了那麼多東西，劉氏又是好一番心疼。

不過這次，王蓉再把剩下的兩百多個銅錢都給她，她沒都收，給王蓉留下了一百文。「上次妳給娘，娘原想著給妳收著，等妳出嫁了做嫁妝，可前些日子缺錢，娘不得不給花了。這錢妳要是都給了娘，說不好，什麼時候又要用錢，娘又都給用了，到時候妳怎麼辦？以後妳賺了錢，別都給娘，妳自己留上一些，好好存著，手裡要有點銀錢，將來到了婆家才能站得直……」

第三章

這邊正說著，外面突然傳來說話的聲音，母女倆忙出門去看，原來是劉家劉鐵過來送年禮了。

劉家日子也是精窮，年禮自然也沒啥好東西，只有兩塊豆腐，還是劉鐵另外花自己的私房錢又去置辦了一小條肉、一小包蜜餞果子、兩斤白麵。

「這孩子，怎麼送這麼多東西？手裡有點錢也別都亂花了，以後過日子，用錢的地方多著呢。」劉氏雖然歡喜劉鐵對自家閨女的重視，卻還是怕小年輕不會過日子，忍不住念叨。這年頭外面不太平，家家戶戶日子過得也都不怎麼樣，像劉鐵這麼捨得的，還真沒多少，大多也就送上一小條肉就算不錯的了。

劉鐵對著劉氏的勸戒笑著沒說什麼，私下裡對王蓉卻是一個勁解釋，生怕王蓉也以為他不會過日子。「妳別擔心，我私房錢沒花完，都存著呢。前些日子不是說要上山找石頭嗎？妳猜怎麼著？還真讓我找到了，雖說那玩意不貴，耐不住石頭這東西重啊，我一連往鎮上送了幾趟，賺了四、五兩銀子呢！」比他這麼多年省吃儉用存下來的積蓄還多。

王蓉一聽，驚訝之餘也很是為劉鐵高興，順道很自然的把自己最近在做的事情也簡單跟劉鐵說了說。

「……繡坊的老闆娘人好，讓我賺些銀錢，我每個月做些自己也能存下些錢，老話說『好男不吃分家飯，好女不穿嫁時衣』，不管家裡如何，我們自己手裡有些銀錢要用錢時總是更方便些。」

劉鐵對此很是贊同，連連點頭。

送完年禮，時間已經到了臘月二十八，雖然日子艱難，家裡還是用一點白麵混著黑麵做了兩籠饅頭。原本王蓉為了活絡氣氛，還想捏幾個小動物啥的，可惜手藝太差，捏了兩個四不像，就被她娘跟二嬸趕出了廚房，理由是不讓她再糟蹋好東西。

臘月三十，按習俗這天家家戶戶都要祭祖，可是王家祖墳都在南邊，自然不可能千里跋涉，最後也只能衝著南邊的方向磕了幾個頭。

對此，不管是王老爺子還是王大富、王大貴、劉氏、張氏還是王蓉幾個小輩都很是傷感，這悲傷的氣氛持續到晚間熱氣騰騰的純白麵白菜肉餃子端上桌才被沖淡。

「好了，都別多想了，日子還是要過，咱們都要往前看。你們看咱們剛到這山凹里的時候，連個棲身的地方都沒有，跟陳家一起十幾口人擠在草棚子裡。這才不到一年，我們不僅有了自家宅子，有了幾畝薄田，栓子、蓉丫頭連親事都定下了，現在更是託蓉丫頭的福吃上了這白麵肉餃子。只要我們一家人齊心協力，以後，我們家一定會更好的。」

王老爺子這個一家之主首先發表新年感言。

王蓉爹王大富緊隨其後。「對，爹說得對，日子肯定會越過越好的。」

眾人跟著點頭，然後才開始動筷吃飯。

純白麵的肉餃子，別說現在，就是王家以前還在老家時也難得能吃上一頓，所以大家都吃得很急切，王蓉也一樣，只覺得再沒有比這更好吃的了，香得恨不能連舌頭都吞下去……

同一時間，陳劉兩家也都正在吃年夜飯。

陳家人少，哪怕劉杏花嫁過來也不過四口人，一張桌子都坐不滿。

新媳婦嫁過來第一年，年夜飯不好太寒磣，陳老爺子發話，叫劉杏花把王家送過來的年禮裡面的豆腐、肉都做了，整頓出幾個好菜，又叫陳軒去打了半斤水酒，爺兩個對飲喝了個痛快。

相比陳家、王家，劉家的人就要多了很多。劉老頭跟金氏生了五子兩女，還都養大了。老大劉金，娶妻張氏，已經有了兩個兒子，十歲的狗蛋跟七歲的狗娃；老二劉銀，娶妻李氏，現下也有了一兒一女，兒子山子七歲，女兒大丫五歲；老三劉銅，娶妻汪氏，進門兩年還未有子嗣；接下來就是跟王蓉訂親的劉鐵跟十四歲的老五劉錫。而兩個閨女，劉大姐出嫁多年，婆家在隔壁的外山村，家裡日子也是過得緊巴巴的，有兩兒一女，大兒子叫孫大柱、小兒子叫孫二柱，還有個女兒叫柳葉；小閨女就是剛剛嫁到陳家的劉杏花。

除夕夜，一大家子十幾口人圍坐在一張桌子上都不夠坐，只能分成男人、女人孩子兩桌。

好在，金氏這人雖然有些好面子，卻也不是那真正苛刻人，大過年的，兩個桌子上準備的菜都一樣，都是一份豬肉燉白菜、一份炒雞蛋加一大盆蘿蔔肉沫湯，只是分量上略有區別。

主桌那邊，劉老頭——也就是劉老二，正帶著五個兒子，就著小菜喝著小酒，聊著來年過了年田裡的活計，說著說著不知怎麼的話題就扯到來年劉鐵娶媳婦的事上。

「爹，來年老四娶媳婦，家裡不夠住啊！」

劉家現在十幾口人就擠一個院子裡住著，裡外加起來也就正房三間、左右兩廂各兩間，除去一間廚房、一間雜物房、劉老頭金氏一間、老大兩口子帶著孩子一間、老二兩口子帶著孩子一間，老三兩口子一間、老四劉鐵跟老五劉錫一間住得滿滿的，之前劉杏花沒出嫁就是在雜物房裡放了一張床住著。回頭老四娶媳婦，讓劉錫去雜物房住著倒也可以，可是老大家的狗蛋到底大了，過完年都十一歲了，難道還跟爹娘一個屋裡住？

「要不，在後面再蓋兩間？」老二劉銀提議，他們家山子也不小了，跟他們兩口子住，有時候還真挺尷尬，要是能再蓋兩間，到時候也能把臭小子扔出去跟狗蛋、狗娃一起住，免得哪天他被臭小子嚇死。

農家院子都大，劉家當初考慮到兒子多，劃拉的更是不小，後院圍起來足有半畝多地，要再蓋兩間倒也不是不可以，可是這銀錢……

劉老頭抿了一口酒，瞇著眼看向自家婆娘金氏。

兩張桌子就挨著，金氏自然也聽到了劉老頭他們這邊的對話，想想家裡確實住不下了，且明年老四成了親，老五也十五歲了，馬上也要說親，雖說男娃比較不急，可這兩、三年內肯定要成親，還有老大家的狗蛋也大了……再算算家裡這兩年存下來的銀錢，起兩間屋子，節省點的話，倒也勉強夠，於是輕輕頷首。

「成啊，那就蓋兩間吧，嗯……就蓋的跟現在的差不多大小，正月裡你們就把人找好，等開了春就動工，到時候正好給老四、老五做新房。現在老四、老五住的那間騰出來給狗蛋他們兄弟三個住……」

這決定，兄弟幾個都高興，張李汪三個兒媳婦卻不見得有太大歡喜，尤其是老三媳婦汪氏，原因嘛自然是這房子蓋了，也沒他們兩口子的分。不過，她也就心裡嘀咕嘀咕，那是萬萬不敢吭聲的，誰讓她嫁過來兩年，肚子連個消息都沒有呢？在家裡說話都不響亮。

你一言我一語商量好建房子的事兒，劉老頭又主動說起了年後老五去鎮上做工的事。

劉家五個兒子，性格各異，要說機靈、嘴皮子好那肯定是老五劉錫。

劉老頭也是知道老五這個能力，頭兩個月便找族長哥哥提了這事，請族長幫著打聽，沒想到還真讓打聽到了機會。鎮上街尾那唯一一家客棧年後想招個小夥計。

「那邊工錢已經說好了，一開始去，人家也不知道老五做的怎麼樣，工錢給的不多，一個月兩百個大錢，半年後，若是老五幹得好，再給漲到三百個大錢。咱們家的規矩，之前都是說好的，在家幫著做農活，自然做完了地裡的其他時間你們做什麼，家裡都是不管的，你們私下裡賺的錢交三成上來，其他都是你們自己留著。老五去鎮上，農忙時肯定是回不來的，所以等老五去了鎮上，前面半年一個月交一百五十個大錢上來，半年後漲了工錢就交兩百個大錢，你們有沒有什麼意見？」

當然有意見！三個兒媳婦心裡都有意見，三百個大錢交兩百個，那就是可以留一百個，一年下來就是一兩多銀子，他們男人在地裡刨食管著家裡的地，一年到頭閒的也就那幾個月能到鎮上或是周邊找些雜活，累死累活的一年下來都不一定能賺到一兩銀子，更不用說上交完家裡還能留下一兩銀子了。可是這話又不好說出口，誰讓她們的男人嘴不行，不夠機靈呢？

「行，既然都沒意見，那就這樣。來，咱們爺幾個再喝一杯……」

歡歡喜喜的除夕夜很快就過去了。大清早，王蓉推開門，白茫茫一片，外面竟然不知什麼時候積了一地的白雪，腳踩在上面沙沙作響。

「姐，快來，快來我們叫哥哥一起去抓兔子。陳姐姐之前說過，雪天可以抓兔子。」

「抓什麼兔子？看到兔子妳跑得過嗎？」王蓉沒好氣的白了妹妹兩眼，轉身撿起院子裡被雪覆沒了大半的笤帚，從屋檐下開始往外掃雪。

院子裡堆積的雪足有幾寸高，一片銀白，動了笤帚後，泥土摻雜其中，立馬就失去了原先的純潔之美，變得污穢不堪。雖然可惜，可又不能就這麼放著，若是不清掃待雪化了，雪水浸到土層裡，這個院子會泥濘不堪，還不知道什麼時候才能變乾。

「好嘛好嘛，不抓就不抓！那……我能堆雪人嗎？」以前的住家靠南邊，冬天即便下雪，也很少有這麼厚的積雪。

「可以，堆吧，在那邊堆。」王蓉指了個地方，那邊離院牆近，而且旁邊就有一個人為弄出來的淺溝，雪融了可以讓水流出去。

「好！」

小丫頭難得有興致，也不嫌棄凍得手疼，王蓉掃院子幫著劉氏、張氏做飯的工夫，她一個人吭哧吭哧的一口氣堆了五個小雪人出來。王蓉一開始出來看著還覺得好笑，可是看著看著就笑不出來了，因為小丫頭堆的五個雪人其實是二房的一家五口。雖然很抽象，可是小丫頭在其中一個小雪人的額頭上用手指劃了一下，另一個小雪人臉頰上有兩個淺淺的小坑。

同樣看出來的還有細心的劉氏，不過她沒說什麼，只是笑著讓王蓉兄妹倆在旁邊又多弄出幾個雪人，免得待會兒刺激了張氏。

「怎麼弄這麼多雪人啊？多冷啊！快進來，看手都凍的。」

王蓉兄妹倆的雪人才將將成型，張氏就笑著出來了，也不知道有沒有看出來那兩個雪人的特別。

高高興興的吃完新年的第一頓早飯，若是往年，這時候就應該到村裡長輩家拜年去了，若是王陳劉三家沒有換親這事，今天他們也該去隔壁給陳老爺子拜年，可如今這樣一個狀況，王陳劉三家互為親家，大年初一拜年反而不好登門了，所以吃完飯，沒事幹的王蓉乾脆將針線笸拿出來，跟劉氏、張氏在堂屋做起了針線。

「還是蓉兒心思靈巧又有耐心，幾個月下來，繡活做的越發鮮亮了。」

「確實是長進了一些，她這段時間做得多，估計也是熟能生巧。」

說到這兒，想著剛剛只做了一小會兒就跑出去沒影的王婷，劉氏張了張嘴，有心叫張氏管管，過了年王婷也十三歲了，是大姑娘了，再過兩年都要說親了，總是這樣怎麼行？

話才到嘴邊又咽了下去，前些時候因為家裡的事，他們一家在這邊也是人生地不熟，王婷好一陣子都怯生生的，現在總算性格開朗些，也有了朋友，今天還是大年初一……哎，算了，回頭再說吧！

王蓉一家大過年的沒什麼事，村裡卻是熱鬧得很，大夥兒結伴到處去拜年，劉鐵也是一大早吃完早飯，就被劉錫等人拉著往族長家拜年去了，路上還遇到不少一般大的族兄弟、小夥伴。

「阿鐵，我們幾個商量著出了正月，要趁著還有兩個月空閒往鎮上去一趟，看看能不能找點活做，你跟不跟我們一起去？」

「今年不行了，家裡說要蓋兩間房子，走不開。」

「蓋房子？鐵哥，蓋什麼樣的？是不是給你成親用的？要不要幫忙？」

「對啊，鐵哥，什麼時候蓋，要幫忙說話啊！」

「那是肯定的。」劉鐵勾著一個族兄弟的脖子，笑哈哈的點頭。「具體時間還沒定，估摸著也就出了正月後二、三月分吧，定了日子肯定會告訴你們，可別現在說得好聽到時候不來啊。」

「那哪能呢！放心吧，咱們人多，才兩間屋子，幾天就齊活了。」

「墩子說得對，快得很！」

你勾著我脖子，我靠你肩上，不時的，還有人隨手弄個雪球塞人衣襟裡面凍得人嗷嗷叫，十來個人一路嘻嘻哈哈、打著雪仗鬧著，很快就到了族長家。

族長媳婦正在院子邊邊角角掃雪，見十幾個大小夥子進來，忙笑著招呼叫他們進來，又連聲讓兒媳婦去倒糖水、端油炸的果子。

十幾個小夥子則一起上前問好，那聲音大的，震得屋檐上的雪都撲簌簌往下落。

這還只是第一波，很快的劉老爺子等人也都到了，後面還跟著狗蛋、狗娃等一群小娃娃。

饒是族長家院子大，也險些擠不下。

「行了行了，糖水也喝完了，油果子也吃了，都去玩吧！」

族長揮手攆人，劉鐵等大小夥子、小娃娃就都從族長家裡出來了，又去其他長輩家拜年。

連續走了幾家，長輩差不多走完了，小娃娃們一哄而散，兜裡揣著長輩給的果子、糖一溜煙跑走了，劉鐵這一波人才湊頭商量一番，每人回家拿了些繩子、木棍、斧頭、柴刀什麼的往山裡走。

要問他們十幾個大小夥子要幹麼，那自然是上山逮兔子去。

山凹里三面環山，站在村頭往遠處看，一眼望去連綿起伏都是大山，高聳入雲，非常壯觀。但村子附近的這一片山，平均海拔並不高，離村子最近的，也就幾百公尺高，兔子、野雞之類的小動物倒是不少，但要找野豬、老虎之類的大傢伙，那就得往深山裡走。據說前幾十年他們村子有獵戶往裡面走過，要連走上三五天，才會遇上大傢伙，所以往日裡只是一般上山打個柴、抓個兔子、野雞，村裡人還是挺放心的。

昨夜突然一場大雪，到處都是白茫茫一片，這時候上山很容易就能發現小動物腳印，劉鐵他們仔細點，說不定真的能有所收獲。當然，沒收獲也沒啥，反正劉鐵他們這一幫人，本身其實就是奔著玩的心態去的，上山轉一圈，沒收獲就回來唄。

村裡人見了，也只問兩句就讓他們走了，就算是當爹娘的看到了，最多也就叮囑兩句「別往深山裡去，轉轉就回來」之類的。

一行十來人打打鬧鬧的往山上走，路上又有幾個十歲出頭的孩子加入，劉鐵他們也不攆人，反正就是玩玩，突然前面哪個一不小心踩滑了摔一跤啃了滿嘴都是雪，爬起來呸呸往外吐雪，引得眾人哈哈大笑。

劉鐵也是笑到捧腹，手裡的繩子、斧頭都險些沒拿穩掉了。

「阿鐵，聽說你最近發了一筆小財。」山道上有雪，一個沒踩穩就要摔跤，劉鐵一邊笑著往前走，另一邊還不忘時不時看看前後幾個小的，剛轉頭看一眼，頭都還沒轉過來就被突然竄過來的劉明勾住了肩膀。「真有發財的路子也帶上哥啊！」

「哥，什麼發財路子？你打哪兒知道的？」

「喊，你在鎮上那麼大動靜，想不知道也難啊！不過說真的，到底什麼生意啊？哥我最近手上正有些緊巴呢。這麼看我幹啥？」

「哥，你少賭兩把，不就什麼都有了。」劉明跟劉鐵兩人一個曾祖父，算是沒出五服，關係還算挺親近的。不過劉明家的條件可比劉鐵家好多了，劉鐵家五個兄弟才二十畝地，劉明家就兄弟兩個，地還比劉鐵家多。

「哥不就那麼點愛好嘛！小賭怡情、小賭怡情。」劉鐵似笑非笑的眼神看過來，劉明訕訕的笑笑，卻也不好意思再問發財的事兒，轉身又跟其他人勾肩搭背去了。

王蓉知道劉鐵他們大年初一上山已經是第二天的事情了，聽說他們好運的在山上發現了兩隻被凍死的麃子。一隻足有五、六十斤重，那十幾個人平均分了後，每一家連肉帶骨頭都分了好幾斤。王家作為劉家姻親、劉鐵的未來岳家，也很榮幸的得了大半斤。

此外，據說他們還救了個人，一個渾身上下無一不顯示出身不凡的人。

「那現在那個人呢？」

「在劉明家住著呢，本來姐夫他們說要抬到族長家去，那劉明一個勁說他們家有地方住，就抬到他們家去了。」

很顯然，那劉明想透過那人得一場富貴。

他也確實達成了所願，十多天後，趕在元宵節前，原先的積雪將將化淨，北風呼呼似乎又要迎來一場降雪時，十幾個騎著高頭大馬手執利刃的騎兵狀官兵打破了村裡的平靜。

這些人在拜見被救回來的錦衣男子後扔下了一百兩銀子，匆匆而來，匆匆而去。

「這劉明家也是走了狗屎運了，那可是一百兩銀子啊！像咱們這種平頭百姓得存多少年，才能存那麼多銀子？」

「誰說不是呢，我長這麼大，還沒見過那麼多銀子呢。」

「哎，你們聽說了嗎？聽說他們家要搬到鎮上去住了。」

「真的假的？」

「劉明老娘親口說的還能有假？說是宅子都買好了，好大的院子呢，花了五十多兩銀子。」

「嘶……」周圍頓時一陣倒吸氣的聲音。

王蓉聽了也挺感嘆的，不過也就感嘆一下罷了，畢竟那是人家的人生，感嘆完她還是得老老實實的做她的繡活，努力賺她的小錢。

之前從繡坊拿回來的絹紗、菱紗，裁出來剛好夠十個團扇扇面，王蓉細細描摹勾畫，然後用了整個正月的時間才將這十個貓圖扇面折騰出來。

當然，成果也很喜人，十個貓戲圖，繡坊的老闆娘一看到成品，登時愛不釋手，當場就立馬按之前說好的價格付了王蓉工錢，還多給了五十文，並贈送了一大袋裁廢的布料。

「妹妹心思靈巧，姐姐這麼多年還是第一次見妹妹這樣伶俐的人，以後妹妹有什麼好東西，可別忘了往姐姐這多送送，保證虧不了妹妹。」

得了這般好處，王蓉投桃報李，自然連聲答應。不過，她哥王栓二月要成親，她要跟著幫忙，加上她打算把這兩次帶回去的布料先處理一下，所以這團扇也只能看著做了，並不能保證做多少。

對此，老闆娘也理解，聽說二月分王蓉哥哥要成親，還當場送了王蓉兩朵好看的絹花。「不是什麼好東西，算是姐姐我的一片心意。」

王蓉推辭不過，只得收了。

第四章

從繡坊出來，因著王栓要成親了，家裡事兒多沒跟過來，王蓉只得自己揹著一大袋布料，挎著籃子往鎮外走，去找往他們村裡去的牛車。

趕牛車的老師傅，就是這鎮上的，平時往山凹里附近那邊跑車，之前沒見過王蓉，還以為她是去那邊走親戚，一聽說她就是山凹里的人，還詫異了一下。

旁邊人看了，知道的就給他解釋了一下。「老叔，他們家是新落戶的，你沒見過也正常，以後就知道了，她是阿鐵未過門的媳婦……」

「哦，阿鐵啊，那我知道了，那小子前天跟我說家裡要蓋房子，說讓我給運些東西。」趕車老師傅像模像樣的點點頭，完了還不忘說了幾句劉鐵的好話，說劉鐵那娃子不錯，王蓉有福氣，將來肯定享福什麼的，說得王蓉既有些不好意思，又覺得有些好笑。

磕磕絆絆的顛了有兩刻多鐘，才終於到了山凹里的村口，王蓉在趕車師傅的提醒下下了牛車，揹著那袋子布料又走了一段路，正好遇上從另一條路上拐過來的劉鐵大姐劉桂花。

「怎麼就妳一個人啊？拿得動嗎？我來我來。」看王蓉抱得有些吃力，劉桂花忙上前將那一袋接了過去。她是農家出身，在娘家就是做慣了農活的，嫁人後地裡活也沒落下，身子骨健壯得很，力氣也大，那一大袋對於王蓉來說有些吃力的布料對她來說輕鬆得很。

王蓉客氣了一下，見劉桂花是真心幫忙，便也沒再堅持，只擦了擦汗道：「家裡快辦喜事，事兒有點多，再者本來也沒想著要買這個，大姐回來怎麼沒把柳葉她們帶上？」

「小孩子麻煩，家裡不是說這幾天蓋房子嗎？我不放心，回來看看，要是帶他們，還不夠給添亂的。」

這幾天自家這邊忙著王栓成親的事也忙，王蓉就把劉鐵家要蓋房子這事給忘腦後了，劉桂花這會兒一說，她才想起來，尷尬的笑了笑。

還好，劉桂花沒說什麼，兩人走了不遠就到了村裡。

劉桂花先替她把布料送到家，才急匆匆的往娘家去，連口水都沒喝，惹得劉氏看著那背影念叨了好幾句。

「這劉家雖然兄弟是多了點，不過婆婆、小姑子倒都是好的。」嫁到隔壁陳家的劉杏花看著不錯，這個嫁到隔壁村的大姑子也是個好的。

另一邊，劉桂花回了娘家，幫著她娘金氏做飯時，也順嘴提起了剛剛路上遇到王蓉的事。

「……力氣是不大，不過能一個人把那麼大一個大袋子揹回來也算能吃苦，而且我看了她籃子裡放著新買的繡線，繡活不錯應該是真的，性子瞧著也挺好，娘給老四定的這個兒媳婦定的不錯。」

金氏嘴角微勾，顯然也對王蓉比較滿意，不過嘴上還是道：「就是做不了農活。」

「做不了就做不了唄，反正咱家也沒多少地。會繡個花兒草兒的，也能到鎮上換錢，說不定人家賺的比下地還多呢。」家裡總共就那二十畝薄田，將來分了家，老四撐死了也不過能得個三、四畝，老四一個人就能拾掇完了，不會做農活又怎麼樣？

「這個就不清楚了。」她也不打算多問，反正賺了也是他們小倆口的，將來就算是嫁過來也是照規矩，她也不會從媳婦手裡多收一個大錢，金氏腹誹。「對了，妳上次回來不是說妳小叔子就要成親了？那應該快分家了吧？什麼時候分？」

「又說不分了。」說起這事，劉桂花心裡就竄火，她嫁到孫家都十年了，孩子都生了三個了，十年苦熬，替老孫家養大了下面的弟弟妹妹，一個個都給成了家，總算是看到點曙光了，老妖婆竟然臨了又變卦，差點沒把她嘔死。

「啥？又不分了？這分家還有說著玩的？當初成親前不是就說好的嗎？還找了他們

族長做見證？」

誰說不是呢？可人臉皮就是那麼厚，人死賴著就是反悔了，捨不得小兒子，非說成了親還不行，得等小兒子有了後才肯分，他們做兒女的能怎麼辦？

金氏一時也是無言以對。

晚間，送走了大閨女，金氏跟劉老頭說起這事頗有些後悔。「早知道這樣，當初就不該把桂花嫁過去。這長嫂哪是那麼好當的？」看看她大閨女這過得都什麼糟心日子？「誰知道會這樣呢？之前不是看著女婿人不錯嘛……」誰能想到會是現在這種情況呢？

「不行！回頭等這房子蓋起來，你得帶著老大他們請族長一起去外山村走一趟，這虧咱不能吃，說好的事情說變就變，當咱們劉家好欺負的。」

劉家自然不是好欺負的，當初為了小閨女劉杏花被退婚的事，劉家幾兄弟不就打上過人家門，這次為了大閨女再來一次也沒啥。反而若是劉家得到了消息不吭聲，還會讓人有些詫異。

是以，劉桂花的婆婆孫寡婦在臨時變卦前就想過劉家肯定會鬧事，但她沒想到會鬧到那麼大。劉家竟然把兩家之間的事情，拔高成兩個村子之間的村務上面去了。

「妳說說吧，這事要怎麼辦？總不能因為妳一家的事，兩個村子以後真的不走動吧？」

「那也得劉老二家能代表他們村子才行啊！」孫寡婦不以為然，她才不信因著這事，山凹里其他人家就會跟外山村斷了關係呢，要知道兩個村子有姻親關係的可不止她一家。

「劉老二家是不能代表，那妳大兒子妳還想不想要了？」是人都有私心，孫家老大再孝順不得替自家老婆孩子著想？再說人家做的也夠了，弟弟妹妹都給養大了，娶媳婦也給娶了，嫁人的也給嫁了，還想怎麼樣？

孫家老大跟他娘可不是一路人，不然當初劉家也不會看上他，把大閨女嫁過來。

「我是他娘，他敢不孝順我，我就到衙門去告他不孝。」

「告妳大兒子不孝？妳大兒子要是不孝，妳下面那些兒子閨女能長大？妳能過上現在這樣的日子？」孫氏族長被孫寡婦的不要臉氣得一口氣險些沒上來厥過去。「妳去，妳敢毀了我們孫家的名聲，立刻就帶著妳那寶貝小兒子給我滾！」

族長一張口就要把小兒子出族，孫寡婦哪還敢說什麼不分家，但是讓她小兒子成親後就分家，沒了老大兩口子當牛做馬養著她又有些不甘心，最後咬咬牙道：「分家可以，老大兩口子帶著孩子淨身出戶。」

「呵，妳臉大，妳自己去跟劉家人說，他們同意我沒意見。」

劉家能同意就怪了，真要讓老大一家淨身出戶，劉家怕是能衝上門把孫家砸了。

孫氏族長本是語帶諷刺，沒想到孫寡婦當了真，竟然真的出去跟劉家人說要老大一家淨身出戶。

「妳說啥？我沒聽清楚，妳再說一遍？妳再說一遍？」孫寡婦話都沒完，劉金手裡的扁擔就劈頭砸了過來，要不是孫寡婦躲的快，那扁擔砸在腦袋上，恐怕得砸得人頭破血流。

「啊～～啊～～殺人了，殺人了……」孫寡婦嚇得直接尿了，一股尿騷味傳來，不說劉家人，就連外山村本村的人都嫌惡的捂著鼻子往後退了幾步。

劉鐵也是被他大哥這突然一下子嚇了一跳。「大哥，做做樣子就好，可別真把人打死了。」

劉金抹了一把汗同樣心有餘悸，他剛剛也是被氣炸了才來那麼一下，要是真把人打死了，這事還真不好辦。「這、這接下來怎麼辦呀？」

「還能怎麼辦？看姐夫的意思唄。」劉鐵看向斜對面孫寡婦出來之前才將將趕過來的孫家老大。孫寡婦出來前，孫家老大匆匆而來說和的意思很明顯，但從孫寡婦出來說出那番話開始，孫家老大面上就沈靜了下來，到現在沒說一句話，就連摔倒在地上孫寡婦嚇尿了，也沒上前扶一下。

一時間，時間彷彿靜止了一般，眾人耳邊只有孫寡婦的哭嚎及惡毒的咒罵聲。

過了約莫有十幾息，孫老大才上前一步躬身給孫氏族長行了個大禮。「請族長爺爺做主，我自請過繼到三爺爺家二叔名下……」

「所以，現在你姐夫已經從那個家裡過繼出來，不算是孫寡婦的兒子了？那孫寡婦不會願意吧？」一分個家都不願意，怎麼可能願意把這麼大的兒子過繼出去？

「自然是不願意的。」劉鐵笑著點頭。「不過，有我們劉家施壓，姐夫又拿定了主意，不過繼就出族，他跟大姐為那個家付出得也夠多的了，最後是孫氏族長強押著孫寡婦同意了。」

過繼之後，當天，劉桂花一家五口就從孫寡婦那邊搬出來，搬到了孫家二叔這邊。孫家二叔早年其實是有兒子的，還有兩個可惜都沒養成，一個剛出生沒幾個月就沒了，另一個長到十歲，結果一場傷寒也沒留住，之後孫家二嬸悲傷過度壞了身子，再也沒能懷上。兩口子就這麼過了幾十年。以前還想著去看看大夫，看看能不能生個一兒半女的，可家裡窮，那些人蔘什麼的哪裡是一般人吃得起的，治病這事兒自然就不了了之了。

現在年紀大了，兩口子也沒了心思，平時也就孫家老大會沒事過去給幫幫忙什麼的。要說孫家這次過繼，恐怕最高興的就是孫家二叔老倆口了，平白得個孝順兒子不說，連孫子孫女都有了。

王蓉點頭，這麼聽來，這個大姐夫倒也不是愚孝之人，大姑姐看著也是個不錯的人，有這樣的親戚是好事，不過……「你今天找我就是跟我說這件事？」

劉鐵撓撓頭。「嘿嘿，蓉妹妹，那啥，咱的新房不是建好了嗎？要添置些家具，我主要是想問問妳，妳都喜歡啥樣的？」

這還真是一個非常重要的問題，他們現在住的都是土坯房，一間房子面積不會太大，除了一張木床，一般人家大多也就會再準備兩個用來裝衣服的木箱子，頂多再在床前放個桌子就完事了。

王蓉不太用得慣木箱子，那東西太過笨重，用來放不經常搬動的被子、冬天的棉衣服還好，平常穿的衣服每次放拿都很不方便，有時候得翻上半天，可是現代的衣櫥在這裡也不實用，畢竟古代人的衣服都是落肩款，不適合用衣撐，且沒有東西遮擋也很容易落灰。

想了想，王蓉才開口道：「要不做個五斗櫥？」那個不怕落灰，每一層可以分開裝不同的衣服或是其他雜七雜八的東西，拿東西、找東西都方便，上面還可以當桌子放東西，實用。

「好，蓉妹妹說做五斗櫥那就做五斗櫥，我讓老木叔幫我做兩個，做大點，還有嗎？」

王蓉搖頭，她一時也想不出來還缺什麼了。「你也別亂買東西把手裡的銀錢都花光了，現在用不上的就先別買，實在不行，等我……到時候再買也行。」

「好，都聽妳的，都聽妳的。」劉鐵嘿嘿笑著連連點頭。「對了，妳哥過兩天成親，有沒有什麼要幫忙的，我最近都閒。」

「也沒啥要幫忙的了，都準備得差不多了。」王家新落戶，在這邊認識的人不多，除了將房子重新刷一刷，家裡好好收拾打掃一下，提前跟人定好成親那天需要的酒菜等物品，找好幫廚的人，其實也沒啥好準備的。

「成親那天你過來嗎？」

「那是肯定要過來的。」訂了親，兩家就是正經親戚，大舅哥成親，他怎麼可能不來？

「那你到時候幫我看著我哥點，別讓人給灌醉了。」王蓉笑說。也不知道是不是這邊是北方的關係，個個都好酒且好酒量，年前陳家娶親，據說陳軒被灌得爛醉……

轉眼就到了王栓、陳月成親的日子。

上次陳軒、劉杏花成親，王蓉要在家裡看著二嬸張氏沒能過去看熱鬧，這次卻是跟著從早到晚實打實的足足忙活了一天。

幫忙收拾、佈置新房，招呼上門的客人，其間還有不少跟劉鐵家有實在親戚關係或是走得近的嬸子、大娘、嫂子主動過來跟她說話，完了還要在她面前把劉鐵好生誇上一通，生怕王蓉不知道劉鐵的好似的，王蓉給纏得沒辦法，只能裝害羞躲開。劉鐵遠遠的見了，光呆站著呵呵笑，王蓉好幾次都想翻白眼。最後還是劉氏看到了那窘境，打發王蓉去廚房幫忙搭把手才算罷。

「姐，大哥讓我們給阿月姐姐送點吃的過去。」

「知道了，外面還沒散嗎？」

王家在這裡的正經親戚不多，村裡人大多過來只是吃一頓飯，吃完聊聊天，湊湊熱鬧，看著時間差不多也就自覺的散了。可這會兒聽動靜，外面卻還有人在喝酒？

「沒呢，那些人還在灌大哥酒，也不知道酒有啥好喝的。」

王蓉笑著搖頭，愛好這東西可沒什麼道理可講，更何況男人多半好酒。「算了，不管他們了，等酒喝得差不多，自然就散了。我們去給大嫂送點吃的。」

之前準備的菜，還剩下一些，王蓉挑了一些用乾淨的碗裝了，又從另一邊鍋裡拿了兩個拳頭大的灰麵饅頭放到另一個碗裡，這才端著碗往新房走。

「大嫂，我們能進來嗎？」

「進來。」

新房裡，陳月一身大紅嫁衣，端端正正的坐在床沿上。面上因為新娘妝，顯得比平時要白上不少。看到王蓉姐妹端著吃的進來，陳月兩眼幾乎冒綠光。

「餓壞了吧？」

陳月一邊吃一邊點頭，昨天有點緊張，就沒怎麼好好吃飯，今天更是第一頓，能不餓嗎？吞了兩口，才問：「妳們吃了嗎？」

「我們已經吃了，妳快吃吧。」

估計是餓狠了，陳月吃飯速度很快，三兩口一個大饅頭，大半碗菜就下去了。

王蓉怕她噎著，趕緊上前給倒了一碗白開水。

陳月兩個饅頭吃了一個半，一碗菜就只留個碗底，又連喝了一大碗水才滿足的拍拍肚子停下。「蓉娘，回頭妳跟劉鐵成親，頭天一定要好好吃飯……」

王蓉笑著調侃。「那是肯定的。嫂子昨天沒有好好吃飯，莫不是要嫁給我哥太激動了吧？」

王婷小腦袋點得跟啄米的小雞似地跟著附和。「肯定是。」

這一搭一唱，羞得陳月起身就要來打姐妹倆，追了兩步，看到身上的大紅嫁衣，想到自己是新媳婦，不再是原先的鄰家姐姐，才連忙停下。「哼，妳們就羞我吧！總也有妳們的這一天，到時看我還不還回去。」

「什麼還回去？」

「哥／栓子哥。」

有王蓉吩咐，劉鐵可以說是拿出了通身的本事幫著王栓擋酒，自己都險些被灌趴下，總算是保得王栓這個大舅哥得以清醒著回了新房，不過一身酒氣、走路歪歪扭扭是肯定的。

陳月見了，趕緊快走幾步迎上前，將人扶住。

王蓉則笑呵呵拉著王婷借機離開。「嫂子，大哥就交給妳了，我們先走了。」

麻溜跑出新房，外面客人都已經走光了。王老爺子下半晌陪劉氏族長及村裡幾位老人小酌了幾杯後，已經睡下了；二嬸張氏今天倒是沒犯病，但中途新娘子一身紅衣進門時還是有些失神、手抖，家裡人有些擔心，就讓她早早回房歇了；王大富、王大貴、劉氏幾個正在院子裡就著微末的燭火收拾整理桌椅跟鍋碗瓢盆。

先清洗乾淨，然後把自家的東西挑揀出來，最後將借來的按照各家各戶的分好，明天好拿去歸還。

今天剩下的飯菜也還有一些，劉氏、張氏同樣用乾淨的碗分裝好，準備明天還東西時給今天過來幫忙的人家分點，這是人情往來，也是應有的禮儀。

陳月嫁過來，王蓉的生活並沒有太大改變，大多數時間她還是忙於她的繡活，三不五時的上山一趟看看陷阱，偶爾劉鐵會過來找她說說話。

三月間開始準備春耕，家裡才忙碌起來，不過真正忙碌的其實也就劉氏跟王大富、王大貴、王栓他們爺三個。因為家裡地少，王大富甚至都沒忙活自家那幾畝地，而是去給那地多的人家當短工，王栓、王大貴在忙活完自家那幾畝薄田後，也都去做短工。

一天忙活下來有十到十五個大錢，還能管一頓飽飯，就是實在辛苦，從三月末到五月初，一個多月的時間，爺三個整個黑瘦了一圈，原先的衣服穿在身上都掛不住。

王蓉見了實在心疼，這段時間沒少買魚買肉給家裡添油水。「娘，我今天回來買了幾斤白麵，又從肉攤子上割了些肉，咱們今天蒸肉包子吃。」

「行，蒸吧，一次多蒸點，回頭給陳家、劉家也都送幾個嚐嚐肉味。」

「哦哦，吃肉包子咯，有肉包子吃咯……」

這段時間地裡活重，王蓉三不五時的往家買魚買肉，一開始劉氏還會念叨幾句王蓉不會過日子手裡存不住錢什麼的，後來實在心疼丈夫、兒子也就不說了。只是王蓉做繡活換回來的錢再交給她，她留下的越來越少，給王蓉留下的越來越多，到現在，王蓉自己的小金庫已經有將近三兩銀子了。

歡歡喜喜的包好大肉包子，看著肉包子進了蒸籠，又等了差不多一刻鐘，肉包子就好了。都不用打開蒸籠，院子裡都能聞到那誘人的肉香味。

肉包子做得大，蒸好後，比成年男人拳頭還大，劉氏先撿了一個出來塞到一直守在旁邊饞得快流口水的王婷手裡，讓她抱著啃，然後才拿了兩個洗乾淨的碗過來，一個陶碗裡放了兩個大肉包子，還特意用東西遮蓋了一下然後分別端給王蓉、王栓叫他們送去劉家、陳家培養感情。

「小心點端，走慢點，別掉了。」看著王蓉兄妹倆出門，劉氏還特意叮囑了一下。

當然，更多其實是叮囑王蓉，因為陳家就在隔壁出個門就到了，壓根兒不需要叮囑。

第五章

「四嬸來了，四叔！四嬸來了。」

王蓉還沒走到劉家門口，就被在門口帶著弟弟妹妹玩的狗蛋看到了，他登時嗷一嗓子，那嗓門大的，嚇得王蓉差點沒端住碗。

當然，這一嗓子效果還是很好的，很快劉鐵就出來了，後面還跟著出來看情況的包括未來婆婆金氏在內的其他劉家人。

王蓉看看劉鐵，又看看後面的劉家人尷尬的笑笑。「家裡蒸了一籠肉包子，娘讓我送兩個過來給叔嬸嚐嚐。」

肉包子？

只簡簡單單三個字，劉家人的眼睛卻都一下亮了，他們好久沒吃過肉包子了，甚至有的娃長這麼大都還沒嚐過肉包子什麼味呢。

「肉包子？唉唷，那可是精貴的好東西，嬸子真是太客氣了，這怎麼好意思呢？」劉金媳婦張氏伸手就要上前接碗，卻叫金氏用胳膊搗了一下，訕訕的退到一邊。「娘，我那不是怕弟弟妹累著嘛！」

累個屁！妳是聽到肉包子，嘴饞了想吃罷了，真不夠丟人的。幸好這是老四未過門的媳婦，不然丟都丟到外人面前去了。

金氏瞪完老大媳婦，再瞪剩下的人，把人都趕去各幹各的事了，幾個貪嘴的孫輩也都被他們爹娘帶走了，才笑著招手叫王蓉進來坐。王蓉進來後，金氏也沒跟王蓉說太多，只簡單寒暄了兩句，見老四眼巴巴的在旁邊看著自己，滿臉恨不能自己立即消失讓他跟王蓉說說話的樣子，沒好氣的瞪了兒子一眼，便端著肉包子，甩手離開了。

王蓉忍不住捂嘴輕笑。「你也不怕你娘生氣。」

「嘿嘿，不怕，我娘脾氣來得快，去的也快，很好哄的。再說妳送了肉包子來，我娘定是要回禮，本來她就要去準備的。」

王蓉一想還真是。

「蓉妹妹，妳之前說的那個五斗櫥已經打好送過來了，我還特意讓老木叔上了漆，妳要不要去看看？」劉鐵特意讓老木叔打磨的仔細，漆也細細上了兩遍才搬回來。

「這個不著急，回頭再看吧。」他們現在見面說話嚴格說來就已經算是出格了，再去劉鐵房間裡看五斗櫥，那是找死。「對了，眼下春耕也差不多結束了，後面到秋收還有幾個月時間，你有什麼打算嗎？」

「這個我正要跟妳說呢，我準備和幾個族兄進鎮上看看能不能找到活幹。」如果能找到活幹，就在鎮上找點活，如果找不到他再回來往山裡多跑幾趟也照樣能賺錢。

「現在外面不太平，也別太勉強，實在找不到就回來吧！什麼都比不上命重要。」

王蓉點點頭。「對了，這個荷包給你……」

荷包是王蓉特意從拿回來的布料中挑了一塊鴉灰色料子做的，上面繡了一對戲水鴛鴦。荷包做好有一段時間了，王蓉一直隨身帶著，躊躇了好久都沒好意思送出去，這會兒聽說劉鐵要去鎮上一段時間，心裡反倒沒那麼多糾結了。

「這是給我的？」驟然收到心上人的禮物，還是這種有寓意的，劉鐵激動得嘴角都有些哆嗦，雙手珍惜的捧著荷包，想摸又不敢摸，生怕一不小心弄髒了。還是王蓉實在看不下去，親自動手替他將荷包繫上……

隔天，劉鐵就緊緊握著新得的荷包依依不捨的跟著幾個族兄弟一起離開了山凹里。劉明一家過沒幾天，也在村裡人的紛紛議論中搬去了鎮上。

「哎，我們家要是也能在鎮上買個宅子多好啊！小一點也可以啊。」

「你家？可得了吧？那可是五、六十兩銀子，得存多少年才存夠？劉明家要不是得了那筆橫財，再給他們家幾十年也不一定能買得起。」

「我看買得起也不一定能留得住。你們可別忘了，他家明子可是個好賭的。」一個賭徒能存住什麼？

「你這話太過了，嘴上積點德吧，我看明子也就小打小鬧，要說把宅子都敗禍了肯定不至於。」

至不至於的，天知道？鄉野婦人們也不過嘴碎，羨慕嫉妒之下，說道說道過過嘴癮罷了。

「姐？妳說那劉明真的會把宅子都給賭輸了嗎？姐？姐？妳今天怎麼了？跟妳說話也不吱個聲，跟丟了魂似的！」

陳月輕笑。「可不丟了魂嗎？妳劉鐵哥今天去了鎮上，不知道什麼時候回來，我估摸著妳姐的魂也跟著劉鐵去咯。」

「嫂子，婷丫頭胡鬧，妳怎麼也跟著打趣我？」王蓉羞惱的將針線往針線筐裡一扔就要過來擰陳月，陳月笑哈哈的往王婷身後躲，一時間姑嫂三個嘻嘻哈哈鬧成一團。

好一會兒，陳月喘著粗氣，一屁股坐在椅子上。「好了好了，不鬧了、不鬧了，唉唷，笑得我肚子疼。」

「那還不是嫂子妳自個兒招的？」王蓉同樣笑著喘粗氣。

陳月笑著點頭，待氣喘勻了，才道：「咱說點別的，端午咱們忙著地裡的活沒趕上，我嫂子說想要初十去同福寺上香，邀我同去，妳們姐妹倆可要一起？要是同去，咱們叫上娘跟二嬸一家子一起去，就當是鬆快鬆快。」

「好啊好啊，我都好久沒去廟裡了！」小丫頭王婷首先響應。

王蓉想著自己最近也沒啥事，繡活也不急，便也答應了，劉氏、張氏聽說後也很是心動。最後，加上村裡其他人家的媳婦、婆娘，一行人加起來竟然有將近二十人。

因著路途有十幾里遠，初十這日一行人辰時在村口集合，然後一起往同福寺去。同福寺早前又叫同山寺，位於山凹里西南方向的同山上，因寺內一株兩百多年的古樹祈福非常靈驗而改名，也因此到同福寺來的人不管男女老幼都會到古樹跟前拜上一拜，祈求家人平安康泰。

今日不知道是不是日子特殊，來同福寺的人特別多，離同福寺還有段距離，就已經人流如織。到了山腳，更有不少人滿臉虔誠三拜九叩，膝行上山。

這種情況，上輩子王蓉在去一些山上時也見過，只沒想到的是二嬸也會加入這膝行的隊伍。

「娘，二嬸她……」王蓉有心阻止，被劉氏搖著頭拽住了。

「不管有沒有用，有個念想沒什麼壞處。」若是她有個兒子在外不知生死，她也會如此，但求心安罷了。「妳們先上去，我陪妳二嬸跟……軒哥兒的媳婦一起。」

原來王蓉一個沒注意，劉杏花也跪到了地上。

「二姐，妳也……」

劉杏花笑著點點頭，不孝有三無後為大，她嫁到陳家也有半年多了，到現在肚子都沒動靜，陳軒是獨子，陳家又是那樣的情況，她心裡如何能不急？只希望這一遭菩薩能聽到她的祈願讓她得償心願吧。

因為張氏、劉杏花執意三拜九叩行大禮上山，劉氏擔心張氏中途犯病留下陪同，又有同行人中兩個嬸子、嫂子也有此想法。於是一行人兵分兩路，王蓉帶著王婷跟陳月等先行上山，劉氏、張氏、劉杏花幾人隨後，眾人相約巳時初刻在古樹下同福寺門前的大石頭處集合。

「妳們到得早，可以先進去轉轉，拜一拜，不過也莫要亂跑，跟村裡人一起。」

「娘，您放心吧，我會看好兩個妹妹／嫂子、妹妹的。」

「娘，伯娘，我也會聽姐姐跟嫂子話的。」

「好。」得了三女保證，李氏、張氏就揮揮手叫王蓉三個走了。

五月，山上風光正好，難得有閒情逸致閒庭信步，王蓉難得能好生欣賞一番暮春景色，只覺眼睛不夠用，處處是美景，捨不得移開眼。

王婷、陳月兩個卻似對一路風景已然習以為常，一心只想往山上去看看那傳說中的古樹是不是真的要幾人環抱、鋪蓋如巨型傘蓋？不時催促王蓉快點走。

「就這麼急？那樹又不會跑了。」

「是不會跑，但是萬一那大樹前面聽了太多人許願，等到我們再去不靈了怎麼辦？」

「怎麼可能？」王蓉笑著搖頭，卻也不好跟王婷在山道上爭執，只能被她拉著走。

很快，姑嫂三人就到了山上。

「快看，快看，到了，我們到了。」王婷一手拉一個，興沖沖的往廟裡衝。

王蓉被王婷拉著，甚至來不及細細打量眼前的廟宇就被拉進了山門。

進入山門，首先映入眼簾的是一處大殿，殿內矗立著一尊寶相莊嚴的菩薩，菩薩面前擺著供桌，供桌前面放了三個蒲團，蒲團上正有人在虔誠許願祈禱……王蓉兩輩子對佛教菩薩都沒有什麼研究，不清楚眼前的究竟是什麼菩薩，只覺得看著慈眉善目的。

「姐，嫂子，輪到我們了，輪到我們了，快，快！」

王蓉被王婷半拖半拽的跪倒在蒲團上……

「若不是虔誠的信徒，千萬不要隨便跟菩薩許下承諾。」

「娘，為什麼？」

「因為妳不會記得跟菩薩許了什麼承諾，那樣很容易失信於菩薩，即便菩薩不怪罪，妳以後想起來也會內疚……」

「哦。」

王蓉睜開眼，轉頭看向旁邊，旁邊是一位少婦帶著一名八、九歲的小姑娘，小姑娘長得很好看，一雙水汪汪的大眼睛，紮著丸子頭，婦人穿著雖然簡樸，卻天生麗質……山凹里這種犄角旮旯的地方，也會有如此俊秀的人物。

「姐姐？」小姑娘不知什麼時候許完願，撲閃著一雙大眼睛轉頭看了過來。

王蓉下意識回了對方一個笑容，小姑娘也衝王蓉羞澀的笑了笑，然後轉頭就埋到了少婦人的懷裡。「娘，這個姐姐看我呢。」

「我沒惡意，只是看小姑娘長得可愛。」

少婦人善意的回了個笑容，道了聲謝，卻沒跟王蓉多說什麼，就拉著小姑娘離開了。

王蓉看著小姑娘，不由自主想起自己的小妹，頓時有些悵然。

「姐，妳看什麼呢？妳許完願了嗎？許完了我們就走吧，那邊還有好幾個菩薩呢，我們都去拜拜，求菩薩多保佑保佑我們。」

「沒看什麼，走吧。」

廟裡菩薩多，王蓉跟陳月、王婷一圈拜下來時間已經不早了。

「嫂子、姐，接下來我們去哪兒？去古樹那邊嗎？」

「古樹不急，等會兒跟娘她們一起去也來得及，我看著時間差不多了，我們還是先去前面看看娘她們有沒有上來吧？」

話剛說完，正好碰到村裡另外幾個嬸子、大娘，一行人便往山門前去等，等了沒多久，果然看到劉氏幾人的身影。不過幾人卻不是行大禮上來的，而是跟在陳軒身後走上來的，陳軒懷裡還抱著劉杏花。

「怎麼了？出什麼事了？」

不該出現的陳軒突然出現在這裡，劉杏花還被陳軒抱在懷裡，王蓉下意識就以為劉杏花出事了，趕緊迎了上去。

「沒事沒事，放心吧，就是軒哥兒擔心杏花，過來看看，正好看到杏花有些力竭……山上的師傅也通醫術，咱們尋師傅給看看，沒事的。」

軒哥擔心杏花姐過來？之前沒聽說軒哥會過來啊？爬個山祈個福許個願而已，有什麼好擔心的？難道是新婚燕爾一時分開捨不得？倒是沒看出來，陳軒平時一副正正經經的書生樣子，私底下竟然還會跟媳婦這樣如膠似漆的人？

王蓉心下樂呵呵的笑話陳軒一番，也沒多想。只是在山上的師傅把脈把出劉杏花已然懷孕兩個月時，心裡咯了一下，這幸虧是陳軒來的巧，不然按照劉杏花原先想的那樣，一路跪拜上山，即便是她身子骨強壯恐怕也會出問題吧？

「師傅，我娘子真的懷孕了？」陳軒似是不太相信又問了一遍，寺廟裡的師傅以為他是一時高興不敢相信，倒也沒多想，很有耐心的回道：「這位女施主確實已經有孕兩個月了……」

竟然是真的，可是那人究竟是誰？為什麼一口就可以叫出我的名字，說出我的身世，又是如何知道我娘子已懷有身孕的？還特意跑來提醒我？陳軒一邊是終於有了孩子，自己要當爹的喜悅，一邊心中卻又驚疑不定。

若是王蓉知道這事，第一反應肯定就是「這裡有個重生者」。可惜陳軒是道道地地的古人，又是讀書人，信奉「子不語怪力亂神」，根本不會想到穿越、重生這種事情上去，所以只能盡可能去猜測對方或許是從哪裡得到的信息，又想幹麼。

「哥，你怎麼了？臉色這麼白？嫂子沒事，你不用後怕的。」

「是啊，軒哥兒，剛剛師傅已經說了，杏花沒事，後面注意一點就是了。」

陳軒臉色有些發白，陳月、劉氏以為陳軒是後知後覺嚇到了，連聲安慰，就連劉杏花在好些後都跟著安撫。

陳軒不好把自己心裡的疑慮道出，只得用袖子抹了把臉上的細汗，笑著道：「妹妹、嬸子、娘子，我沒事，就是嚇到了。」說完，又躬身給劉氏等人行了個禮。「給嬸子們添麻煩了。」

「不麻煩不麻煩。」有什麼麻煩的？她們其實啥忙都沒幫上。

在寺廟裡許完願，祈了福，一行近二十個婦人並陳軒一起打道回府，因著劉杏花有喜這樣的喜事，一路上氣氛特別好，大家說說笑笑的，還互相打趣彼此在菩薩面前許了什麼心願，有的甚至連下一次去還願的時間都約好了。

「蓉娘，下個月初十妳真的不跟我們一起去嗎？一起去吧，多好啊！」

「就是就是。蓉娘，妳也別一個人成天悶在屋子裡做繡活，多出來走動走動玩玩嘛！」

王蓉只笑著不語，幾個一般大的少女還要再勸，迎面岔路口突然急行而來幾個穿著公服、腰挎佩刀的官差。一行人立馬收了聲，讓到路邊，再不敢言語，有那膽子小的恨不能躲到路邊的荊棘叢裡去。

再看這些官差們，步履匆匆顯見是有緊急差事，遠遠的，王蓉依稀還能聽到他們談論什麼南邊、人不夠什麼的。

「他們剛剛好像提到了徵兵……」

「什麼？徵兵？不會吧！三嬸子，妳是不是聽錯了？」

那可是徵兵啊！會死人的。聽那婦人這麼說，眾人剛剛還笑盈盈的臉上立馬滿面煞白。

王蓉也是心下一緊，按照當前官府的徵兵策略一般是三丁抽一、五丁抽二，陳家還好就陳軒一個正當年的，徵兵是徵不到陳家。王家就不好說了，王老爺子年紀大了，應該不在徵兵範圍內，可王大富、王大貴、王栓卻是正當年，按照三丁抽一，王家可是要有一個人上戰場的。劉鐵家壯丁更多，他們家可有五兄弟呢，得出兩個兵丁。

「三嬸？」

「別問我、別問我，許是我聽錯了，聽錯了。」

可是真的聽錯了嗎？當然沒有，王蓉一行人剛剛回到村子，都不用說話就知道徵兵這事跑不了，因為素來熱鬧的村子裡一片沈寂，氣氛比死了人還慘……

「怎麼就突然要徵兵了呢？」

「說是南邊的情況越來越嚴重了，之前災荒，然後又接連有人造反，北邊最近好像也不太平，我們這裡靠北，萬一匈奴打過來，受苦受難的還不是咱們自己？所以縣令老爺要徵兵丁抵禦匈奴人，其實也沒錯。」王大富蹲在院子裡，一邊無意識的磨著柴刀，一邊將從官差那聽來的消息低聲告知劉氏。

「可是，打仗是會死人的，咱家現在這樣哪還禁得起折騰啊？磊子沒了，成子……怕是也凶多吉少，栓子他們這一輩已經就剩栓子這一根獨苗了，二弟妹又那樣……」

「所以我去……」他是家裡老大，應該承擔起家裡的責任。

「就不能不去嗎？」劉氏嗚咽，她已經失去了一個女兒，她真的再承受不住失去丈夫了。

王大富默然，這根本就是個無解的題。他不去，誰去？

「爹，這次徵兵能贖買嗎？贖買銀子多少？」

王蓉突然出現，劉氏趕緊抹了把臉將眼淚擦掉。

「一個兵員名額十兩銀子，里正還說了，名額有限。」也就是說十兩銀子還不一定能贖買，得額外花銀子尋人打點，可是他們現在連十兩銀子都拿不出來。

「總要想想辦法，這段時間，我也存了些銀子，手裡的繡活再去換了錢差不多能有三兩多銀子，咱們再湊一湊……」

「拿什麼湊？咱們現在的日子過得就夠苦的了，難道還能賣地不成？那可是一大家子的生計，再說這個時候怕是就算要賣也賣不上價錢，算了……」

「不能算，不能算。」

王老爺子顫巍巍的走出來，枯木般的手心裡還緊緊的攥著一塊顏色已經老舊得看不出來的帕子。

王蓉怕老爺子不小心摔了，趕緊上前去扶。

王大富兩口子也趕了過來。「爹，您怎麼出來了？」

老爺子沒吱聲，好一會兒，才不捨地攤開手裡的帕子又看了幾眼，原來帕子裡包了一對銀鐲子。「拿去吧，當了，再湊湊，應該能湊夠十兩銀子。」

「爹？這……」老爺子手裡的這對鐲子，王大富知道來歷，那是祖母去世前交給他娘的，後來他娘在逃難路上也去了，他就沒再見過，一直以為這鐲子丟了，原來還在老父手裡。可……這是他娘唯一留下的東西啊。

知子莫若父，王大富的心情，老爺子怎麼可能不懂，這不是走投無奈之下的無奈之舉嘛，老爺子拍拍王大富肩膀。「東西是死的，人是活的，你要有那能耐，以後再贖回來就是了，拿去吧！你老子不想再白髮人送黑髮人了。」

老爺子不捨的又看了鐲子一眼，將鐲子一把塞到王大富的手裡，轉身顫巍巍的走了。

老爺子最後拿出來的這對鐲子分量還是挺足的，可饒是如此，這個形勢下，銀鐲子死當也只當了四兩銀子。家裡所有人能拿出來的都拿出來了，陳月不僅把陳老爺子給的壓箱底的銀錢拿出來了，還回去跟陳家借了二兩銀子，饒是如此加上需要打點的銀子，也還差二、三兩。

王蓉想過去劉家求助，可劉家這會兒比王家還亂。王家只需要出一丁，劉家卻需要出兩丁，也就是說想要保住家裡人就得至少拿出二十兩銀子。這麼大一筆錢，劉家一下子哪裡拿得出來？更何況，劉鐵這會兒根本不在家中。先前劉氏十幾個族中男丁說是要去鎮上找活，後來正趕上軍中在鎮上雇傭壯丁幫著運輸糧草，給的佣金頗高，劉鐵十幾個人除了個別實在身體吃不消的兒郎都報名了，這會兒都不知道在哪兒呢。

眼看著名單就要報上去了，王蓉迫於無奈只得找上鎮上繡坊的老闆娘。

第六章

「妹妹，按說咱們也合作這麼多次，妳難得開這個口，姐姐我理應二話不說應下來才是，只姐姐……實話也跟妹妹說吧，現在我們這些商戶日子也不好過，僅這一個月，官府就加徵了三、四項官稅，姐姐手裡原先留的流轉銀子幾乎都填進去了。馬上大戰在即，據說州府還有意讓我們這些商戶再捐錢捐糧，姐姐也是手頭緊……」

「妹妹剛好又尋思了十幾種新鮮花樣，不若姐姐看看用不用得上？」

天下熙熙，皆為利來；天下攘攘，皆為利往。王蓉很清楚自己之前跟繡坊老闆娘只是合作關係，互利互惠罷了，要說有多少交情還真沒有。現下求上門，肯定得讓人看到價值才行，所以在來之前，王蓉連夜熬紅了眼睛畫了十幾張花樣。

一聽又有新鮮花樣，老闆娘笑容立馬不一樣了。「哎呀！還是妹妹懂姐姐，姐姐我啊，就這點愛好，妹妹的花樣，我可是實在喜歡的緊呢。」

是喜歡它能夠給妳帶來的利益吧？王蓉心下腹誹，面上卻依然笑盈盈的，取出花樣後，還很細緻的給對方講解出處、用意、花樣，足足講解了大半個時辰講得口乾舌燥，才讓對方鬆了口。

拿到借來的五兩銀子，王蓉第一時間先跟王老爺子、王大富一起去了里正家裡。

彼時，劉鐵爹娘劉老頭、金氏並劉氏本家的幾家正在里正家裡跟里正商量贖買兵丁名額的事。

劉家因著允許兒子、兒媳們自己存錢，又剛蓋了房子，公中根本沒錢，二十兩銀子，只能兄弟幾個出，可是劉家老大、老二、老三雖然也有一些積攢，卻也不過幾兩銀子，哪裡夠？而且這各家出多少也是個問題。為了以示公平，老倆口只能規定五個兒子每人出四兩。老大最為年長，自成親後也存了有十年錢了，四兩銀子倒也能拿得出來；老二差一些，但湊一湊也差不多；老三就不行了，老三成親兩年多，卻一直沒能有孩子，這兩年兩口子光看大夫、拜菩薩、抓藥就沒少燒錢，根本沒什麼積蓄；老四劉鐵倒是手裡有點錢，可他不在家；老五出了正月才剛剛去鎮上客棧做小二賺錢……

這樣一來，還有十幾兩的缺口，為此，金氏頭髮都快愁白了，最後還是老大劉金不顧他媳婦反對將他們小家剩餘的幾兩碎銀子、銅板都拿出來，老五劉錫從客棧掌櫃那預支了兩年的工錢，家裡又賣了一畝地才把二十兩湊齊，但額外打點的銀子卻是怎麼也拿不出來了。

「仲哥，我們家的情況，您也是知道的，能湊夠這二十兩已經是要了家裡老命了，老大媳婦都帶著兩個孩子回娘家去了，老五差點賣身給客棧，家裡地也賣了一畝，再多的那是真的拿不出來了！」

「是啊，叔，家裡真的是要活不下去了，能借的都借了，就差賣兒賣女了，您可不能看著家裡兒郎去送死啊！」

大家你一言我一語的訴說著家裡的不容易，有些人說著說著，當場就嚎上了，聽得人好不傷心。

里正也姓劉，也是劉氏族人，說起來，大多都還是沒出五服的正經親戚，他能怎麼辦？可這打點差爺的銀子是必須的啊。沒有這些銀子，名額從哪兒來？人家憑什麼給你們村這個便利？

「不然這樣，大家都湊一湊，過來的兩個差爺，那額外的二十兩銀子肯定是要的，不能再少了。」再少事兒就沒法辦了。

「這……」金氏等人一時遲疑不決，就在這樣的情況下，王蓉跟王老爺子、王大富到了里正家。

最後，還是族長跟幾位族老、里正一起商量了一個還算公平的辦法：讓所有贖買的人家平攤這二十兩銀子，徹底解決了此事。雖然還是有人不服，卻被幾人聯手壓了下去。

又兩日，兩個官差到村裡來帶走了贖買的贖金，以及實在交不起銀錢不得不被家中送出去冒死的壯丁。

「爹……」

「大哥……」

「二叔……」

壯丁被帶走，親人怕是最後一次見面，哭著送出好幾里路，最後還是官差呵斥，才不得不回轉。

這一天，王蓉耳聞著村裡的哭聲沒敢出門，躲在家裡做了整整一天的繡活。二嬸張氏受到刺激，失聲尖叫，幾欲瘋狂，不時打砸東西，王大貴、王大富、劉氏三個人費了九牛二虎之力才將人制住。

王婷則是嚇得哭了大半天。

時光匆匆，很快時間就到了八月末，眼瞅著到了秋收，距離王蓉跟劉鐵的婚期也越來越近。

這段時間，劉鐵只託人送了兩次口信回來，人一直沒回來。甚至有人猜測那十幾個少年子弟是不是在外面遇到了不測。

劉氏跟王大富也是每日憂心忡忡，生怕自家閨女真的做了望門寡。

王蓉心裡也擔心，可擔心並不能解決問題。劉鐵現在不知道在哪兒，就算是對方有危險，她也無能為力，所以她不願多想，只每日正常做繡活，偶爾去山上轉轉看看能不能抓點獵物，改善改善家裡的生活。也是因為如此，趕在八月底，她總算將借鎮上繡坊老闆娘的五兩銀子還清了。

倒是有一次在山腳偶遇看書倦了出門散心的陳軒，對方安慰了她幾句。「現在北地雖然局勢緊張，並小有磨擦，但並未真正見刀兵，更何況四弟他只是去做運糧的民夫，累一些無法避免，應該沒什麼危險。」

王蓉笑著道謝，感謝對方的安慰。不過她真的挺好奇對方是怎麼知道外面局勢的？這個時代沒有手機、電腦，消息傳播不是一般的慢，陳軒身在鄉野，竟然能知道外面局勢，當真很不容易。又想到近來鎮上那個叫劉通的常常過來尋陳軒說話，還又送這個又送那個的，不知道怎麼的，王蓉就想到了三國時候的諸葛亮。莫非……這個未來姐夫，大嫂的哥哥還真是大才？

陳家是讀書人家錯不了，但詳細的，王蓉並不是太清楚，只模糊聽嫂子陳月說過，他們家是什麼陳氏旁支，好像嫡支很厲害的樣子。其他的還真不太清楚，若非逃難的路上，講究不起來，跟陳軒相處過一些日子，知道這個人確實極有主見，見識、眼光雖然都不同一般，但確確實實是個古人，王蓉都要懷疑陳軒是不是重生穿越而來，能夠未卜先知了。

八月底，正是準備秋收忙碌時節，若是以往必然熱火朝天，一片歡樂，然今年因著兵役及包括劉鐵在內的十幾個少年小夥子出外做工到現在都沒回來，村裡氣氛怎麼都顯得有些壓抑。

待到九月初，匈奴南下寇邊劫掠被朝廷大軍圍堵，並與朝廷大軍在北邊交戰的消息傳來，村裡更是人心惶惶，出外除了幹活，交談的人都少。

這日，劉氏實在耐不住內心的煎熬，終於敲開了王蓉的房門。

「退親？」

「對，退親。眼瞅著婚期漸近，還不見那孩子回來，如若我們不主動提出來，劉家直接裝作不知道，照樣辦婚禮，到時候生米煮成熟飯，就算知道那孩子在外面被人害了，妳也是劉家媳婦了，我們一個外姓人家，連替妳撐個門面都做不到，妳以後可怎麼活？」

這一刻，說實在的，王蓉遲疑了。她對自己跟劉鐵這門親事確實還算滿意，對劉鐵這個人也很有好感，可是兩人說到底也不過訂親幾個月，勉強熟悉罷了，要說她對劉鐵有多深多深的感情還真沒有。王蓉自問，自己是否有勇氣去承擔劉鐵萬一身死帶來的嚴重後果？如若劉鐵此次真的一去不回，她是否會甘心去劉家做一輩子的寡婦？

「或者我們去跟劉家提換人，劉鐵沒回來，劉家還有老五劉錫，娘去說讓他們把人選換成劉錫，那孩子雖然比妳小一歲，卻也合適……」劉氏覺得自己的主意不錯，轉身就要出門去張羅，王蓉趕緊起身去攔。

「娘……」這太冒失了，就算他們真心有意換人，也要好好商量。

「娘！劉鐵回來了，劉鐵回來了……」

劉鐵回來得非常及時，趕在他未來岳母要把他這個女婿換掉之前，他風塵僕僕的出現在村口。

「天啊，真是阿鐵，阿鐵他們，你們怎麼成這樣了？你們這是幹啥去了，糟蹋成這樣？」可不是糟蹋嗎？每個人都跟乞丐似的，衣衫襤褸不說，一張臉黑乎乎的簡直沒法看，頭髮更是像雞窩似的。

「墩子？墩子，你可回來了！」

「鐵柱？」

「老四！」

幾家人來得很快，劉鐵幾個很快就被家人拉走了，還有人拉著他們詢問其他人怎麼沒有回來，是不是出事了？

「我們回來的時候還好好的沒出事，是長哥他們幾個想多賺點，就留下繼續給人運糧了，我們跟阿鐵身子弱，實在吃不了那個苦，怕累出個好歹來，而且阿鐵婚期不是過幾天就到了嘛，我們就跟著阿鐵先回來了。」

另一個重點是，那邊已經打起來了，他們覺得阿鐵說得對，再繼續給他們做民夫運糧真的很危險，所以哪怕對方酬勞又添了差不多一倍，幾人也沒答應。

「回來好，回來好，看看這可憐的都成什麼樣了，趕緊的，都回去吧！你們爹娘都等著呢。老四，咱們也趕緊回吧？爹娘念了好些日子了。」

一行人很快散去各回各家，劉鐵也被聞訊趕來的劉家兄嫂簇擁著回了家。

到家後，劉鐵先是好生洗了幾遍澡收拾了一下，然後倉促吃了兩口飯，覺都沒敢睡一個就趕緊去了王家。這幾個月在外面，想回不能回，他最擔心的就是他跟王蓉的親事出問題，現在終於回來了，不管從哪方面說，就算是以表誠意他也得先去王家一趟，讓人知道他回來了才行。

「這孩子，那麼急幹麼？好好吃頓飯，睡醒了再去也來得及啊！」金氏到底心疼兒子，看著兒子匆匆出門，飯都沒吃飽，忍不住抱怨了幾句。

「行了，老四做得對。老四離家這麼久，生死不知的，人家王家能忍到現在沒上門鬧退親，不錯了。現在人回來了總得給人吃顆定心丸……離當初定的日子也沒幾天了，這幾天，該準備的趕緊準備起來。」

兒子沒回來，劉老頭、金氏也擔心，現在回來了，最起碼他這提著的心總算是放下了。

「這個我知道，只是，前陣子家裡花費了那麼多銀錢，現下外面都還欠著債呢……哪還拿得出銀錢來啊？」

金氏的憂愁，劉鐵此時還不知，他現在正緊張的接受著未來岳父大人的最後考核。

「……你能趕在這個時候回來，說明你心裡還算明白事，叔也不跟你說那虛的，若你再不回來，叔是真的有意要跟你家退掉這門親事的，叔現在就這一個閨女，不可能眼睜睜看著蓉丫頭去做寡婦……」

「叔，您放心，以後不會了。」

王大富擺擺手。「這種話你不用跟我說，我要的也不是你一句保證，話誰都會說，我會看你以後的作為。雖然我們王家才落戶山凹里一年多，在這裡沒什麼根基，卻也不會任人欺負。」

「我不會欺負蓉妹的。」也不會允許別人欺負她。

「那就好。記住你這句話。」說完，王大富也沒再多說什麼，只是拍了拍劉鐵肩膀。「去吧，去跟蓉丫頭說說話，你這段時間一直沒消息回來，她也擔心得很。」

「蓉妹！」

彼時，王蓉正在房內繡花，聽到劉鐵的聲音手下一頓，說實在的，得知劉鐵平平安安回來，王蓉心裡是很高興的，可是高興的同時，心裡又有幾分對自己之前太過現實的鄙夷。尤其在劉鐵回來後第一時間過來看她，對她很是熱情的情況下，這種鄙夷夾雜著愧疚越發明顯。

「蓉妹，妳怎麼了？妳別不高興，我以後肯定不會出去這麼久的。」想想以後他可能還會出去謀生，萬一又不能及時回來就是失信，趕忙又添了一句。「就算出去這麼久也會及時給妳消息，不會再讓妳擔心了。」

王蓉點點頭，緩了一下情緒，笑著打量了一番劉鐵。「黑了，瘦了，運糧很辛苦吧？」

「嗯，一般也還好，就是有時將軍們要趕時間，不得歇時會比較辛苦。」

「危險嗎？你有沒有受傷？」

「沒有受傷。」王蓉能夠關心自己，劉鐵心下高興得很，就算偶爾有些危險經歷也被他忘到腦後了。「就是……就是妳之前做給我的荷包，被我弄破了。要不妳給我補補？這一次我一定不會再弄破了……嗯？」

劉鐵傻傻的看著衝自己伸出手的王蓉。

王蓉無奈提醒。「荷包呢？不是要補嗎？給我吧。還是沒帶在身上？要是沒帶，我再做一個給你。」

「帶了帶了。」劉鐵傻樂著將貼身帶著的荷包取出來遞過去，然後小心翼翼的覷了王蓉一眼。「那個，這個補好了，我想留著收藏。要不，妳再給我做一個新的？」

說完似是怕王蓉不同意，立馬又道：「要是妳沒時間就算了。」

「最近還真沒時間。」

劉鐵的嘴角立馬就耷拉下來了。

「不是馬上要成親了？總得準備嫁衣吧？還有你跟你爹娘那邊，雖然我們家窮，一身新衣服怕是拿不出來，但也不能什麼都不準備，時間緊張，做鞋是來不及了，我準備趕趕工把手裡的繡活做好了，然後去鎮上換些布料，給你跟你爹娘做幾雙襪子，也算是我的心意。」

劉鐵沒讀過太多書，只些微認識幾個字，這一刻卻真真體會了一把什麼叫柳暗花明、絕處逢生，剛剛還失落的心情，王蓉這幾句話說完，立即樂得嘴都合不上了，手也無意識摸著後腦勺。

那傻樣王蓉見了好笑之餘又覺得暖心，想了想又把這段時間劉鐵不在官差召集服兵役，十兩銀子贖買名額的事情簡單說了一下。「你當時不在，我隱約聽說你們家那二十多兩銀子拿得不容易，現在你回來了，也跟你爹娘問問，該出的銀子要出，別因為這個傷了情義。」

「我曉得的，回去我就問，之前我手裡就存了些銀子，這次出去，大將軍他們給的工錢足又賺了些，應該夠給家裡的，回頭有剩的，我都交給妳收著。以後賺的也都交給妳……」

劉鐵從王家回去，劉家眾人已經在家裡等著了。

劉鐵也不含糊，當著全家人的面直接將這次出去賺的三兩二錢銀子取了出來交給金氏。「娘，這是我這幾個月賺的，不夠的我那還有些，等會我再給您拿。」

「不用給我，給你大哥，你的那份都是你大哥給你出的。二十兩贖買錢加二兩銀子打點，你們兄弟五個平分，你自己算算，別給少了，影響你們兄弟情義。」

金氏擔心的跟王蓉一樣，人與人之間的感情很奇怪，有時候很深厚，有時候又很容易被一點點小事擊碎。

劉鐵點點頭，轉手就把銀子遞給了劉金，劉金還沒伸手，就被大嫂張氏劈手搶了過去，當著眾人的面數了數。「四弟，大哥大嫂這麼多年，存這麼點積蓄也不容易，你兩個侄子眼瞅著也大了，我們也得為他們考慮……當然，大哥大嫂也不占你便宜，這是三兩二錢還差一兩二錢。」

劉金面子上過不去，張嘴就要訓斥張氏，被劉鐵攔住了。「大哥，親兄弟明算帳，這次我不在，大哥大嫂能幫我出這份錢，我已經很感激了，剩下的回頭我就給嫂子送過去。」

晚上一家人吃完晚飯，又湊在一起聊了聊天，趕在睡覺前，劉鐵將剩下的一兩二錢銀子給大嫂送了過去。

劉金對於之前妻子的態度有些不好意思，劉鐵笑著拍拍劉金肩膀。「大哥，你別有負擔，我都理解的，若是我身處大嫂的位置，我做的不一定有她好，再說，其實大嫂也沒多要呀。」

說實在的，經過這件事劉鐵對張氏的看法反而比之前更好了，之前覺得幾個嫂子愛貪小便宜、嘴碎，現在看來張氏大是大非上還是分得清的。

給劉金送完錢，劉鐵又拿了三兩銀子去找金氏。

金氏卻不肯接這個銀子。「之前可沒這樣的規矩。」

「我知道，這可不是我貪心，想叫娘把我跟蓉妹的婚禮辦得體面一點嗎？娘就拿著吧。」劉鐵笑嘻嘻的把銀子往金氏手裡塞。

「孩子給妳就拿著吧。」最後還是劉老頭發話，金氏才將銀子接下來。「我之前沒問，你今天去王家，王家人沒為難你吧？」

「沒。」一提到王家，想到王蓉，劉鐵面上的笑都溫柔了幾分。「岳父就問了問我在外面的事，蓉妹她……這次兵役，王家也是傷筋動骨，蓉妹她正忙著做繡活，說是要用賺來的銀錢給您跟爹娘買布做幾雙襪子。」

一聽王蓉準備給他們老倆口準備禮物，金氏面上立馬帶了笑，不過嘴裡還是道：「襪子不襪子的，我跟你爹倒是不在意，只要她有這個心就好。」

「那肯定是有的，您二老不知道，蓉妹為了能多賺些錢買布給您二老做襪子，眼睛都熬紅了……等蓉妹嫁過來，肯定孝順您二老……」

金氏被劉鐵哄得合不攏嘴，劉老頭也是面上帶笑。「行了，就你小子嘴甜，時間也不早了，趕緊去休息吧，明早你記得去一趟鎮上讓老五看看，你不在這些日子，老五也擔心著呢。」

「哎，知道了！」

第二天，劉鐵早起囫圇吃完早飯，就趕去了鎮上。

「四哥？你回來了？」客棧裡，老五劉錫正給客人倒茶水，抬頭看到劉鐵進來，喜得差點把客人茶盞打翻了，連忙彎腰跟人道了好幾個不是，還好那人是個講理的，聽說是親人許久沒見，理解的擺擺手叫劉錫走了。

「回來了。」

劉鐵進了客棧先笑著將自己從糕點鋪子買的一斤棗糕遞給掌櫃的，又跟掌櫃的打了聲招呼，才拉著劉錫出來說話。「怎麼樣？你在這客棧裡幹的還好吧？」

一邊說，劉鐵一邊從懷裡掏出兩個肉包子遞給劉錫。

劉錫也不客氣，接過來就往嘴裡塞，半大小子吃窮老子，他現在正是能吃長身體的時候，掌櫃的倒也沒苛待他，但他還是餓得快。「挺好的，掌櫃人挺好的。」

人要不好，也不能一下子給他預支三兩多銀子。

「哥這次出去賺了三兩多銀子，還了大哥的，手裡還剩下一些，要不先給你把借掌櫃那邊的帳先消了？」

劉錫想想，還是搖了搖頭。「四哥你這個月就要成親，手裡有些銀錢也好支應，我這邊倒是不著急。對了，四哥你去王家了嗎？王家沒為難你吧？」

「沒，王家挺好的。」說完，劉鐵又禁不住跟劉錫炫耀。「你四嫂之前給四哥做的那個荷包，四哥不小心給蹭壞了，你四嫂說給補，還說要給我重新做個新的呢。」

第七章

炫耀完荷包，關心完弟弟，劉鐵也沒在客棧這邊多待，轉身便往鎮上唯一一家首飾鋪子走，他打算去那邊給王蓉買個好看的首飾。

「四弟？」

「姐夫？」劉鐵沒想到會在鎮上遇到陳軒，對方一身讀書人的裝扮，在人群中相當醒目。「這位是？」

「劉通。在下劉通，是鎮上衙差……」劉通顯然對陳軒很是尊敬，愛屋及烏下對劉鐵也很是有禮，熱情得甚至令劉鐵有些詫異。

「姐夫怎麼在鎮上？」

「家裡筆墨不足了，到鎮上來買幾刀紙。你是昨天回來的？你姐一直念叨著你，今天回去後記得去家裡一趟，讓你姐見見，免得她掛念。」

劉鐵連連點頭稱是，昨天回來後他心裡掛念著蓉妹，滿腦子只想往王家去，把就嫁在王家隔壁陳家的二姐給忘了，這時候陳軒一提，劉鐵莫名心虛。

好在陳軒也沒計較，叮囑完，就叫他走了。

反倒旁邊的劉通一直盯著劉鐵遠去的背影，盯了好一會兒，才轉頭笑道：「陳兄弟，你這內弟似是有點怕你啊？」

陳軒笑著搖頭似不想多言。「劉兄說笑了，在下還要去書畫鋪子一趟，劉兄弟若是有事，咱們就此別過？」

陳軒跟劉通認識也才幾個月，卻每每覺得這個劉通不簡單，先是第一次見面就說自己媳婦要有血光之災，引得自己一路飛奔至同福寺救下已有身孕的妻子，而後又跟自己聊起北方局勢，甚合自己心意不說，還每言必中甚至偶爾說出驚天之語，可真正結識下來觀其言行，其人又不似那等真真腹有詩書胸有乾坤之人，真真是怪哉。

陳軒的性子素來是個謹慎的，按照他的為人處世，這樣的人絕對不會深交，但雖有心遠離，奈何對方對他確實有恩，且對他相當親近，因此他便是想要遠離也不得，只能虛與委蛇。

對此，劉通不清楚嗎？當然清楚，誰也不是真的傻子，一個人對你真心親近還是虛與委蛇還能全然感覺不出來？可他也沒辦法啊，他上輩子就是一個普普通通的衙差，難得老天爺給個機會，他當然要想辦法抱個大腿，讓自己將來的日子能好過點。陳軒是他在這一片地方能夠接觸到的最粗的一條大腿，為此他裝腔作勢，苦思冥想上輩子發生的各種大事件，就差沒把自己弄成神棍了，沒想到這般造作，卻弄巧成拙引起了陳軒的懷疑，真他娘的操蛋！

再想想剛剛那個陳軒的內弟劉鐵，就因為有一個好姐姐，人家愣是啥事沒幹，就從陳軒這得了天大的好處，這還真是人跟人不同命。劉通心下哀嘆，面上卻還是帶著豪爽的笑。「好，正好我這也還有差事要辦，回頭得閒了，再去找陳兄弟喝酒。」

王劉兩家婚事漸近，之前劉鐵不在家，這門親事最終走向不定，劉氏沒心思準備。現下，劉鐵回來了，婚事再無意外，王家自然要打起精神，趕緊準備一些嫁妝。

只是巧婦難為無米之炊，王家原先因王蓉得來的一些銀錢，因一場兵役全都填了進去不說，還借了陳家的銀子，根本沒錢置辦體面的嫁妝。為此，劉氏愁得就差抹眼淚了。

「娘，您別這樣，您看我這繡活就快做完了，明天去鎮上就能換回些銀錢，到時候我買一些布料給劉鐵他爹娘做兩雙襪子，再給自己做一身新衣服，足夠了。」

「怎麼能夠？」人家嫁閨女那都是大紅的被子、大紅漆的箱子，不敢說幾抬幾挑的，最起碼也有。她家呢？越想越傷心，劉氏當下哭嚎了起來。「賊老天！怎麼就這個時候打仗呢？」

若不是突然要服兵役，手上有個幾兩銀子，怎麼也能給她閨女準備幾床新的棉花被，再打上一些家具，叫她閨女風風光光的出門。

劉氏哭得傷心，引得王蓉也是心酸，不過還是勸道：「娘，常言『有多大肚子吃多少飯』，咱家就這些家底，打腫臉充胖子又有什麼好？再說，我這也不算最寒酸的，最起碼我出嫁還有新衣服穿，有那人家，連一身好衣服都沒有呢。」

王蓉勸完，也不知道是不是真的把王蓉的話聽進去了，反正是不哭了，只是私下裡，劉氏一個勁叮囑王蓉。「明天這批繡活拿去換了銀錢，妳一個銅板都不要留，都置辦成嫁妝。」

許是怕王蓉糊弄她，劉氏一連叮囑了好幾次。

王蓉自然只能點頭。

第二天，去鎮上繡坊交貨，一堆荷包、帕子、香包、團扇總共換了八百多個銅板，除去買裁廢的料子、繡線、布料，還剩下不到五百個銅板。

王蓉想了想，硬塞了一百個銅板叫王栓去給她訂了兩個木箱子，然後又取了兩百個銅板給劉氏準備宴席花費，但劉氏死活不願意要。「妳自己留著！」

「娘，我還有呢。現下家裡艱難，您難道還打算為這宴席再去借錢不成？快拿著吧，回頭有了再給我也成。」

「那也不能拿妳的錢辦席的禮！」這次劉氏很堅持，到最後也愣是沒要。

時間很快就到了王蓉嫁人這天。

前一天，王蓉自己動手，將還能穿的衣服從內到外收拾好，整整齊齊的放到一個箱子裡。另一個箱子裡則放著針線笸、布料、繡線及給劉鐵、劉鐵爹娘準備的禮物。

原以為箱子會空空盪蕩的，沒想到最後收拾起來，竟然兩個箱子差點沒塞下。

「這些布料怎麼不一起帶走？」

「箱子裡塞不下了，而且這些都是我挑揀剩的，娘留著補衣服或是做鞋底吧。」

「胡說，這可都是好布，雖然小了點，湊一起也能做件衣服，怎麼能糟蹋了？」

「娘覺得有用正好，留著給娘用。反正我是不帶的，塞不下了！」

這次，換她堅持不退。

王蓉的婚禮還算熱鬧，劉鐵也不知道從哪兒特意找來幾個吹吹打打的，雖然有些嘈雜卻也添了幾分喜氣。

「新娘子來了，新娘子來了，快來啊，開始拜堂了。」

很快，周圍就圍了裡三層外三層一大圈人。

王蓉叫一個劉氏的本家小姑娘扶著跟隨司儀的指示，在「一拜天地，二拜高堂」的聲音中不時的鞠躬，在「夫妻對拜」時，兩人分寸沒掌握好，腦袋跟劉鐵的撞在了一起，砰地一聲，聽著都疼，王蓉都快被撞傻了，劉鐵也是腦袋被磕得生疼，邊上事不關己的眾人卻是捧腹大笑。

「唉唷，這兩口子，哈哈……」

「哎呀，不行不行，笑岔氣了。」

這一撞，王蓉頭上頂著的紅蓋頭都險些掉了，還好王蓉眼疾手快給拽住了。

充當司儀喊話的族叔也是樂得不行，後面好不容易壓住，才開口將場面控制住。

「好了好了，別鬧了。禮成，送入洞房。」

進了洞房，王蓉才稍稍鬆了一口氣，不過還沒完，洞房裡很快湧進來一堆劉氏本家的嬸子、嫂子、大娘，雖然大都一個莊子住著，大家也都彼此認識，可如今這種情況下，王蓉還是有些害羞，在這些嬸子、大嫂、大娘的戲謔下臉上直發熱。

「二嬸、強嫂子……外面開席了，大家出去坐席吧。」

眼看著劉桂花三兩句話就將人都引了出去，王蓉一直僵坐著的身板這才垮下來。

「累了吧？先吃點東西。」

「二姐？怎麼是妳啊？快坐！」劉杏花挺著六個多月的大肚子，給王蓉送吃的，王蓉看著都心驚，趕緊上前幫忙。

劉杏花自己倒不覺得什麼，在農家，八、九個月身孕照樣下地幹活的也不是沒有，還有孩子直接生在田間地頭的呢，她這送點吃的算什麼？

「二姐，妳吃了嗎？」

「我已經吃過了。這是特意給妳準備的，快吃吧。」

王蓉點點頭，這才埋頭吃起來，她也是餓了。

吃完飯，王蓉簡單收拾了一下桌子，便跟劉杏花在房間裡聊了起來。

出嫁之前，劉杏花對王蓉並不了解，嫁過去後，因為兩家是姻親，又住隔壁，接觸的機會便自然而然多起來。因著陳家人口少，劉杏花閒著沒事，經常到王家去跟王家姑嫂一起做針線或是說說話，這會兒兩人湊一起話題也多，只圍繞著劉杏花的肚子就聊了大半個時辰。說到興頭上，王蓉還開箱子取出一個繡了可愛狗頭的肚兜。

「布料是棉的，吸汗透氣，就是料子是人家賣剩下的邊角料，姐姐別嫌棄。」

「嫌棄啥？我高興還來不及呢，這料子可真軟和，繡的狗狗也可愛，我都不知道要怎麼感謝弟妹呢。」就是她自己準備的，也不及手裡這個。不過……

「弟妹妳現在給我會不會不太好？要不還是明天認親的時候一起給？」最起碼讓人瞧著一視同仁。

這個王蓉還真沒想到，詫異了一下，轉瞬就反應過來，現在不是在娘家，這個處理不好還真容易引起矛盾。忙感激道：「還是二姐考慮得周全……」

劉杏花笑著擺手，正好此時一身酒氣的劉鐵被陳軒跟劉錫架著回來。

王蓉、劉杏花兩個忙起身迎上去。

「嫂子，四哥就交給妳了。我們先走了。」

王蓉笑著點頭，陳軒也過來扶上劉杏花，王蓉跟陳軒笑著點了點頭算是打了招呼，幾人就離開了。

王蓉這才轉頭來看被劉錫安置在椅子上的劉鐵。「真的醉了？」

劉鐵喝得有點高了，反應有點慢，好半天才點了點頭，嘴裡咕噥「醉了」兩個字。

「不是說不喝醉的嗎？還說找人給你擋酒，怎麼沒擋住？」

屋裡就有打好的水，王蓉念了兩句，便連忙打濕了毛巾給劉鐵擦把臉，又倒了杯溫開水給劉鐵灌下去，人總算清醒點了。

「他們灌得太厲害，姐夫太賊了，都不好好幫我擋酒，一開始還給我擋，後面他就躲了，幸虧有老五在，不然我就真的醉倒了。」

「你啊！」王蓉無語，伸手推他讓起來自己再去洗洗，結果對方手一勾她一個不注意叫他抱了個滿懷。

「別鬧了，快洗洗，洗洗我們休息。今天鬧了一天，你不累啊？」

「累，不過更興奮……」他終於把蓉妹娶回來了，從今以後，蓉妹妹就是他媳婦了，就是他的人了，想到這裡，劉鐵腦袋不禁往王蓉懷裡拱了拱，跟個小豬仔似的，呼哧呼哧的。

王蓉被他鬧得沒脾氣，只伸手去推人，沒想到人沒推開，劉鐵一起身，將她攔腰一個公主抱給抱了起來，然後她還沒反應過來就一個天旋地轉，到了床上，再然後就……

農家的早晨很熱鬧，公雞打鳴，小鳥嘰嘰喳喳叫，偶爾能聽到犬吠，甚至豬圈裡豬的呼哧呼哧求食聲。

昨晚因為太累，生理時鐘沒能及時將王蓉喚醒，一睜眼，外面已經天光大亮了。

王蓉一個激靈從床上爬起來，起到一半因為身子酸軟就無力的倒了回去，剛好砸在光著上半身的劉鐵身上。「怎麼不多睡會兒？」

劉鐵還有點迷迷糊糊的，被王蓉砸醒後，下意識伸手就要來摟王蓉。

「還睡？你也不看看外面都什麼時辰了？快放開我，待會兒娘該不高興了。」

做媳婦跟做閨女那是大大不同的，在娘家偶爾睡個懶覺，做娘的說不定還要來關心兩句是不是夜裡沒睡好？在婆家就不一樣了，很可能會因此讓人安上個懶婆娘的名聲。

「放心吧，我娘明理著呢，之前幾個嫂子進門，也都沒那麼早的，不遲。」

「那也不能再睡了。」一推開劉鐵的胳膊，王蓉小心翼翼的翻身下床，這次有了心理準備，雖然仍不太舒服，倒也承受得住，窸窸窣窣穿好衣服，王蓉轉身推了推劉鐵。

「你也趕緊起吧？我還不知道家裡做早飯什麼章程呢，你跟我說說。」

這些本來昨晚就該問的，可惜劉鐵沒給她機會。

「也沒啥章程，現在地裡活計忙完了，家裡沒什麼活計，一般一天就吃兩頓飯，早飯大概要辰時末巳時初才吃，吃的多是野菜麵湯配窩頭……妳也別緊張，按照家裡傳統，今天是妳第一天下廚，就算娘不親自盯著也會安排另外幾個嫂子跟妳一起做的，妳看著別人怎麼做跟著學就行。」

怕王蓉太實心了，劉鐵一邊穿衣服還一邊特意叮囑了一句。「我跟娘說過了，妳要靠這雙手做繡活換錢，繡娘的手金貴，娘估計也就讓妳做做樣子，不會給妳真的動刀動火的。」

「這樣會不會不太好啊？」王蓉真沒想到會繡活還能有這好處。

「沒什麼不好，娘這方面很開明，兒子兒媳婦有賺錢的門路一般都會支持，最多妳以後做繡活賺了錢，往公中交一些也就是了，都不用多，一百文頂天了。」

「如果是這樣那就太好了。」如果真的能一個月往公中交一百文就叫她從繁瑣的家務活中解脫出來，王蓉那自然是千肯萬肯的。

「肯定可以的，放心吧。」

劉鐵笑呵呵的打理好自己，拉著王蓉一起出門去了廚房。

廚房裡，金氏竟然真的在，此外還有劉家的另外三個兒媳婦張氏、李氏、汪氏。

「娘？」

「來了？進來吧！」金氏衝王蓉招招手。「老四，你就不用進來了，你先去堂屋吧，你大姐夫二姐夫都在呢，你去陪他們說說話。」

劉鐵點點頭，又眼神鼓勵了王蓉一番，這才轉身往堂屋去。

王蓉接收到劉鐵的眼神鼓勵，卻沒覺得有什麼用，知道這會兒是指望不上劉鐵了，只能深呼吸一口氣，轉頭笑著往金氏跟前來。「娘，有什麼我能幫忙的嗎？」

「妳今天第一天來，先去把碗洗了，其他的先不用妳做。」

王蓉點點頭，笑著從旁邊的木架子上取了一疊碗到旁邊用絲瓜瓤兒水擦洗，洗得乾乾淨淨的才端到灶臺上。彼時，鍋裡的野菜麵湯已經煮好了，窩窩頭也蒸好了。

「弟妹，妳來把窩窩頭撿出來。」

「哎！」王蓉答應一聲，重新挽了袖子就要去幹活，結果鍋蓋才掀開就被金氏拽到一邊去了。

「老三家的，妳來。老四家的這手是要用來做繡活的，金貴，萬一給燙著了，一個月五十個大錢，妳替她交啊？」因為劉鐵老是唸叨著說好話，加上確實對公中有好處，金氏對王蓉很是看重。

「娘，我沒……」汪氏不過是看不過去婆婆偏心，想要顯顯嫂子的威風壓壓老四媳婦，結果牌才打出去，老四媳婦還沒怎麼不開心呢，就直接叫婆婆給壓了。汪氏憋屈的不行，卻又不敢反駁，只得喏喏的幹活去了。

另外兩個張氏、李氏，一聽王蓉不用做家務一個月給公中交五十個大錢，一邊感嘆對方命好不用分擔家務，一邊又覺得王蓉傻。銅板多難賺啊？家裡幾個男人閒時去鎮上幹活，遇上好的主家一個月撐死了也不過一、兩百個銅板，交百分之三十到公中最多也就不到七十個大錢，她們女人平時閒著做點活計，能賺到的更少，有五十個銅板攥手裡不比什麼都強？家裡這點活計算什麼？

「彼之蜜糖，我之砒霜」這句話說得再沒錯了。張氏、李氏、汪氏覺得王蓉傻，一個月竟然出五十個大錢，就為了不做那點家務，卻不知道王蓉有那時間可以再賺十個五十大錢，甚至更多。

因為覺得王蓉傻，給公中送錢，加上早飯後王蓉又給二老包括隔房都送了一些自己做的小禮物，王蓉倒是很容易就獲得了劉家眾人的好感。

第二天，用完早飯，輪到張氏收拾廚房，而汪氏、李氏便招呼王蓉一起去河邊洗衣服，王蓉想著要盡快跟幾個妯娌熟悉起來，好融入劉家的生活，就答應了。回房簡單的收拾了一下，拾掇了一盆髒衣服，跟著李氏、汪氏一起往細水河走。

平時大家沒事，都到細水河邊洗衣服，只是之前王家離劉家有些距離，洗衣服不在一個地方，而劉家女人日常洗衣服的這個地方很明顯人比王家那邊還多。妯娌三個到河邊，愣是沒找到位置。

妯娌三個等了一小會兒，看有一個人走了，三人才過去，旁邊人又往邊上擠擠，勉強空出來三個人能施展開的地方。

這個時候的木盆笨重，加上滿滿一盆衣服，很有些重量，地上又有些濕滑，王蓉怕摔了，走得十分小心翼翼。終於到了地方，將滿盆衣服放下，心下大鬆了一口氣。

旁邊一個婦人見了，揶揄的笑著打趣。「新娘子第一次出來洗衣服，還不習慣吧？」

明明性格不算靦覥的王蓉不知怎麼的臉一下紅了，連連搖頭。「沒有不習慣，挺、挺好的。」

李氏、汪氏也幫著解圍。「喬嬸子，妳可別逗弟妹了，她臉皮薄，都是一個村裡住著，不過從村子這頭到那頭，有啥好不習慣的。」

「就是，等嬸子家那兒媳婦嫁過來，那才是不習慣呢，哈哈。」

「嬸子，妳家兒媳婦到底什麼時候嫁過來啊？日子定了沒有啊？我們都等著喝喜酒呢！」

那婦人是個直爽性子，被人打趣回去，也不惱，樂呵呵的道：「定了，定了臘月十八。」

「臘月十八好日子啊……」

眾人紛紛道喜，王蓉也笑著送上了祝福。

「聽說大將軍跟匈奴在北邊大戰了一場，妳們聽說了嗎？」

熱熱鬧鬧的喜慶氣氛中，一個婦人突然蹦出這麼一句話。

大夥兒愣了一下，不過很快就有人接上了話茬。「聽說了，說是打贏了？妳們說這打完了，我家二弟他們是不是就會回來了？」

「應該是吧？仗都打完了還不回來，留著幹啥？」有婦人不確定的道。

「這個不一定吧？往年也有仗打完了沒回來的。」

「那是人沒……咳咳……」

接話的婦人叫柱子娘，她嘴快，說話總不過腦子，啥都敢往外說，往常大家大多不計較，可今天這話要是說出來，恐怕得把村裡一半人家都給得罪了去，因此哪怕被喬嬸子一巴掌呼在腦袋上，險些沒一頭栽河裡，也沒敢吱聲。

只是河邊的氣氛到底是壞了，很快有人為了躲是非，或是逃離這種尷尬的氛圍，加快手上的速度洗好衣服端盆走了。

王蓉也想走，可她來得晚，這個時候又沒有洗衣粉，只能放點草木灰然後用棒槌捶打，洗得太快，她怕衣服洗不乾淨。

「妳說妳這嘴，怎麼就……」

第八章

很快，河邊的人就三三兩兩的走得差不多了，最後只剩下王蓉妯娌三個跟喬嬸子、柱子娘五人。喬嬸子又一巴掌呼在柱子娘胳膊上。

柱子娘疼得齜牙咧嘴的。「我、我這不是說話不過腦子嘛，我沒別的意思……」

「知道妳沒別的意思，可這話是能說的嗎？」

村裡這次兵役去了那麼多人，朝廷跟匈奴又在打仗，一個不好，說不得村裡大半人家得戴孝過年，這個事，但凡經歷過的老人，誰心裡沒點數？為什麼沒人提？還不是心裡都有個念想，有個期盼，為此都努力憋著嗎？她倒好，人家避開的，她偏去挑。

柱子娘心知自己不占理，只能蒙頭挨訓，不敢出聲。

喬嬸子見了，搖搖頭。「罷了，我也不說妳了，妳啊！早晚有一天得叫妳這張嘴給害了。」說完，端著衣服轉身走了。

柱子娘顧不上衣服還沒洗好，趕緊拾掇拾掇都扔到盆裡，也顧不上跟王蓉幾個打招呼了，端起盆就去追。「哎，妳等等我。」

眼看著最後兩個也走了，這邊只剩下王蓉妯娌三人，李氏才嘆了口氣。

「二嫂？」

「嫂子聽說弟妹家裡也不是很寬裕，之前為了贖買兵役的事，也費了不少心思吧？」

王蓉點點頭。「是。」

「不過，弟妹家裡最終還是拿出了那十多兩銀子，想來不僅是掏空家底能湊出來，也是心疼家裡人吧？」

「自然，不管是我爹、我大哥，還是我二叔，家裡都不希望他們去冒險。逃難的路上，我們已經失去了太多家人，已經失去不起了。」

「是啊，失去不起……」後面的話，李氏說的很輕，王蓉沒聽清楚，卻見李氏已經端著盆起身往回走了，竟然連招呼都沒跟王蓉和汪氏打一聲。

「二嫂這是？」啥情況啊？王蓉真是沒看懂。

汪氏勉強擠出個笑臉。「二嫂應該是想到了她的娘家吧？我們妯娌四個，妳跟大嫂娘家都是出了錢的，我跟二嫂娘家……我娘家實在是窮得叮噹響，飯都吃不飽，更別說拿錢買名額了，而二嫂娘家……據說其實沒有那麼窮，只是二嫂爹娘偏心，不願意拿錢，非得讓次子去。」

好吧，王蓉是真心沒想到，這麼奇葩的事情竟然就發生在她身邊。不過，這麼一來，二嫂剛剛的反應倒是能理解了。

跟汪氏一起往回走的路上，王蓉心裡還在思忖著等會要不要安慰一下二嫂，沒想到還沒到家門口，遠遠的就聽到了村裡的銅鑼響。

村裡只有兩個銅鑼，一個在族長家裡，另一個在里正家裡，不管哪一個，不是一等一的大事都不可能會被敲響。

「肯定是出什麼大事了，我們趕緊回去。」

汪氏端著木盆就往家飛奔。王蓉也想加快速度，可是自己力氣不夠，木盆本來就笨重，衣服洗完後，更是沈得壓手。還好，李氏回去後，劉鐵沒看到王蓉，便自覺地出來迎。「媳婦，這個給我，我來端。」

「出什麼事了？」

劉鐵力氣大，端著木盆在前面跑，王蓉空著手也才勉強跟上。

「附近村子出現了流民，有村子被搶了。」

「什麼？哪裡來的流民？北邊嗎？」

劉鐵搖頭。「不是北邊，南邊來的。」

什麼？南邊？王蓉心下一緊，南邊的形勢已經不堪到這個地步了嗎？

「有多少人？都是些什麼人知道嗎？」

「還不清楚，里正召集大家應該就是說這個事情，多半是安排巡邏的事情。」

這也都是常例，之前也有過這種情況，只是有村子被搶，讓大家心裡有點緊張。

「都別緊張，從目前得到的消息來看，流民並不多，應該也就百來口人，就是來了，咱們還剩這麼多老、少爺們也足以應付。不過該有的警惕咱們還是要有的，可不能像那個什麼小灣村稀裡糊塗的叫人搶了，所以，我建議各家各戶都出兩個人，從今天開始，咱們組織些青壯在村裡、周邊巡邏，往村裡來的唯一道路也要嚴防死守。」

「里正說得對，咱們這裡三面環山，易守難攻，只要守住唯一的出村道路，不叫人進來便不怕。只是近來，村裡婦人孩子莫要亂走，沒事都待在家裡，尤其是孩子，一定要看好。好了好了，其他也就沒事了，一家留兩個青壯，商量一下我們接下來的巡邏安排，其他人都回吧。」

交代好該交代的，族長、里正同時揮揮手，王蓉就跟著金氏、汪氏等一起站了起來。

最後劉老頭留下了劉金、劉銀兩兄弟，其他人一起回去等消息。

一直到下半晌，具體的排班表才出來，劉金、劉銀的值班時間是戌時亥時一共兩個時辰。

「這個時辰也還好，就是夜裡冷，要多穿點衣服，還有記得帶上傢伙事。」

「爹，娘，你們放心吧，我們心裡有數。」

「有數就行。」劉老頭咂咂嘴。「這巡邏也不知道得多久，要是時間久了，人怕是吃不消。」前半夜還好，後半夜那可是很熬人的。

「里正也說了，這個時間不是固定的，後面可能會換，里正還說了，若是流民的事情一時半會解決不了，允許各家各戶自行換人，不過要跟他說一聲。」

顯然，劉老頭想的這些，族長、里正也都想到了。

「這樣也好，老大跟老二也幹著，後面要是身體吃不消了，老三、老四再頂上。趁著現在流民還不太嚴重，鎮上老五那裡也要提前去跟他說一聲。別到時候擔心家裡跑回來被流民給傷了。」

「那明天我去鎮上一趟。」大哥、二哥明天就要開始巡邏，老四又剛成親沒兩天。老三劉銅主動站出來領了這個任務。

「成，就老三辛苦一趟。」

第二天，老三天還沒亮就跑了一趟鎮上，一家人坐一起早飯還沒吃完，老三竟然就已經回來了。

汪氏忙起身去廚房給老三盛飯。

「怎麼樣?路上還順利吧?」

「還算順利，我把事情都跟老五說了，也叮囑他了，他不會到處亂跑的。」老三抹了把汗，就著劉鐵遞過來的臉盆毛巾，簡單擦洗了一下。「回來的時候正好遇到客棧裡掌櫃的，跟掌櫃的聊了幾句，掌櫃的見多識廣，估計已經從來往客商那得了什麼消息，還偷偷跟我們說，讓我們多屯點糧食。」

「屯糧食?」劉老頭手上一頓。

老三點點頭，接過汪氏遞過來的飯碗，一口喝下大半碗野菜糊糊。「掌櫃的是這麼說的。」

「爹?」老大、老二幾個同時看向劉老頭，女人們也是目光灼灼的。

劉老頭沒了吃飯的心情，直接放下筷子，沈思了一會兒才道:「老大你們幾個，沒事上山弄點石頭回來，把咱們家的院子好好加固一下，等加固完院子，咱們爺幾個在後院挖個地窖。」

先準備著，萬一真的出事呢?

想了想又道:「先別聲張，看看情況，糧食的事，先私下裡跟幾個親家提個醒。」

「哎，好的。」

劉家還是很厚道的，得到消息的第一時間就讓幾個兒媳婦回娘家送消息。王蓉記掛著家裡，跟在幾個嫂子身後拔腿就走，金氏在後面喊她，她都沒聽到。

王蓉娘家就在村裡，離得近，沒幾步就到了。

劉氏看到她一個人回來，還詫異了一下。「咋這個點就回來了？還有劉鐵沒跟妳一起來？」

「劉鐵來幹……麼？」王蓉一開始沒反應過來，話都說出口了，才反應過來。媽呀！今天好像是她跟劉鐵回門的日子，她竟然一個人空著手跑回來了。她娘估計得氣死。

「幹麼？妳知道今天是什麼日子嗎？他劉家是什麼意思？啊？不帶這麼欺負人的……」

「娘，不是妳想的那樣！」眼見著劉氏嗓門突然拔高，跟爆炸龍一樣就要衝出去跟劉家理論，王蓉趕緊上前一把抱住劉氏的腰。

趕巧，後面被金氏塞了一手東西的劉鐵也氣喘吁吁的趕到了。一瞧這狀況，也顧不上怪媳婦坑老公，急忙上前滅火，幫著哄丈母娘。

可惜，一心認定劉家欺負她閨女的劉氏並不買帳，後來沒辦法，還是王蓉半扶半抱的把她拉回院子裡將事情原委細細說了一通，劉氏才繃著臉彈了王蓉額頭，勉強認下了她閨女坑人的事實，轉頭去女婿面前給她閨女說好話。

「蓉丫頭毛毛躁躁的，遇到點事情一點也沒個穩重，害得娘誤會了阿鐵，阿鐵可別跟我這老婆子計較……」

「娘也別放在心上，蓉妹她就是關心則亂。」

終於，一場誤會消除，王老爺子、王大富、王大貴叫了劉鐵、王栓去堂屋商量糧食的事情，王蓉則跟著她娘、二嬸、嫂子、妹妹去了廚房。

想到剛剛的誤會，劉氏是又好氣又好笑，嫂子陳月則是被逗得直樂，忍不住笑話。「嫂子也真是服了妳，妳說妳平時不挺穩重的嗎？怎麼就……哈哈……回門的日子都能忘了，唉唷！樂死我了。」

二嬸、妹妹王婷也是忍俊不禁。

王蓉起先是羞惱，後面想想自己也覺得挺可樂，跟著也笑了起來。

戲劇性的回完門，因著村裡開始戒嚴，王蓉便很少再出門了。

平時洗個衣服，整理一下房間，沒事時跟著給家裡人打個下手，更多的時間則是埋頭在一堆繡布、繡線中。

之前放在嫁妝箱子裡帶過來的大半布料已經被王蓉分門別類的整理出來，粗略算算，差不多能做十幾塊帕子、二十多個荷包，剩下幾塊大一點的，王蓉準備先存著，回頭要是能找到一樣花色、料子的，說不定能做件小衣服。

「嬸嬸繡的花花真好看，嬸嬸，我能跟妳學繡花嗎？」

「啊？」王蓉笑著抬頭看向旁邊還吸溜著鼻涕的小侄子。「狗娃怎麼會想跟嬸嬸學繡花？」

「娘說嬸嬸繡花可以換錢，有錢就可以買糖吃，狗娃想吃糖。」小娃娃聲音糯糯的，說著還不忘吸吸手指。

旁邊的大嫂張氏聽到了，笑罵著給了狗娃一腦袋瓜。「吃，就知道吃，為了吃，讓你幹啥你不願意啊？去去去，玩兒去，繡花是你一個男孩子玩的嗎？」

教訓完孩子，張氏又笑著對王蓉道：「別理他，就是饞的。回頭讓他爹給他買塊糖甜甜嘴，保證立馬就忘了。」

王蓉笑著點頭，這個時代跟現代不同，現代多少服裝設計大師、刺繡大師都是男的，這個時代要是一個男的學刺繡，那是要被人看不起的，除非實在活不下去了，沒人敢挑戰這一點，所以王蓉也沒想過真的要教狗娃學刺繡，不過聽著玩玩。

張氏顯然也知道這一點，說實在的，其實打心裡她還挺遺憾沒個閨女的，要是有個閨女，她跟四弟妹求求情，依四弟妹的性子肯定不會拒絕教兩手繡活，看四弟妹繡的那花樣，不說學個十成十，哪怕學個三、四成也能賺點小錢。

越想，張氏越覺得可惜，看著王蓉穿針走線便越發眼熱。

「嫂子？」

「啊，啊？沒事沒事，我就看看、看看。我那邊還有活，那個弟妹，妳先忙。」說完，張氏就趕緊溜走了。

王蓉也沒放在心上，只抬頭晃了晃腦袋、扭了扭脖子，又繼續繡起來。今天她要把手裡這塊帕子繡完，然後看看，天色若還早的話，她還想跟著嫂子們一起幫幫忙。

申時，一塊帕子終於繡好了，下完鎖邊的最後一針，王蓉揉著脖子收拾好針線笸，站起身。恰好劉鐵剛剛跟老三拉了一車石頭回來，正在邊上歇，見她起身伸著手便要作勢過來鬧她。

叫金氏見了，虎著臉呵斥。「你身上又是灰又是汗的，胡鬧什麼？別把你媳婦好不容易做出來的東西都給弄髒了，敗家玩意……」

「娘，我就嚇唬嚇唬媳婦，沒真想怎麼樣。」劉鐵無奈辯解，他跟王蓉剛成親，正是最黏乎乎的時候，他一天恨不能十二個時辰都賴在媳婦身邊，現在不得不見天的跟哥哥們一起上山搬石頭，偶爾空下來還不許他跟媳婦鬧一鬧？也太殘忍了吧！

「那也不許。回頭等活幹完了，收拾得乾乾淨淨的，隨你們鬧騰去，你現在這樣髒兮兮的，就少往你媳婦跟前湊。」

說著，金氏還給了劉鐵一個嫌棄的白眼。王蓉看了，忍不住聳著肩膀捂著嘴偷笑。老三也是哈哈直樂。只劉鐵哀怨的跟個小媳婦似的。

笑完，王蓉回屋換了一身粗布耐磨打著補丁的舊衣服，帶上自己縫的口罩、手套出來幫忙。「娘，我來幫你們。」

「妳這力氣夠幹麼的？趕緊一邊去，小心砸著。」

劉鐵首先上來攔，金氏等人也都跟著勸。劉家人多，但運石頭、裝卸石頭這事，女人能幫忙的還真不多，頂多就跟張氏、李氏、汪氏她們一樣，男人們把石頭弄回來，從車子上卸下來，她們把堆得不夠齊整的石頭，往一起整理整理。然後用石頭砌牆需要土，她們揹著簍子出去幫忙弄點細土回來。

「我不搬石頭，我給嫂子們幫忙，跟嫂子們一起去揹土。」

「妳那點力氣能揹多少土？」

「積少成多嘛，再說我做了一天刺繡，都沒怎麼動彈，正好借機活動活動。」

王蓉堅持，劉鐵也沒了辦法，疼媳婦的他也只能給媳婦找個小點的背簍。

看著明顯小一號的背簍，張氏幾個妯娌當先不是滋味了，老大、老二巡邏去了不在旁邊還好，張氏、李氏便是心裡不舒服也沒發洩的對象。

汪氏卻是當下便酸溜溜的衝老三道：「你看看人家四弟，再看看你。」人家是怎麼疼媳婦的？你又是怎麼疼媳婦的？

無辜受牽連的老三尷尬的乾咳了幾聲。「咳咳，那個家裡背簍都是一樣大的啊！四弟拿的這個是之前大哥特意替狗蛋做的，當然小了，這不是家裡沒有大的背簍了嗎？再說，也沒讓妳揹滿滿一簍子啊，妳自己能揹多少裝多少不挺好的嗎？」

挺好，挺好個屁，我想要聽的是這個嗎？你說你不會做也就算了，竟然連個好話都不會說。汪氏當下就想翻臉，但眼角餘光不經意間瞟到站在旁邊的婆婆金氏，剛剛飄起來的一點心思，立馬歇了。得了，她本就沒有四弟妹那本事得婆婆喜歡，嫁過來兩、三年連個娃都沒懷上，她有啥資本要求這要求那的啊？她男人沒嫌棄她就不錯了。想到這兒，汪氏也不作聲，轉頭勉強笑著衝金氏點點頭，急急揹起空背簍轉身出去裝土去了。

王蓉不明白汪氏為啥發作一半又收回去了，不過這並不影響她幹活。她也不是那不知道好歹的，劉鐵把狗蛋的小背簍給她，金氏沒再攔，她也就當婆婆默認了，揹起背簍就跟著出門了。

加固圍牆的石塊，劉家一家人從山上往下面搬了一趟又一趟，一直忙了有三、四天，才準備得差不多。

這段時間，村裡人少有出門，看到了也沒放在心上，所以一直到劉家圍牆都快加固完成，看到劉家那猛然拔高了一大截的圍牆，眾人才反應過來劉家這段時間究竟在幹麼。

心裡有數的知道劉家這是未雨綢繆，不清楚的只當劉家是閒著沒事幹了。

就在這個時候，鎮上糧食漲價的消息傳了出來。

「什麼？漲價了？」

「是，漲價了，還漲了不少。」

「是不是因為快過年了？」每到年前，糧食價格一般都會漲一些的。

「看著不太像，這次勢頭有點猛，這才幾天，價格已經漲了有五成了。」往常年前就算漲，也就小漲個一、兩成，哪有現在這樣的？

大家想想也是，心下便有些著急。

當然也有那秋收糧食收得比較多，準備賣些出去的，很是高興，畢竟糧價越高，他們能賣的錢也越多。僅兩天，村裡就已經有六、七戶人家禁不住有人高價收糧的誘惑，賣了糧食。

劉老頭也試著勸過，可話還沒說兩句就被刺了回來。「老哥，你不用說了，我們不像老哥哥那麼能耐，二十多兩說拿出來就拿出來了，我們家要有那家底也不在乎這三瓜兩棗的。」

氣得劉老頭吹鬍子瞪眼的。

金氏見了卻一點都不同情。「嗤，人家族長、里正都沒說什麼，偏你好心，這好心被狗吃了吧？活該，有那時間還不如上山多巴拉兩塊石頭回來是正經。」

「行行行，搬搬搬，這就去搬。」劉老頭被念叨的沒法子，轉身拎著個筐抬腳就往後頭去了。

汪氏幾個妯娌看著可樂，在旁邊一邊幹活、一邊忍笑。

金氏見了挨個指著呵斥。「妳們也別只顧著笑，但凡妳們男人有那爛好心的，全都給我狠狠的罵，人家都是瞎子、聾子，就他們良善智慧，充什麼大尾巴狼……」

「娘，您放心吧，我們會注意的。」

「是啊，娘，您就放心吧，保證看得死死的，不叫他們在外面亂說話。」

王蓉連連跟著點頭，這事都不用她提，劉鐵先就跟她叮囑過了，讓她別太好心。

說來也巧，當天晚上，村裡就出了事，有流民闖進村裡，不僅偷了幾戶人家糧食還打傷了人。聽說有幾個人傷得還挺嚴重的，一個弄不好說不定命都能沒了那種。

「不是有人巡邏嗎？怎麼還叫人摸進來了？」而且竟然都打上了，這麼大動靜，其他人愣是都不知道，王蓉還是第二天早上才聽說的。

「誰知道呢？不過，我聽當家的說這幾天巡邏隊鬆散得很，好多人都沒去了……」巡邏隊本身就不是什麼專屬職業，大家也沒有職業素養、職業道德的意識，一開始因為流民出現，怕有危險，眾人從自身及家人安全出發當然用心。但時間長了，一直看不到流民的影子，村裡每天安安靜靜的，啥事都沒有，尤其是晚上，巡邏值夜著實辛苦。一天、兩天的，大家可能沒什麼怨言，時間長了，怎麼會不出現問題？

這幾天糧價上漲，人心躁動，里正、族長一時沒能顧上這邊，昨天夜裡後半夜巡邏的一口氣竟然一大半人都沒去，就剩兩、三個大小夥子，能幹麼？膽子小一點的，大晚上讓他們在村子裡轉悠轉悠恐怕都不敢。聽到點動靜，還沒怎麼樣呢，他們自己就先嚇跑了。

第九章

「其實也沒啥不好。」

聽王蓉跟汪氏在說村裡那幾家被偷糧食的事，李氏、張氏也湊了上來。

「村裡有些人就是賤皮子，我看他們這遭不冤，我可聽說了，從他們開始賣糧食就叫人盯上了，人家都說『不怕賊偷，就怕賊惦記』，之前爹不過好心勸勸，看看那話說的，能把人噎死，再看現在呢？真真是現世報……」

是不是現世報，王蓉不知道，不過那幾家接下來的日子不好過是肯定的，現在才十一月，要到來年九月才有新糧下來，也不知道這幾家這小一年的時間要怎麼度過？

當然這個問題王蓉也不過就腦子裡這麼閃一下罷了，這都是人家的事，她沒那麼聖母，她關注更多的是這件事帶來的影響——村裡的巡邏隊重新組建，這一次族長、里正下了死令，再敢有無故缺席、不上心的情況，就全家逐出村子，一時間倒沒人再敢懶散。村裡還有不少人家學劉家開始加高圍牆……從某種意義上來說，其實這件事對村裡其他人家來說反而是好事。

「老四家的，想什麼呢？老二家的問妳話呢。」

「啊？娘？二嫂說什麼？」王蓉有點走神了。

「妳二嫂問妳能不能教大丫針線？」

「對對對。」李氏原本還有些不好意思再開口，婆婆直接給挑破了，倒是免去了她的尷尬，因此很感激的看了金氏一眼。

王蓉沒第一時間答應，而是轉頭看向院子裡正在給雞捉蟲子吃的大丫。都說窮人的孩子早當家，王蓉上輩子自己沒結婚沒孩子，但身邊朋友的孩子卻是見過的，像大丫這樣五、六歲的孩子，有些吃個飯都還要爺爺奶奶追在後面餵，一個不如意就嚎啕大哭。再看大丫，王蓉嫁過來也有兩個月了，一次都沒見這小丫頭哭嚎過，唯一一次掉金豆子，還是她哥山子跟狗蛋、狗娃玩不願意帶她。這樣的孩子，著實讓人心疼。

「二嫂，大丫還小，暫時倒不急著動針，我先教教大丫怎麼配色、分線，等大一點……」

「哎，好好，妳安排，都聽妳的。」

王蓉沒拒絕教大丫手藝，李氏對王蓉的態度更友善了，平時有什麼活都搶著幫忙幹。家裡開始挖地窖，李氏還特意叮囑老二讓他替劉鐵多幹些。

「妳這娘們，我跟老四是親兄弟，我還是他哥，難道還能累著他？倒是妳這殷勤獻的，老四兩口子給妳啥好處了？」這可不像他媳婦的為人行事啊。

「劉銀，你啥意思？我咋了？我對你家人還不夠好咋的？」李氏一聽就要炸。

「好，好！」就是好得有點過了，他媳婦他還不清楚嗎？就跟大多農家婦人一樣，沒什麼壞心，做事也麻利，對老人也還不錯，但因為窮，怕自己吃虧，什麼都要爭一爭。跟嫂子、弟妹之間的妯娌關係也就那樣，明面上的大戰是沒有，私下為了誰多幹了點活計什麼的小爭吵，卻是從來就沒斷過。不對……

「這陣子妳跟嫂子、弟妹的關係好像變好了？」不說還沒發現，他耳朵邊是清靜了些日子，媳婦竟然有些日子沒跟他抱怨嫂子、弟妹奸猾什麼的了。

「你才發現啊，自打四弟妹嫁過來確實好多了。」主要四弟妹那性子，跟她吵，也實在吵不起來。而且人家一個月交五十個大錢給公中，家裡家務啥的都不用幹，也沒啥能攀扯上她。加上四弟妹為人又大方，每次繡活換了銀錢都會買些飴糖什麼的零嘴回來分給孩子們。她們縫補衣服缺點布料什麼的和她討，她也不怎麼計較，吃人的嘴短、拿人的手短，她們還怎麼好說？

之前沒四弟妹在的時候，她跟張氏、汪氏妯娌三個私下裡鬧了矛盾，有了口角，也沒人從中調和，家醜不能外揚，幾個女人除了跟丈夫抱怨抱怨就只能回娘家跟娘家人說道說道，可娘家人擔心自家閨女在婆家受委屈，聽了便各種出主意，不僅不能將矛盾化解，反而使得矛盾升級。

有了四弟妹，她們吐苦水的對象就變成了四弟妹，四弟妹這人話不多，但是個很合格的傾聽者，嘴很緊，說了什麼她絕對不會傳出去。她們跟四弟妹說完，消了氣，自然也就不會再去想著討回來了。時日一長，能不消停？估計婆婆也是看出了這一點，所以對四弟妹是越發好了。她看著都眼饞羨慕，可她不嫉妒，因為她自己做不來。

從這一點上來看，李氏還是個很有自知之明的人。

地窖很快就挖好了，為了安心，地窖挖好烘乾的第一時間，劉鐵幾兄弟就把幾袋穀子、乾菜什麼的都放到了地窖裡。

這幾天，村裡又被流民光顧，好在人還沒進村就被巡邏隊發現攆了出去，沒造成太大損失，只是虛驚一場。周邊村子遭搶、竊的消息不時傳來，跟周邊其他村子相比，他們山凹里算是情況比較好的了。

「要下雪了。」天上雲的位置有點低，看樣子這場雪怕是還不小。

有經驗的老人心下都鬆了一口氣，一場雪落下來，積雪過膝的情況下，路會更加難走，也更難掩藏痕跡，這種情況下流民進村的可能性就更加低了，只要小心防範，村裡這個冬天應該是安全了。

午時，大雪如約而至，越下越大，鵝毛大的雪花紛紛揚揚的。

「老五？你咋這個時候回來了？」劉錫到家的時候，整個人都快成雪人了，身上落得都是雪，唯一露在外面的臉凍得通紅。

「娘，我回來送個消息。」

「這外面下這麼大雪，什麼消息不能等雪停了，你這孩子，之前你四哥還說你在客棧裡歷練得穩重了，怎麼還是這麼冒失！」說著，金氏已經一巴掌狠狠拍在老五背上。不過，冬天穿的厚，老五並不疼，那一巴掌只將身上落的雪都給拍了下來。

「娘，快讓老五進來吧，這麼大的雪，別凍出個好歹來。」說完，張氏也不等金氏答覆，已經徑直去廚房給老五端薑湯去了。

老五進來，抖落了身上落的積雪，坐在火盆前烤火，張氏那邊薑湯也端上來了。

「趕緊喝，喝完說說到底咋回事？怎麼突然這個時候回來？」

「娘，鎮上貼布告了，我是怕村裡沒人去鎮上不知道消息，所以才想著趕緊回來說一聲，別誤了事。」

「布告？什麼布告，布告上說啥了？」

「說是匈奴已經退走了，再過三五天，之前去服兵役的一批人中就會有人回來，叫各個村子著人去鎮上接……」

「都到鎮上了還接啥接？自個回來不就……」金氏第一反應這些人就是折騰人，話說到一半了，才反應過來，為啥叫人去接？肯定是自個兒回不來唄，為啥自個回不來？不是受了傷，就是……金氏突然就不敢往下想了。

家裡也是瞬間沈默。

好半天，劉老頭才拍拍腿站起身。「老大，去把蓑衣找出來給老五穿上，老五跟我去族長那一趟，把事情說清楚。」

老五點點頭，老老實實的跟著出去了。老大、老二想要跟著一起，叫劉老頭攆了回來。「你們跟著去幹啥？不夠礙事的，做你們自己的事兒去。」

一直到兩人走了有一會兒了，金氏招呼幾個兒子媳婦該幹麼幹麼去，王蓉這才發現不知什麼時候，娘家有兄弟去服兵役的李氏、汪氏已經滿臉淚水了。王蓉想勸又不知道怎麼勸，愣在原地不知所措。

「走吧！」劉鐵拽了拽王蓉衣袖，私下裡給王蓉使了個眼色。

「你剛剛怎麼不讓我留下？我也好勸勸兩個嫂子。」

「沒法勸，這種事除了陪著哭能咋勸？還是得二嫂、三嫂自行想明白才行。」村裡那些人家也是，說實在的，劉鐵心裡也不好受，這次村裡去了幾十個人，大家雖然不是親兄弟，卻都是從前抬頭不見低頭見的，甚至還是一起光屁股長大的小夥伴……與此同時，劉鐵又帶著慶幸，慶幸當初家裡到底拿出那二十兩銀子，不然萬一真的他有個什麼，媳婦怎麼辦？爹娘該怎麼辦？

另一邊，族長聽到這個消息，也是好半天都沒說一句話。

還是族長媳婦在外面沒聽到裡面有動靜，覺得奇怪進來看才打破了沈默。

「這是？」族長媳婦一看這情況就知道怕是出大事了，不然族長還不至於這樣。

族長搖搖頭沒吱聲，起身出去招呼兒子去叫里正來，然後也沒進屋就在院子角落裡冒著雪劈起了柴。「啪啪」的聲音在院子裡響起，也打在族長媳婦及其家人心上，弄得一家人心驚膽戰的。

屋內，老五也是如坐針氈，反倒是劉老頭已經完全想通了，心緒還平靜些。

「爹，里正來了。」

族長面色不好，里正知道後來得很快。

「進屋說吧。」族長終於喘著粗氣扔下斧子。族長媳婦忙上前遞上毛巾，族長只囫圇接過，抹了把臉就扔到了一邊。

「老五？你啥時候回來的？」

「剛到家。」

族長、里正一起進來，老五立馬跳了起來。

族長揮了揮手，示意老五坐下。「老五，你把之前說的再給里正說一下。」

老五點點頭，將鎮上布告的事情又細細說了一遍。

「……唉，這麼一來今年這個年就不用過了。」頓了頓，里正繼續道：「當初咱們村可出了幾十口人，得去不少人才能都接回來，消息怕是瞞不住。」

「也不用瞞，說難聽點，當初送出去不就有了這個準備？我叫你來也不是想著瞞，而是我們得先有個對策，現在外面下著大雪，就算這雪馬上就停了，一時半會兒外面雪也化不了，牛車恐怕沒法走，要有傷員也不方便運回來……再者有多少傷員，我們也都不清楚。

「我的意思，咱們先透個消息出去讓大傢伙心裡有數，後天我們帶幾個人去鎮上看看情況，能帶回來的就帶回來，帶不回來的……老五做事那客棧這會兒應該有空房，到時候我們先給安置到那兒去。鎮上有大夫，先讓大夫看看，能救的肯定得想辦法救回來，做到仁至義盡。你覺得呢？」

里正連連點頭。「就按族長說的辦。只是客棧那邊所費的銀錢？」

「費不了多少，傷員在那邊最多也就待個一、兩天穩定穩定情況，叫大夫看看，肯定要接回來的，再說具體情況我們還不清楚，說不定沒咱們想的那麼差呢？仗不是打勝了嗎？」良久，族長才又嘆了口氣道：「如果真的花得多，到時候再說。」

轉眼，兩天時間已過，到了去鎮上接人這一天。

走之前，怕又有流民來騷擾，並回頭他們讓人回來送消息方便，里正特意安排了人盯著村口的路，才帶著包括劉鐵在內的幾個人冒著風雪往鎮上趕。

風大雪大，路不好走，一行人卯時正就出發，用了平時兩倍的時間才趕到鎮上。

「你們也來了？快來這邊避避風，估計還得等一會兒呢。」

外山村距離鎮上更近，到得比劉鐵他們早一些，得到的消息也更全面一些。「說是並不是所有人都『回』來了，還有不少人沒回來。」

沒回來的，都是這次運氣比較好的，在戰場沒受傷，抑或是輕傷，治好了還可以再繼續戰鬥的。而今天這批被送回來的，都是好了也上不了戰場的，但命總算是保住了，所以也說不清這算不算得上是「塞翁失馬焉知非福」？

「來了來了！」

很快，遠處就來了一個隊伍，隊伍很長，移動非常緩慢，劉鐵等人幾乎望眼欲穿。自打隊伍出現，又過了小兩刻鐘，隊伍打頭的才到了跟前。

「你們都是各個村子的？」

「是是是，我們看到了布告，就趕緊帶著人過來了。」

為首的人點點頭，隊伍先頭的是一行幾十人的兵士打扮，為首的看著穿著不同，大小估計是個百人將，後面是一溜怪模怪樣的車子，車廂比普通馬車、牛車車廂更簡陋粗糙一些，前面竟是幾條大狗拉著在雪上滑行。車廂裡能看出來應該都是不良於行或是受傷的士兵。

劉鐵只見那人揮了揮手，然後一串呼喝聲中，那些大狗就都乖乖停了下來。

「人都在車裡，你們可以接回去。」

為了方便交接，特意把一個村子的人都儘量安置到一起，所以操作起來倒是簡單不少。劉鐵他們很快就看到了他們山凹里回來的人。

只一眼，雙方都淚眼濛濛。

「嗚嗚……族長……」一個人死裡逃生終於回到家鄉看到親人是什麼樣子，就是眼前這樣子——像個走失終於回到父母懷抱的孩子委屈的哇哇大哭。

劉鐵自認自己屬於不愛哭的，長這麼大自有記憶來從沒哭過，這一刻也被氣氛感染惹濕了眼眶。

「好，好，回來就好、回來就好。」族長抹了把臉，紅著眼，小心翼翼的挨個摸了摸回來人的腦袋。

一將功成萬骨枯，從來都不是誇張的說法，這次山凹里出去幾十口人，除去個別留下的，就只回來了八個人，其中還包括兩具屍體，剩下的六個人也都缺胳膊斷腿，還有一個腰腹受了傷到現在都還沒好，臉色慘白，都不知道能不能活下來……然即便是這樣，卻也已經算是周圍村子裡能夠活著回來的比較多的了。

族長、里正帶著劉鐵等人快速將人先安置到鎮上唯一一家客棧，劉錫已經提前找了大夫在這裡候著。只是那兩具屍體不好往客棧運，所以里正先帶著人將屍體帶回村安置。

「大夫，怎麼樣？」

老大夫一個個看完，捻了捻鬍子，沈吟片刻才開口道：「除了那個傷在腰腹的，其他幾個都無性命之憂。傷了腿、胳膊的，傷口都已經長得差不多了，給他們治傷的軍醫醫術很高明，我並不能比他處理得更好。那個傷在腰腹的，他除了外傷還有內腑出血……估計是軍中缺醫少藥，沒能及時用藥。現在處理起來會比較麻煩，不過也不是不能救，他命也算大，若不是這個時候天冷，恐怕早沒命了……」

「能救？太好了，大力你聽到了嗎？能救，能救！你不用死了！」剩下五個人高興得抱在一起又哭了一場。劉大力傷得太重，他們之前都以為堅持不到家，就連劉大力本人都沒想過還能救，他之所以一路堅持，不過是這個時代人最傳統的落葉歸根的想法罷了，不想魂葬異鄉，又想在死前再見一見親人，沒想到竟然還有活路。

激動完劉大力能活下來，更多的跟他們一起出去的鄉人、族人如何，該交代的還得交代清楚，即便真相殘忍也無法避免。

幾個人相互對視一眼，最終由劉夢開口道出了這個意料之中卻極其殘忍的真相。

「北疆軍中缺兵卒，我們離開家之後只簡單被訓練了一些基本的『擊鼓而進，鳴金收兵』就被拉到了戰場上，有人膽子小，看到匈奴的騎兵忍不住往後跑，直接就被監令官砍了腦袋。更多的，匈奴騎兵一個衝鋒……還在愣神，腦袋就沒了，屍體都被踩成了泥肉，我們想要找回來都找不回來……」

劉夢說著說著，與其他幾人想起戰場上的情景不禁哽咽低泣起來。

「出去那麼多人，剩下的都在這兒了？」

幾人艱難的點點頭。族長咽了咽口水，嘆了口氣，轉身出門在客棧門口的柱子邊蹲下看著遠處，好半晌沒說話。

劉鐵也知道這個時候氣氛不太好，可是他剛剛沒看到李、汪兩家的人，怕回去兩個嫂子問起來，他沒法交代，還是忍不住問了一下。「你們知道李磨跟汪大石怎麼樣了嗎？」

「汪大石？你說的外山村那個汪石頭吧？他不跟我們一起訓練，後來也沒分在一處，不是太清楚，不過李磨還活著。」

「不僅活著，還很厲害。」

「確實厲害，在戰場上不要命，用我們伍長的話說，人夠狠，天生適合戰場，是個很好的兵胚子，就他一個人殺了兩個匈奴騎兵呢，好像還升官了。」

沒死還升官了？這有點出乎劉鐵的意料，要知道李磨長得並不高大健壯，黑黑瘦瘦跟個細竹竿似的，不過因為在家裡做的農活多確實有把力氣是真的，沒想到……不過，能活著就是好的。不是嗎？

得了李磨的消息，劉鐵又聽他們簡單說了一些戰場上跟匈奴騎兵作戰的事。「我們的人損傷很大，不過後來陳大人來了，那些匈奴騎兵也沒撈著什麼好，聽說陳大人雖然是個文人，卻熟讀兵書，用兵如神，那些匈奴人都被一個什麼陣打敗了。」

幾個回來的族人見識不多，他們本就是聽後來退下來的人說的，道聽途說下，也說不清楚到底那個陳大人是如何破敵的，只知道陳大人把匈奴騎兵打敗了就是。

這倒是讓劉鐵莫名想到了陳軒，兩個人都是姓陳，都很聰明。劉鐵搖搖頭，比不上比不上，自己就是個普通人。

第二天，喝了大夫兩劑藥，幾個傷員精神都好了很多，劉大力也能禁得住顛簸，且外面的落雪已經小了一些，眾人便開始往村裡趕。

昨天送回去兩具屍體，村裡已經嚎哭開了，這會兒一行人回去，將有更多人家得到親人不在的噩耗，劉鐵幾乎可以想見接下來的日子，山凹里將會是什麼樣的景況。

「來了來了，回來了。」

老遠，劉鐵就聽到村裡有人喊，抬頭只看到密密麻麻的人影，看不清臉，但大家的腳步卻都下意識慢了下來。

然，該面對的，總是得面對的。

「夢小子？你銅鑼哥呢？」

「小子，你三叔呢？」

「我兒呢？」

「他爹怎麼沒有回來？」

「後面還有人嗎？」

一村幾十戶幾百口人幾乎全員出動，劉夢幾個人周圍被圍了一圈又一圈，劉鐵看了看，想著也沒自己什麼事兒了，留下也不好，乾脆跟族長伯父打聲招呼偷偷溜了。

第十章

劉家，因著金氏發話，哪怕個個心裡蠢蠢欲動，一家人都貓在家裡沒動彈。

劉鐵進來時，王蓉正一邊做繡活，一邊耐心的教大丫分線。見劉鐵進來，起身去給劉鐵拍打身上的落雪。

結果李氏比她動作還快，第一個竄了過去，激動的甚至抓住了劉鐵的袖子。「四弟，你回來了，你看到我兄弟了嗎？他回來沒有？啊？」

汪氏緊隨其後，兩人都目光灼灼的盯著劉鐵，生怕錯過劉鐵臉上的任何一個細微的表情。

劉鐵搖搖頭。

眼見兩人立馬嘴角垮了下來，臉色比哭還難看。王蓉趕緊拽了一下劉鐵的袖子。

劉鐵也意識到自己似乎造成了誤會，忙道：「我跟他們打聽了，李磨兄弟沒事，他作戰英勇，敢打敢拚，不僅人沒事，聽說還升官了，現在已經是個伍長了。汪家兄弟我沒打聽到，說是跟他們不在一處，也不知道什麼情況。不過三嫂也別太擔心，說不定汪家兄弟跟李家兄弟一樣呢。」

「真的？我兄弟活著？太好了，哈哈，我兄弟活著，活著，太好了！」李氏高興的都有些瘋魔了，金氏看李氏有點不對，趕緊拍了她一巴掌。

李氏愣了下神，轉身抱住了金氏，嚎啕大哭。「娘，我兄弟沒事，我兄弟還活著，他沒事，他沒事，嗚嗚……我好怕他有事啊，我爹娘偏心，他這麼多年吃了那麼多苦，家裡所有的重活都他一個人擔了……」

金氏也不說話，只拍著李氏後背安撫，由著她發洩。

另一邊，汪氏雖然有些擔心自己娘家兄弟，卻也為二嫂高興，這樣一來，家裡氣氛倒好了起來。大嫂張氏還特意拿了一條一尺多長原本準備留著過年的凍魚出來，熬了一大鍋魚湯算是慶祝。

「今兒這魚湯熬得好，鮮甜鮮甜的，留一碗出來給杏花送去嚐嚐。」

劉杏花已經八個多月身孕了，眼瞅著就要生，全身浮腫，近來吃飯吃不大好，睡覺也睡不踏實，陳家又沒有女性長輩，金氏便有事沒事過去看一眼，回來每每心疼得不行，自己吃到什麼好吃的，都想著給女兒捎一份。

家裡包括王蓉在內的幾個兒媳婦見了，也都沒說什麼。大嫂還殷勤的叫了大哥親自送過去。

劉金得了令，撐了一把傘，縮著身子，深一腳淺一腳的去送魚湯。家裡等著他回來一起吃飯，可左等右等不見人。

「老二，你趕緊出去看看，是陳家留客還是怎麼的，怎麼還不回來？」一家人等著呢。

結果劉銀出去不多會兒就跟劉金一前一後回來了。「村頭劉三路家鬧起來了，他家不是之前鬧著賣糧食，引來了賊，糧食都被偷了？這次他三兒子一去又沒能回來，便道是三兒媳婦剋的，鬧著要把他三兒媳婦攆出門，大哥去幫忙叫了人……」

「攆出門？這種天氣？這也太不講道理了吧！再有他兒子衣冠塚都還沒立吧？」

「立啥立啊？這消息大家才剛曉得呢！」劉老頭搖搖頭。「那兩口子一貫偏心，只沒想到能偏心到這個地步，怎麼說那也是自己親生的啊！」

「後來怎麼解決的？」金氏又問。

劉銀搖搖頭。「我把大哥叫回來時還在鬧呢，不過，族長、里正都已經過去了。」

劉家人一陣唏噓。

晚間，愛八卦的柱子他娘送來了進一步消息，劉三路老倆口覺得三兒子一家晦氣，硬給人安了個剋人的名聲攆出門不說，也不知道誰挑唆的，竟然嫡親的孫子孫女都不要了，說是剋親，要跟著一起都攆走，淨身出戶。最後，還是族長看不過去發話，才同意分了一間屋、半口袋糧食給那孤兒寡母三個。

「你說，這麼點東西哪能養得活那娘三個？這不是逼人去死嘛！可人家劉三路兩口子愣是咬死了不鬆口，說是家裡糧食都被偷了，沒了，他們也快要餓死了。能怎麼辦？」

不能怎麼辦，清官難斷家務事，這種事就算是族長、里正也不好管。所以最後就這樣了。

「還不止這一家呢，大力你知道吧？他這次也算是撿了一條命回來，不過人家大夫也說了，他現在這樣只能先養著，還要好好養，然後他兄弟就嫌棄上了，這不人才到家呢那邊就鬧著要分家了，我還聽到他弟妹嘀咕說是『怎麼不死在外面？』你說這些人都是什麼心腸？大力再怎麼樣也是長子，這些年可沒少為家裡做事，這一下子出事，嘖嘖，跟你大女婿家也差不多了。」

劉家人皆是無語。

送走了柱子他娘，金氏連聲感慨，慶幸不已。「當初到處借錢，就差砸鍋賣鐵給贖買了兩個名額果然是對的，不然兒子沒了不說，這個家恐怕也就散了。」

「娘，您也別都看那些不好的人家，兄弟沒了幫著養孩子的，也不是沒有啊，就算有一天我們兄弟幾個誰真的怎麼樣了，我相信其他……」

「呸呸呸！胡說八道什麼，快呸呸呸，走過路過的各路神仙勿怪，小子不懂事，口無遮攔，勿怪勿怪。」

劉鐵原本是看不得金氏臉上的物傷其類，一時著急才說錯了話，這會兒乖覺得很，金氏讓幹啥幹啥。雙手合十衝著四個方位拜了又拜，總算哄得金氏開了顏。

王蓉在旁邊看著憋笑，她很多時候真是對劉鐵很佩服，這人嘴皮子實在厲害，尤其是在對上金氏的時候，還會各種耍寶。

劉鐵、金氏這邊正樂著，外面突然傳來急促的敲門聲。

「親家母，親家母，妳快去看看，杏花好像要生了。」

「什麼？要生了？怎麼突然就要生了？」不是還沒到日子嗎？意識到小女兒那邊可能出了問題，金氏一個沒站穩險些摔地上。

劉鐵剛好就在金氏旁邊，緊急伸手把人扶住。「娘，您別自己嚇自己，我們先問問情況。」

「對對，四弟說得對，娘，說不定只是正常生產呢，二妹這胎也快九個月了。」以前也不是沒這樣的例子，孕婦懷胎好好的，不到時候就生了，生下來的孩子也都好好的。

金氏一聽也不知道有沒有被安慰到，反正總算是鎮定了一些，但是心焦還是固定的，也顧不上收拾，趕緊就跟著陳老頭往陳家那邊去了。大嫂、二嫂有生產經驗，見狀也緊跟著過去幫忙。

王蓉跟汪氏也想跟過去看看，叫劉老頭攔下了。「有妳們娘跟兩個嫂子就夠了，人多去了也是添亂。」說完叫劉鐵去問問陳家那邊有沒有讓人去鎮上請大夫，如果沒有他就去鎮上跑一趟，以防萬一。

劉鐵答應一聲，匆匆忙忙回屋從裝錢的匣子裡抓了一把銅板、小個的碎銀子往懷裡一揣，就往外跑。

眼瞅著金氏幾個相繼出門，王蓉、汪氏兩個卻只能在家等消息。收拾完家裡的活計，妯娌倆擔心劉杏花那邊，也不想一個人待著，便每人拿了個針線筐湊在一起一邊做活一邊說話。

只是到底心裡存著事兒，並不能專心，僅僅繡了十幾針，就錯了兩針，這次更是直接扎到手指頭上去了，王蓉「唉唷」一聲，乾脆將繡繃子一扔從針線筐裡挑揀出幾股線開始打起了絡子。

一個絡子拆拆打打折騰了大半天，對面同樣心不在焉的汪氏才發現，她已經不知道什麼時候不繡花改打絡子了。

「得了，弟妹咱倆也別跟這些東西過不去了，別折騰了，咱就說說話吧！」

「成，我這也是心裡慌，手裡不幹點什麼總覺得不自在，三嫂也是吧？」
汪氏點點頭。「可不？而且，不瞞弟妹，我這心裡除了二妹還有第二層憂愁。」
王蓉聽了，略一思量也就明白了。「嫂子是擔心娘家兄弟吧？」
汪氏點頭。「李家兄弟那邊同樣沒回來人不僅好好的，還得了前程，我心裡也想安慰我自己，我兄弟說不定也有這福氣呢。可我那兄弟我知道，沒什麼大能耐也就種個地、拾掇拾掇莊稼還行，素日膽子也不大……」
這樣的人，根本就不是當兵的料，在知道山凹里一個村子出去幾十口人只僥倖活下來幾個之後，汪氏是越想越慌，越想越覺得她兄弟怕是活不成，可從內心裡她又熱切期望著她兄弟能好運的活下來，所以內心非常的掙扎、煎熬。
「這樣的話，三嫂與其在這等消息，倒不如回去看看。」
「我很想，但是我不敢。」怕聽到不好的消息，留在這裡，在沒有得到壞消息之前，她還能自我安慰一下。這就是典型的鴕鳥心態。
當事人這麼說，王蓉就沒辦法了，只能安慰的拍拍汪氏的手。
汪氏苦笑的咧咧嘴想擠個笑容出來，最終也沒能成功。
陳家。

劉杏花一大早起身時其實都還好好的，自從她懷上身孕後，各方面也都特別小心，因為家裡沒有女性長輩，吃喝睡等事，小倆口沒少回去請教她娘金氏。有時候她沒事去隔壁王家串門，劉氏、張氏也會來跟她絮叨絮叨孕婦哪些需要注意的地方。陳軒也上心，一個書生，有時候為了她能喝上一口新鮮的魚湯，還會跟王栓一起挽起褲腳下河摸魚……所以她的身體其實是養得不錯的。

只不知怎麼的，後來就不咋好了，肚子墜墜的疼，一開始劉杏花也沒太放在心上，加上離預產期還有些日子，她也沒往生產上想，是幾個時辰後，肚子疼痛感越來越明顯，有點受不住了，「啊」的一聲叫出來，才叫陳軒發現了。

陳軒再是聰明多智也是個新手爸爸，當場嚇得腿就有些軟，還是陳老頭反應過來，趕緊跑到劉家去叫人。

金氏婆媳三個到時，隔壁王家那邊劉氏也已經聽到動靜，提前過來了。

「怎麼樣？杏花怎麼樣了？怎麼突然就要生了？」

陳軒腿還有點軟，腦子跟一團漿糊似的，金氏問什麼，只知道嗯嗯啊啊的，沒辦法，金氏只能一掀簾子自己進去看情況，張氏、李氏忙去廚房忙活。

「親家，妳可算是來了，我還怕我一個人忙不過來呢。」張氏因為有瘋病，雖然這麼久都沒犯過了，但不敢保證不會犯，所以劉氏不敢讓她過來幫忙，她自己也乖覺地躲著，這麼大會兒工夫，這裡就劉氏一個人忙活。她又不會分身術，只能顧一頭，又不能丟個產婦一個人，所以這會兒陳家還是亂七八糟的，連個熱水都沒燒好。

金氏擺擺手，見杏花還算鎮定的躺在床上，床上被褥什麼的已經抱到了旁邊，身下也鋪上了草木灰，感激的不行。「多虧親家，要不是妳，這孩子還不知道怎麼慌亂呢，我這也是才得到消息，這會兒這心還撲騰撲騰的跳……」

客氣完，金氏又趕緊去看閨女，見閨女確實狀態還不錯，宮口還沒開好，便也只在一旁陪著說話，緩解劉杏花的緊張。

廚房那邊自有兩個兒媳婦，燒好熱水、準備好剪刀等物，又做了一碗糖水雞蛋端過來。

「快吃了，吃好了，才有力氣。」

「娘，我肚子疼，沒胃口。」

「沒胃口也得吃，不吃哪來的力氣？還有妳給我悠著點，少叫喚，力氣都用在叫喚上了，哪來的力氣生孩子？」

「可我疼啊！」劉杏花委屈得直想哭。

金氏心下心疼，面上卻板得跟那不講理的地主老財似的，恨恨道：「哪個女人不經歷這一關？妳老娘我生了你們兄弟姐妹七個，也沒見怎麼樣，妳大姐也生了三個，怎的就妳知道疼，妳娘我不知道疼啊？疼就能不生了？」

當然不能。劉杏花被訓得不敢吱聲，也不敢嚎了，哼哼唧唧的吃完了一碗糖水雞蛋。疼得狠了也只敢哼哼，離得近了甚至能聽到牙齒咬得咯吱咯吱的聲音。

劉氏見了，怕她疼得厲害不小心咬到舌頭，忙從懷裡將自己乾淨的手絹拿出來疊了幾層，塞到劉杏花嘴邊。「咬著這個。」

看劉杏花真的咬了，劉氏又心疼了，那可是閨女特意繡給她的帕子，她都沒捨得用呢。

吃完糖水雞蛋，一時半會兒的也還生不出來，加上正好這會兒外山村的接生婆也被陳老頭叫過來了，這邊不缺人，劉氏跟金氏打聲招呼，便說先回去一趟，家裡家務活還沒做完呢，等這邊要生了再過來。

劉杏花這頭胎沒這麼快，金氏自然不會攔，還謝了又謝，才把人送出了門。

結果剛到門口就見遠處來了個人，金氏一開始也沒太在意，轉身進院子了，才後反應過來。「老大、老二媳婦，你們快來看看，那是不是老四娘家兄弟？」

張氏、李氏忙出來看，可不是？那樣子跟汪氏足有五分相像，說兩人沒關係恐怕都沒人信。

「這著急忙慌的？不會是汪家出什麼事兒了吧？」

這會兒還能出什麼事兒？那肯定是汪家那個去服兵役的兄弟出事了唄。

金氏一拍大腿。「這一件件的怎麼就沒個消停！」

「娘，這咋辦呀？要不要回去看看？」

三弟妹那人可擔不住什麼事兒。

「先不回，家裡有老頭子在呢，老三也在，還有你們四弟妹，應該沒事。」

只是這兆頭實在是不好。杏花怎麼就挑這時候要生孩子？這賊老天。

老太太恨恨的罵了兩句，又回產房看劉杏花去了。「這事別在杏花跟前提，免得她多想。」

「娘，您就放心吧，我們不會提的。」再說這事，嚴格說來跟劉杏花也不相關啊。

只是事兒吧，它還就這麼巧，這邊汪家人剛過去，接生婆就出來跟金氏說劉杏花難產了。不知道什麼原因，宮口一直沒打開到足夠的大小，羊水卻已經流了不少，再這樣下去怕有危險。

「是胎位不正還是？」

「胎位正的，這個我之前就摸過，胎位沒問題，可是宮口一直沒打開，孩子就堵著出不來……短時間還好，時間長了，若是羊水流盡，就麻煩了，時間長了也容易憋到孩子，大家都是鄉里鄉親的，我也不瞞妳，要是孩子在娘胎裡憋的時間長了，容易成傻子。」也就是現代的腦癱。

金氏心下越來越沈，腦子裡甚至忍不住去想是不是真的就是命，不然怎麼閨女這才要生產，汪家那邊就送壞消息過來了。

「娘，杏花她……」眼看著媳婦疼得死去活來的就是生不下來，陳軒急得渾身冒汗，這麼冷的天氣，生生濕了一層衣服。

「別急別急，沒事的，老四不是去鎮上請大夫了嗎?應該快到了，頭胎本就生得慢，沒事的，肯定沒事的。」金氏努力安撫陳軒，同時也在安慰自己。

「大夫來了，大夫來了……」

劉鐵一路急趕到鎮上，肺都快炸了，大夫還不在醫館，沒辦法只能去大夫家裡找，好在老大夫慈悲心腸，聽說劉鐵家裡有孕婦臨產，家還在鄉下，路上積雪深不好走，也挎著醫藥箱跟著來了。

只是老大夫實在是年紀大了，腿腳不便利路上又都是積雪走得很慢，後面劉鐵心裡實在急，又怕劉杏花真的有個什麼三長兩短，咬咬牙，直接將老大夫揹起來，一路從鎮上揹到了山凹里。

老大夫雖然不胖，卻也有百多斤加上醫藥箱，人終於揹到了，劉鐵累得一屁股坐在地上直喘粗氣，胸腔火辣辣的難受。

金氏等人這時候卻顧不上他，只簡單替劉杏花收拾了一下，就要拉著老大夫進產房把脈。

陳軒思想開明，知道是妻子生產的緊急關頭不在乎這些，陳老頭倒是有心反對，但想想可能胎死腹中的孫子張張嘴到底沒出聲，任由陳軒將老大夫拉進了產房。

第十一章

「怎麼樣？大夫，杏花沒事吧？」

老大夫沒吱聲，深呼吸了幾下，調整了一番自己的氣息，才伸出手扣上劉杏花的脈門。

「還算及時，問題不大，我給開副藥，你們先煎了餵下去，應該很快就能生下來。」

說完老大夫轉身出門開藥方，開完藥方，直接從醫藥箱裡拿出一包已經配好的藥，將包裝拆開，從裡面將一種藥撿了兩片出來，又從旁邊一包散藥裡捻了一個放進藥包裡，估摸著藥效差不多這才遞給陳軒。「三碗水煎成一碗水。」

不用陳軒伸手，金氏已經趕緊接了過去，轉身交給張氏讓她去熬藥。

熬藥這個過程，大夫也沒閒著，讓金氏一直給產婦說話，安撫產婦情緒。

「娘，我是不是要死了？」

「胡說，怎麼會死，妳跟孩子都會好好的，娘跟妳說了，頭胎本就生得慢些，妳這都是正常的。再說，老四還去鎮上給妳請來了大夫，妳大嫂這會兒正給妳煎藥呢，咱們喝了藥，很快就能把孩子生下來了，不會有事的，啊？」

「真的？真的不會有事？」

「不會不會，別怕，啊？娘陪著呢，妳想想妳娘我，再想想妳大姐、妳兩個嫂子，哪個不是平平安安的把孩子生下來了？」

好像是。劉杏花總算慢慢有了些信心，不哭著說自己要死了。

這個過程很磨人，陳軒、金氏心裡都焦急得不行，可沒辦法，只能耐著性子哄著等著。

千呼萬喚中，藥終於熬好了，金氏在接生婆的幫助下，親自給半灌半餵了下去。老大夫的藥效果也確實好，很快劉杏花這邊就有了反應。

「開了，開了，宮口開了！」宮口總算開到十指，幾人幾乎要喜極而泣，不過這還不是高興的時候，得趁熱打鐵趕緊把孩子生下來。

「杏花，用力，對，就是這樣，再用力，已經可以看到孩子的胎髮了，孩子就要出來了。用力……」

又過了大半個時辰，隨著一聲「嗚哇」，新生命終於降生了……

已經歇過來的劉鐵站在陳老頭旁邊，親眼目睹了一場急速變臉，上一秒還一臉愁苦的陳老頭，幾乎在聽到嬰兒啼哭的瞬間臉上就笑成了一朵菊花，等到聽到裡面說是個小子，那眉眼興奮得幾乎都要飛起來了。

「好，好，我們陳家有後了，我們陳家有後了，列祖列宗保佑，列祖列宗保佑啊……」

陳家喜添新丁，相隔半個村子的劉家這會兒卻是差點被汪氏的眼淚給淹了。

自打汪家那邊送來消息，說是汪大石沒了，汪氏大叫一聲暈過去，醒來後就開始哭，還不是嚎啕大哭的那種，是沒什麼聲音只掉眼淚。王蓉、劉銅輪番上陣，怎麼勸都勸不住，汪家兄弟送了消息見汪氏這邊醒了，家裡還忙著辦後事，也沒在這邊待著，只說等汪氏情緒平靜一些了，叫汪氏回去送兄弟最後一程，就又匆匆趕回去了。

「爹，嫂子這樣，不如叫大夫來看看？」這一哭哭幾個時辰，眼泡子都哭腫了，下去可怎麼整呀？王蓉真的怕汪氏這邊把眼睛哭出個什麼問題來。這可不是誇張，山凹里就有個先例，那家是兒子出去做活一去不回，他老娘就是硬生生把眼睛給哭瞎了……

劉老頭深以為然，轉頭就衝劉老三道：「杏花那邊生產，老四去鎮上叫了大夫，這麼久也不知道那邊情況怎麼樣了？正好你過去看看，若是杏花那邊沒事了，就請了大夫過來給你媳婦看看。」

劉銅看了一眼媳婦，嘆了一口氣轉身出去了。

王蓉坐在汪氏旁邊，握著汪氏的手，聊以安慰。

劉銅回來的很快，後面還跟著顯得有些狼狽的劉鐵。

王蓉連忙站起身問：「那邊怎麼樣？」

劉鐵點點頭。「放心吧，生了，男娃，母子平安，娘跟兩個嫂子留在那邊幫著收拾收拾，我已經跟老大夫說了，老大夫把完脈就過來。」回頭他還要負責把老大夫送回去。

「這就好，這就好！」總算是一件事了了，王蓉大大鬆了一口氣，劉老頭臉上也帶上了笑。這個時代講究多子多福，雖說劉杏花生的是外孫，卻也是孫輩，多了個孫子老人沒有不高興的。

又過了大半個時辰，老大夫終於跟著張氏、李氏一起過來了。

「娘要留下照顧二妹，那邊也沒什麼事兒了，我們就先回來了。」這是跟劉老頭解釋。

劉老頭點點頭，也沒說什麼，只客客氣氣的請了老大夫讓幫忙給汪氏看看。

汪氏這會兒還在掉眼淚，也不知道她哪來的那麼多眼淚，王蓉看了都驚嘆，這是她第一次看到一個人能哭這麼久。就連老大夫上前給把脈也只是抬頭瞥了一眼，木愣愣的。

「咦？」老大夫蹙了蹙眉，又換了隻手，幾息之後才站起身。「快別哭了，再哭孩子也要沒了。」

「孩子？什麼孩子？」

眾人都愣住了。好半天才反應過來，這是說汪氏已經有身孕了？懷上了？

劉銅最激動，怕聽錯了，還特意跟老大夫確認了一下，待得到肯定的答覆，高興的直接一蹦三尺高。天哪，他要有孩子了，他要當爹了，他要當爹了。

「媳婦，妳聽到了嗎？妳懷孕了，妳懷孕了，妳要當娘了！我要當爹了！當爹了，哈哈……」

「懷孕了？」汪氏這會兒終於有了一些反應。

「是，懷上了，已經兩個月了，妳這哭一直停不下來，也跟懷孕初期情緒不穩定有關。」老大夫捋著鬍子一個勁兒點頭，而後又嚴肅道：「雖說懷孕初期孕婦情緒不穩，卻也不能像妳這麼哭，時間長了，這個孩子可就真保不住了。」

「不哭了，不哭了。」汪氏一聽說孩子可能沒了，慌忙用袖子去擦眼淚，擦了好一會兒還是止不住，急得差點又要哭了。

劉銅趕緊上前哄，兩口子貼著耳朵說悄悄話。

王蓉見了勾勾嘴角，今天對劉家而言算是雙喜臨門吧？添了外孫，兒媳婦又有喜了，可就在幾個時辰之前，家裡還一副如喪考妣的樣子，所以說這個世界上的事福禍誰又能預料呢？

「大夫，您看您來都來一趟，要不乾脆給我幾個嫂子都把個脈？您放心不差了您的出診費用。」

劉鐵主要想讓老大夫給他媳婦把把脈，卻也不能太過厚此薄彼，所以乾脆一掃帚全給掃進去了。

不過他這話說的也有道理，劉老頭那是連連點頭，老大夫也就沒客氣，挨個給家裡幾個女眷都把了把脈，還別說李氏跟王蓉竟然真的也把出了滑脈，一時間，全家大喜過望，劉老頭更是激動得臉都紅了。

王蓉卻是有些羞惱，想想她才十六歲，進門也才兩個多月，竟然就已經有了一個多月的身孕，俏臉一紅面上差點沒掛住。

偏偏老大夫還在旁邊細細叮囑。「這位小娘子身子有些虛，年紀又小，有了身子要更注意補養，平時最好能帶著動動，於大人和胎兒都有益。」

人家一片好心，她又不能好心當成驢肝肺，只能在劉鐵興奮的眼神中白了他一眼，諾諾應是。

「嘿嘿，大夫那個什麼今天實在是多謝您，這個是您今天的診費，我這就送您回去。」

劉鐵咧著嘴，也不管多少，懷裡揣著的小銀角子、銅錢一個勁的往老大夫懷裡塞，塞完了，殷勤的引著老大夫出去，樂顛顛的親自將人揹了大半程送到鎮上。回來時，還在膝蓋深的積雪裡狂奔了數里才將胸腔中洶湧的激動、興奮給壓下去。

「媳婦，我真高興，哈哈，高興！」他要當爹了，他竟然要當爹了。

以前還沒成親時，看著小姪子、小姪女跟哥哥們叫爹他還沒什麼感覺，等到自己成了親，爹這個詞意味立馬就變了，但那會兒也還沒有太深的認識，可今天，突然知道自己就要當爹了，媳婦懷孕了，心裡陡然而生的激動幾乎將他淹沒。或許這就是從古至今子嗣傳承無與倫比的巨大魅力吧？

劉家四個兒媳婦，三個同時懷孕，還在陳家照顧閨女的金氏得知消息都坐不住了，只是顧及親閨女剛生產，陳家這邊又沒有人能照顧這才強按捺住激動的心情。只是激動、興奮的眉眼卻是怎麼都遮不住的。

知母莫若女，金氏孫子、孫女、外孫、外孫女都不缺，劉杏花生了個大胖小子她固然高興，但還不至於這樣。劉杏花頭先兩天身體還沒緩過來沒怎麼注意，等稍稍緩過來時，立馬便發現了，母女倆也沒什麼好遮掩的，劉杏花直接就問了。

「娘，家裡是不是有什麼喜事啊？」

金氏原先還不願意說，畢竟沒滿三個月還不穩當，後面想著反正是自家閨女也不是外人，才樂道：「可不是喜事嗎？妳二嫂、三嫂、四弟妹都懷上啦！」

「都懷上了？」劉杏花驚得眼睛都瞪大了。

「可不是嗎？」這話一出口，金氏喜得跟什麼似的。「老二家的自打大丫落生這都好幾年了，肚子也沒個動靜，娘私底下早都愁壞了；老三家的就更不用說了，進門三年連個信都沒，這也就妳老娘我仁善，要是遇到那等惡婆婆早都被掃地出門了，沒想到這一次送子娘娘開眼，竟然齊齊讓她們懷上了。還有妳四弟妹，這個果真是個有福的，瞧瞧這才進門才兩個多月呢，就懷上了……不行，回頭等她們都生了，娘得帶她們去同福寺還還願，到時候妳也跟著一塊去，把咱們慶兒也帶去叫娘娘看看，添添福氣。」

劉杏花懷裡還餵著奶，聞言低頭溫柔的看向襁褓中無知無覺只知道憨吃的小娃娃，笑著點頭。「好，都聽娘的。只是，娘要不要回去看看，二嫂還好，畢竟有經驗，只三嫂跟四弟妹怕是還得娘費心呢。」

這話說的金氏贊同，不過家裡有老大媳婦看著，她還是放心的，再說。「沒事，離得近，先頭是妳這一時半刻都離不開人，現下妳好些了，等慶兒睡了，我就回去看看回頭再回來就行，兩邊都不耽誤。」

這樣好。劉杏花跟著點頭。

剛出生沒幾天的小娃娃貪睡，慶兒吃完奶很快就又睡了過去。

金氏跟劉杏花打了個招呼，又交代了陳軒跟陳老頭兩句，這才欣喜的快步往家趕。只是，剛走沒幾步，面上的笑容就收斂了，因為途經的人家幾乎家家掛白，這白在銀裝素裹的天地間瞧著越發慘淡、淒涼。

金氏嘆口氣，小步快走，在眾人麻木、愣愣的眼神中快速的回到了家裡。

「娘？您這是咋的了？」跟被狗攆似的，急惶惶的。張氏沒把後面的話說出口。

金氏搖搖頭。「妳爹跟老大他們呢？」

「都去山上幫忙了。」這次出事的人多，屍體回來的要下葬，連個屍首都沒有的也要立個衣冠塚，所以山上墓地那邊工程量很大。族長、里正為活著的人考慮，不想讓村裡這種萎靡、無望的氣氛長期籠罩下去，想著後事早辦完，活著的人也早點看開，所以催得很急，劉家父子五人都被叫去幫忙了。

「娘是回來看弟妹們的吧？娘放心吧，我都看著呢，三弟妹、四弟妹那邊該叮囑的我也都叮囑過了。」吃的都是一家子一起吃，飯是張氏親手做的，她這邊注意一點，王蓉她們只要不自己作死，出事的可能性不大。

「那就好，我就怕她們年輕不懂事，這幾天娘要顧著妳二妹那邊，家裡的事妳多上心，該吃的就吃，別太儉省。」想了想又道：「只是那味道重的肉就別做了。」村裡大都在辦喪事，叫人聞到了不好。

「哎，娘，我都知道的，您放心吧。」

叮囑完張氏，金氏又挨個去跟王蓉幾個簡單說了下孕婦需要注意的事項，尤其是王蓉這邊。「妳年紀小，本來身子就沒怎麼長好，偏妳身子又弱，這段時間，讓妳大嫂給妳們多做點好吃的，好好補補。那個刺繡妳也別繡太多了費神，自己注意休息，有什麼事儘管招呼老四去做，要是他敢不聽，妳就跟我說，我去捶他。」

王蓉笑著點頭。「大夫說也不能一直不動彈，我想著等滿三個月了，胎象穩固了就在院子裡多走走。」

「對的，回頭等村裡的事情了了，娘讓他們爺幾個把院子裡收拾收拾，雪都給掃乾淨，地平一平，到時候就不怕了。」

這會兒院子裡都是積雪，有些地方還結了冰，人踏上去一不小心就要摔上一跤，是不敢讓王蓉出去亂走的。

剛出生的小娃娃單次睡眠時間不長，一會兒就要醒一下鬧鬧人，所以金氏也不敢多待，交代完家裡的事情，又挨個摸了摸小孫子、小孫女的毛腦袋讓他們這幾天老老實實待在家裡，別出去亂跑，就趕緊又趕回陳家去了。

「娘，您慢點兒，小心摔了！」

送走金氏，王蓉想做點繡活，又怕真的費神到時候對肚子裡的孩子不好，便脫了鞋在床上靠了一會兒，沒想到靠著靠著竟然就深睡了過去。再醒來，外面天都已經黑了，劉鐵也早回來了。

「你啥時候回來的？」

「回來有一會兒了，妳也是能睡，看妳等會兒還睡得著？」

王蓉不好意思的揉揉眼睛。「我原先也沒想睡，只想靠著歇一會兒來著……應該能睡得著，今天感覺特別睏。」說著，當著劉鐵的面，王蓉就打了個哈欠。

「看來是真睏。」劉鐵打趣一聲，笑著轉身出去，沒多會兒就端了熱水、拿了毛巾進來，給王蓉擦臉、擦手。

擦洗完，也不用王蓉下地，劉鐵就已經把溫在鍋裡的飯菜端了進來。「我們都已經吃過了，看妳睡得香，大嫂沒讓叫妳，快吃吧。」

「哎呀！竟然還有整顆雞蛋。」農家日子清苦，一般很少單獨給一個人煮或者煎雞蛋，大部分都是煮湯或者炒菜裡面打上一個或者兩個，大家都嚐嚐味道，反正一個人吃獨食的機會很少。今天竟然例外了，王蓉表示很驚奇。

「大嫂說是娘交代的，妳跟二嫂、三嫂每人每天一個雞蛋，回頭等去鎮上買了紅糖水，還有紅糖水喝。」

王蓉笑咪咪的點頭。嗯，真香。不過，吃獨食是不好的行為，所以，雖然有點捨不得，王蓉還是分了劉鐵一半。

劉鐵笑著搖頭拒絕了。

「不用留給我，妳自己吃。妳還有什麼想吃的也都告訴我，回頭我去鎮上買給妳。」

「咱還有錢？」不是之前看診都給老大夫了嗎？

「有，喏，妳看，還有。」

劉鐵將五斗櫥裡的錢匣子拿給王蓉看。見裡面果真還有不少銅板、小碎銀子，王蓉更滿足了，就連不能多多做繡活的那一點點焦慮都沒了。

一夜好眠，第二天劉鐵他們一行離開時，王蓉睡得正酣。

「還沒醒？」張氏手裡端著一大盆衣服，也正要出門。

「還沒，回頭醒了，嫂子幫我看著點，讓她吃點東西。」

「嫂子，還有我家那個。」

「行了行了，知道知道，你們趕緊忙你們的去吧！」

張氏連連揮手，跟趕蒼蠅似的。哼！老劉家什麼時候畫風變了，一個個都這麼疼媳婦？她懷孕那會兒，咋沒趕上這好時候？

後山上，劉鐵等人昨天挖了幾個時辰，今天又一連忙了整整一天總算是把該挖的都挖好了。看著一個個方方正正的坑，想著很快這裡又會多上幾十個墳，劉鐵拎著鐵鍬鏟起最後一鏟土，好半天才灑在旁邊的地上。

「行了，走吧！」

劉金拍拍站立好久不動的劉鐵，當先跟在族長、劉老頭的身後下了山。劉銀、劉銅緊隨其後，劉鐵深呼口氣也跟在後面。

山下，雖然風俗上三天停靈時間還沒到，卻已經有人往山上來了。沒有傳統意義上的棺材，甚至連個破草席都沒有，這家人送上山的，只有死者兩雙破爛得實在挑揀不出可以用部分的爛草鞋。

「怎麼了？」劉鐵一回到家，就衝進了他們的房間，摟著王蓉的腰，腦袋埋在王蓉肚子上半天沒抬頭、沒說話。

「人命太賤了。」劉鐵說，可惜他的聲音太低，王蓉根本沒聽清。後面又問了一次，還是沒聽清楚，王蓉便也不問了，只當是自家男人在外面受了什麼委屈，回來她這兒尋求安慰呢。摩挲著男人的頭給予溫情支持。

不多會兒，劉鐵終於自己想通了，抬起頭問王蓉孩子今天有沒有鬧她。

「鬧啥鬧？都還沒長大呢！」這才一個多月，有拇指大嗎？

「那妳還睏嗎？要不要再睡會兒？」

這個倒不用了。「今天起得遲，現在還不睏。」

「那我們說說話，我給孩子起了幾個名字，妳看看哪個好？」

「起名字？你這麼快就起好了？」從知道懷孕到現在也才一天吧，他竟然名字都已經起好了？這，不是說現代的準爸爸準媽媽為個名字都能撓破頭的嗎？

「得了，你先說來我聽聽。」

「嗯，如果是男孩就叫平安、承繼或者阿福，如果是女孩的話就叫小貓……」

接下來的兩天，王蓉都沒怎麼被允許出門，一個是外面積雪還沒化，擔心摔了，另一個，村裡這兩天幾乎家家戶戶都在辦喪事，她一個孕婦萬一衝撞到就不好了。

王蓉也聽話，不是睡覺就是做做繡活，抑或是跟人說說話，時間很快就過去了。

李氏、汪氏兩個就難熬了，同樣是不能出門，她們又沒王蓉那麼睏倦，白天也不敢多睡，就怕晚上睡不著，然兩人又沒什麼可做的，加上汪氏娘家那邊還在辦喪事，只半天李氏就蔫了。

劉銀看著李氏那樣子實在心疼。「要不妳去跟四弟妹學學繡活？」

「大丫正跟弟妹學著呢，我也去，不太好吧？太影響弟妹了。行了，你也別亂出主意了，我就是乍一閒下來還有些不太習慣，過兩天就好了。」

行吧，劉銀還能怎麼辦？

第十二章

第二天，之前沒送上山的都趕在這一天給親人下葬，卯時還未過，村裡就已經隱隱可以聽到若有似無的哭聲，等天光大亮，那鋪天蓋地的哭聲能將人整個淹沒。

王蓉一大早被吵醒，精神便有些不好，吃個早飯，哈欠連天的。

劉鐵心疼得不行，又實在沒辦法，而且他今天一天也得出門，等下就得去幫忙抬棺木。

「行了，你不用管我，我沒事的，回頭補個覺就好了，你快去吧，別誤了時辰。」說話間，王蓉又連打了兩個哈欠。

「弟妹，妳要不就回屋躺著吧？看這哈欠打的。」

王蓉笑著搖頭。「外面太吵了，回去也睡不踏實，我在這跟嫂子們說說話吧？」

「對，大家一起說說話聊聊天，時間也過得快些，比自個人回屋強。」說著，李氏還特意找了個話題。「我聽鎮上回來的劉全媳婦說，南邊又打起來了，還有不少什麼起義軍什麼的，反正鬧得挺大的，說是都打到京城了，你們說這不會是要改朝換代了吧？」

「不會吧？」汪氏咂咂嘴。「這皇城老爺在京城裡坐著，應該打不進去吧？」

「我看不好說，四弟妹，妳說說，妳比我們有見識，還識字，妳說我們會不會改朝換代？」

這她哪兒知道啊？王蓉搖搖頭，還是別為難她了，兩輩子她都只是個升斗小民而已，每天想的也不過自己那一畝三分地上的事，上輩子消息擴散得快，她偶爾還會憤青一下，這輩子，卻連憤青情懷都沒了。

李氏卻並不死心，見王蓉不說話，又去問張氏。

張氏這方面恐怕連王蓉還不如，建設性的意見當然說不出來，只道：「這些都是老爺們的事，跟我們也不相干，我們過我們自己的小日子也就是了，上面誰做皇帝老爺又有什麼不同？有這功夫想這些，不如想想家裡的柴米油鹽。」頓了頓，張氏繼續道：「現下妳們都有了，明年家裡又要添三口人，補身子、請產婆、大夫，月子裡的紅糖、雞蛋，可是一筆不小的花費。前面幾年攢下的一點積蓄，之前一次徵兵全貼進去了，咱們有那功夫說那些有的沒的，不如想想怎麼賺點銀錢是真的。」

汪氏連連點頭。「我們外面還欠著債呢。」

本來說明年好好苦上一年，能把債差不多還了，現在她懷上了，耗費增加，又沒法做事，這債還不知道什麼時候能還上呢。

「嫂子們想沒想過做點吃食去賣賺錢？」

張氏幾人同時搖搖頭。這年頭人淳樸，尤其是一輩子面朝黃土背朝天的農家，一心以土地為食，能想到、有魄力、不怕虧拿本錢出來做生意的還真不多。

「弟妹，妳可是有想到什麼新鮮的點子？若是有快跟我們說說。」

「對啊，四弟妹，妳快說說，當真能賺錢，我們算妳一份。」

「對對！」

「我確實是想到一個，只是不知道行不行得通？」王蓉除了做繡活沒怎麼在這古代做過生意，也不知道有沒有什麼忌諱。「我記得咱們上次去的同福寺挺熱鬧的，婦孺也比較多，若是咱們在山腳下或是山腰做點吃食小生意應該會有得賺吧？比如賣個蓮子糕、棗糕什麼的，聽起來就吉利，寓意也好。」

「可是，我記得山腳下好像已經有一家賣棗糕的了，再說我們也不會做啊。」

不會做可以學嘛，有了也可以競爭啊，再說那家棗糕她也吃過，口味很一般。「我知道棗糕的簡單製作步驟，要不嫂子們試試？就是要用到紅棗、糖霜、雞蛋、蜂蜜、白麵這些金貴東西。」

「媽耶，這麼多好東西，難怪棗糕那麼貴。」李氏驚呼。

「其他的都還好，蜂蜜恐怕找不到。」張氏理智分析，那蜂蜜就算找到他們也買不起。「其他的倒是能湊齊。要不，我們今天就試試？」反正現在也沒事。

李氏、汪氏略一思索紛紛贊同，不過家裡這些金貴東西要動用還是要跟金氏知會一聲，因此張氏讓幾個孕婦在家裡等，她跑到陳家去找金氏說說。

「大嫂不會是走錯路了吧？怎麼還不回來啊？」一個村子裡能有多遠，打幾個來回，這時間也夠了。

「再耐心等等吧！說不定是什麼事情絆住了呢？」王蓉安慰望眼欲穿的李氏、汪氏。

「妳們說，會不會是娘不同意我們糟蹋東西啊？」汪氏惴惴不安的猜測。

這個，還真不好說。「算了，咱也別瞎猜了，再等等吧，總會回來的。」

誰承想，這一等就等了將近一個時辰。

張氏回來時，衣服好幾處都被撕破了，頭髮凌亂，扣子也有被拽掉了的，嘴角還青了一塊，乍一看上去跟被人那啥了似的。把王蓉幾個都嚇壞了。

「大嫂，妳、妳沒事吧？」

「沒事，沒事，嘶……」張氏擺擺手，一個沒注意，嘴角咧得大了點牽到了傷口，疼得她嘶的一聲。

「到底是怎麼回事啊？」

「是啊，這？」

張氏捂著嘴，支吾了半天，才總算把話說清了。原來，今天村裡不少人家送過世的人上山安葬，哭聲大了一點，又一片麻衣，不知道怎麼就驚到了王蓉的二嬸王張氏，然後王張氏就爆發了有史以來最厲害的一次病症。

「就跟那瘋……什麼似的，見到人就撕咬，我過去時正好看到她在咬妳娘，就忙去幫忙，沒想到妳二嬸平時看著文文弱弱的，犯起病來力氣那麼大，那胳膊跟銅牆鐵壁似的，力大如牛，按按不住，拽也拽不動，我身上這些都是跟她拉扯的過程中造成的。」

「我娘受傷了？」

「沒有沒有！」見王蓉緊張的直瞪眼，張氏趕緊擺手。「沒受傷，跟我情況差不多，就是衣服被扯破了，好在是這種天氣，衣服都穿得多。妳也別擔心，我回來的時候，妳爹跟妳二叔已經從山上被人叫回來了，妳二嬸也被妳二叔用手背敲暈過去了。」

不過，張氏今天這一面被那麼多人見了，以後恐怕就更出不了門，說不定以後在家裡都得被捆著。哎，聽說是連失兩子才會這樣，也是個苦命的。

「妳也別想著回去看看什麼的，我回來時，妳娘還特意讓我叮囑妳，千萬別回去。」回去也是添亂，除此之外又能做什麼？

王蓉沈默著點點頭，只是之前心心念念的棗糕是再沒心思做了。

下半晌，不僅劉鐵父子幾個回來了，就連金氏都回來了。

張氏身為長媳問了下，原來是王家現在有點亂，王蓉她娘把陳月打發回陳家，讓她去照顧劉杏花去了，這樣一來，金氏也能回來歇一歇。

用完下晌飯，一家人都還沒散，金氏就問起了妯娌幾個做棗糕的事情。「不是說要用紅棗、糖霜、白麵、雞蛋？妳們自己去取，能做出來自然好，做不出來也沒關係，反正最後都是吃到自家人肚子裡。」

說完，金氏又單獨安慰了王蓉兩句。「回來前我去王家看了，都好著呢，也沒啥大事，妳安安心心的養胎，回頭等滿了三個月，就回去看看，明天先讓老四替妳回去瞅瞅。」

劉鐵自是滿口答應，而王蓉還有啥好說的？

第二天劉鐵去看了，確實也還好，二嬸也已經清醒過來了，沒什麼大問題。

心事放下，王蓉也有了心情跟妯娌幾個一起做棗糕，當然其實她只需要動嘴皮子，其他多數活計都是大嫂做的，而李氏、汪氏圍觀加打下手。

「這就好了？」做棗糕只需幾步，很快前期工作就做完了，快得讓人難以相信。

「對，放到鍋裡蒸就行了。」王蓉點頭。
「挺簡單的嘛！就那個雞蛋跟白糖一起打麻煩點。」
其他人附和點頭。
「這個要蒸多久？」
「半個時辰吧？」王蓉不太確定。「要不就先蒸上半個時辰試試？」
「試試吧，反正咱也沒按妳說的放蜂蜜，算不上真正的棗糕，差不多就行。」
半個時辰後，蒸籠一掀開，一股棗香味撲鼻而來。
「媽呀！這也太香了，肯定好吃，快弄出來嚐嚐。」
眾人迫不及待的想要品嘗一下成果，幾個小的，狗蛋、狗娃、山子、大丫更是饞得口水都要流出來了。「奶，給我一塊，給我一塊……」
棗糕的製作無疑是成功的，雖然沒有蜂蜜的滋潤，棗糕沒有那麼軟糯，顯得口感略有點渣渣的，但跟同福寺腳下那一家相比還是勝出很多，一句話，同樣的價格售賣，自家的肯定更好賣。那麼接下來要考量的，就是成本問題，看看划不划算，這個別看王蓉計算能力比張氏、金氏等人不知道甩出幾條街，但真正算起來還真沒她們精細。
「怎麼樣？」
張氏摳摳手指在李氏、汪氏的幫助下很快就算得差不多了。「娘，我覺得可以做，咱能賺一多半呢。」

「那是沒有算人工跟柴火的情況下。」王蓉補充。

「算啥人工、柴火？反正我們也就自家人賣又不雇人，柴火山上多得是，也不花錢。」

金氏點頭，顯然也沒把這些放在心上。

「那這幾天妳們就先做些練練手，進了臘月同福寺人應該不少，到時候再多做些讓老大他們帶去那邊叫賣。」

一家人包括幾個孩子在內都連連點頭，甚至狗蛋還強烈要求自己也加入叫賣的隊伍。

「不管誰去，醜話老娘先說好，賺的錢一樣，三分交公中，剩下的七分，你們自己分，老四家的雖然沒出力，但做棗糕的法子是她想的，可別忘了她那一份。」

「娘放心吧，少了我們的也少不了四弟妹那一份。」沒四弟妹出主意，她們哪來這賺錢的營生？

「成，妳們心裡有數就行。」

黑臉擺完，金氏覺得沒她什麼事兒了，痛痛快快的裝了幾塊棗糕跟老頭子分食去了。

四個妯娌則湊在一起商量接下來做買賣更詳細的分工。別看這生意不大，就做這麼點小東西，可要做的事兒可不少。

首先想要做棗糕，她們得先出原材料吧？家裡紅棗、糖霜這些原本就沒多少，今天這一次就已經用得差不多了。接下來要買原材料的銀錢從哪兒來？是四房一起湊，還是一房先出，到時候多分一份都要先說清楚。

其次是柴火，現在家裡準備的柴火也就夠家裡日常用的，他們要做棗糕得上山扒開雪層再去打柴，這也得出人力。再來廚房裡的活倒是好分工，王蓉幾個都有孕，大頭肯定是大嫂張氏來，李氏、汪氏身體底子好，在邊上幫忙。

最後糕點做好了，誰去賣？只一批人去，還是分個幾批？

「你們看呢？」

見沒人吱聲，劉金身為大哥，清了清嗓子先開口道：「我先說個想法，有考慮不到位的地方，你們再提。我的意思，咱就直接按做的事兒來分，四弟妹出的點子先占一份，你們大嫂跟二弟妹、三弟妹負責做也占一份，後面的賣占一份，這個去鎮上買個材料、上山打個柴這些都是小事就都算賣這一塊裡面，這麼分了三塊之後，你們大嫂再跟二弟妹、三弟妹平分那一份，然後我們兄弟幾個，到時候看誰做了誰沒做，誰做得多、誰做得少再分，你們看怎麼樣？」

「這不行，我占的太多了，我就出個主意動動嘴皮子，哪能拿這麼多？」王蓉連連擺手。

「怎麼不能？沒妳這生意根本做不起來，妳這份絕對不能少。」

李氏、汪氏也跟著聲援張氏。「對，不能少。不過我們三平分這個要改改，我跟二嫂都有身子，後面月分大了，大多數活肯定都是大嫂在幹，我們也就能搭把手，還是大嫂二，我們一吧，其實就這樣也是大嫂吃虧……」

至於後面賣那部分的利益分潤，因為幾兄弟到時候都會參與，也不存在吃不吃虧的問題，反正到時候讓自家男人多幹些就是了。

「成，那就這麼說好了。」

商量好利潤分配，一家人轟轟烈烈的棗糕生意計劃就正式開始了。

買材料的買材料、上山打柴的上山打柴，劉鐵還特意不顧積雪未化盡跑了一趟同福寺那邊先去了解一下市場。

「我看那邊現在人也還行，要不先少做一點，我帶過去先賣看看？」

「成啊，咱們先不做那麼多就是了。」

第二天，張氏她們幾個就起了個大早，先是蒸了一籠棗糕，叫劉鐵、劉金兄弟倆帶去了同福寺。

第一批生意，別說張氏她們在家裡如坐針氈，就連金氏跟劉老頭都密切關注著。劉老頭蹲坐在門口沒一會兒就要起身去院門口看看，幾番返復，後面金氏實在受不了說道了幾句，老頭子直接爬起來出門往村口溜達去了。

金氏看了暗碎一口。「臭老頭子！」

時間一點點過去，眼瞅著差不多到未時了，在村口一直走來走去的劉老頭終於在道路盡頭看到兩個越來越近的黑影。

「怎麼樣？」劉老頭趕緊迎上去，說著還探頭去看劉金、劉鐵兩個揹在後面的背簍，生怕都沒賣出去。

「爹，都賣完了。」劉金笑呵呵的向劉老頭展示空空的簍子。

「好賣？」劉老頭知道都賣完了，臉上綻出個大大的笑臉，露出黃黃的大門牙。

「還可以。」劉鐵也跟著點頭。「爹，您在這等多久了？看這鬍子上都凍著，趕緊的，咱回去說吧。」

「好好，回去說。」

父子三個轉身往村裡走，走到半途正好跟從陳家出來的劉通撞了個對面。

因為上次在鎮上見過，劉鐵也不好當不認識，就簡單打了個招呼，隨意寒暄了兩句，沒想到劉通倒是個打蛇隨棍上的，臉皮也厚，要不是劉鐵話裡拒絕的意思明顯，怕是就要跟著劉鐵回去認認門了！

「既然劉兄弟家裡還有事，那兄弟我今天就不打擾了，改天再上門叨擾。」

劉鐵無語的抱抱拳，看著對方差不多出村了，才轉過身跟劉老頭、劉金簡單解釋了一下跟劉通認識的過程。

兩人也都沒怎麼往心裡去，他們這會兒正心心念念著今天的賣棗糕收入呢。

「回來了、回來了，爹跟四叔回來了。」

孩子們一嚷嚷，很快包括王蓉在內的劉家人就都聚到了前面。

看著一家人期待的眼神，劉金笑容金燦燦，都不用大家開口問，就主動說了。

「一開始大家不知道我們的東西好不好吃，又覺得貴，都不樂意買，後來四弟想了個辦法，拿出一塊掰成小塊叫人試吃，才有生意上門。等大夥兒吃了，知道我們用料足、味道好，這就好賣了，一個多時辰就賣完了。喏，今天賣的銀錢都在這裡。」

劉金交上錢袋子，張氏樂呵呵的接過去，當著眾人的面將銅錢都倒出來，然後開始數錢。

「一，二，……一百三十三，一百三十四，一百三十五，一百三十六，總共賣了一百三十六個銅板。去掉今天用去的紅棗、白麵這些成本，我們淨賺的有六、七十個銅板！」

天，才一天啊，一天就賺了這麼多，那要是天天做，一個月不是能賺二兩銀子？這麼分下來他們一房少說也能得兩、三百個銅板，越算張氏、李氏、汪氏越興奮。

啊啊啊，真是，真是太好了！

「這還是第一天，且今天的人其實不算多，回頭趕上廟會什麼的，生意應該會更好。」

生意更好就意味著能分更多的錢。一家人聽了，兩眼直泛光。

「行了！臉上的表情都收了收，老四說的是可能情況，卻也不是一定的，後面還是要看你們怎麼做，先頭賺錢，後面虧本的也不是沒有。」

張氏等人面上的興奮立即消散了個乾淨。

「不過，只要你們用心做，心往一處想，勁往一處使，應該問題不大。」

金氏輕飄飄的又砸下來一句，這下大家總算明白了，金氏這是在提醒他們別才賺點錢就飄了。

大嫂張氏當先表態。「娘，您放心，這生意來的不容易，我們一定會做好的。」

「對，娘您放心，就算娘家有人來問，我也不會說的。」這是李氏。

汪氏跟著李氏點頭。「我也是！」

王蓉就更不用說了，她啥都不用幹就能得錢，上哪再找這樣的好事？嚴肅鄭重的氛圍過去，家裡開始開開心心的分錢，雖然第一次分的錢不多，但每個人都眉開眼笑的。

不知道是不是有了金錢刺激，第二天張氏幾個做的棗糕整整翻了一倍。導致的後果就是劉鐵他們這次一直賣到酉時都沒賣完。好在，現在天氣冷，棗糕就算是放一天也不會壞，不過因為這個，金氏還是把張氏妯娌三個叫過去好生數落了一通，讓張氏她們連聲保證以後再也不敢貪多才放過……

劉家的棗糕生意就這麼做了起來，大冬天的人出門的少，又趕上年關，各家都忙碌，知道的人還真不多，一直到過了年，正月初一到初五，村裡到同福寺去拜拜的人多了，村裡人看到劉金幾兄弟在山腳、山腰各處叫賣，才知道劉家做起了這個生意。

不過上門來打探的人依然不多，這倒不是說村裡人不八卦，而是年前辦喪事的人家實在太多了，這都還沒出熱孝一百天呢。

「四弟，這樣下去不行，我們得想想辦法。」

最近幾天，棗糕的銷售情況越來越差，前兩天還能賣出去一籠半，現在一天下來快連半籠都賣不完了。一開始劉家兄弟幾個以為另外一家也做棗糕的在背後搗鬼，很是費工夫查了一番，後來發現根本就不是那麼回事，純粹就是現在外面的景況越來越不好，附近好不容易消失了兩個月的流民又重新出現，老百姓的憂患意識使他們不敢再胡亂花錢，只想把銀錢攥在手心裡。

「確實要想辦法。」

再不想辦法，他們就要跟同福寺其他做小買賣的小販一樣失去這份營生了。可是辦法也確實不好想，因為現在的情況幾乎是釜底抽薪式的，除非他們轉而去做那些大戶人家的生意。但是話又說回來，他們這棗糕本就做得粗糙，連原料都沒湊全，大戶人家又哪會看得上？

第十三章

劉鐵搖搖頭，一邊往回走，腦袋裡一邊想著，還能有什麼辦法挽救一下岌岌可危的營生，走到距離山凹里還有兩、三里的地方，路邊的草叢裡突然跳出來一個衣衫襤褸形容瘦削的九尺瘦漢。

劉鐵心驚之下，下意識拽著老三往後退開了好幾步，身體本能成防禦姿勢。

瘦漢見他們如此，連連擺手。「你們別害怕，俺沒惡意的，俺們也不搶劫，就是俺們有個孩子病了，想請你們幫俺們請個大夫。」

說著，瘦漢衝旁邊招了招手，草叢裡立馬又出來一個瘦削的漢子，那漢子懷裡還抱著一個不知生死的孩子。

「你們為什麼不自己去請？」

「俺們請不到大夫，鎮上戒嚴了，現在外地人進鎮都要路引的，俺們一路逃難過來，根本就沒有路引。俺們真的沒有惡意，只是一路到這邊，老的、小的受不住奔波之苦，病了好幾個，這孩子病得實在重，再燒下去，可能就要沒命了，俺們實在沒辦法才找上你們……」

劉鐵不為所動。「那為什麼找上我們？這條路上，這些日子雖然來往的人不算多，卻也不只是我們。」

那抱著孩子的明顯比另一個瘦高漢子更著急，不等瘦高漢子開口，便急道：「那不是因為你們是前面村子裡的嗎？俺們除了想要請你們幫忙請大夫，還想請你們代為引薦你們村的族長、里正，俺們想在你們村裡落戶。俺們知道你們村子裡前年接受過兩家流民，他們現在在你們村子過得還不錯，俺們還跟人打聽了，你們家跟其中一家流民結了親……」

劉鐵瞇瞇眼。「你們知道的不少。」

對面的瘦高漢子點點頭。「畢竟是關係到俺們好幾戶人家幾十口人的事，不得不謹慎。」

說的倒是像那麼回事。「你們要我怎麼相信你們？誰也不敢保證你不是隨便抱個快要死的孩子過來騙我。」

「你才是快要死了，你不幫忙就不幫忙，幹麼咒俺姪子！俺哥嫂就給俺留下這一個姪子，你這人心怎這麼毒……」抱著孩子的漢子氣得臉通紅，手上青筋都暴起來了，要不是懷裡還抱著個孩子，恐怕就要過來打他們了。

老三劉銅見了忙拉著劉鐵勸。「四弟，我看他們也不像是騙人的，再說，就是幫忙請個大夫而已。人不都說『救人一命勝造七級浮屠』嗎?咱也就幫忙傳個話。」

至於大夫願不願意過來那就不是他們能管的了。落戶的事，更是沒他們插嘴的餘地。「四弟，那孩子快病死了，怪可憐的……你想想四弟妹他們當初……」

劉鐵原還有些猶豫，畢竟這事沒他三哥想的那麼簡單，萬一到時候族長、里正真的同意人落戶了，結果給整個村子帶來不可挽回的災難，他就是死了都謝不了罪。可劉銅一提王蓉，劉鐵立馬就想到了王蓉提到過她那個因為生病死在半路上的小妹妹。

心裡好一番掙扎之後，劉鐵才開口道:「我可以帶你們到鎮門口，替你們給裡面的老大夫傳個信，不過人家願不願意出來給你們治，那就不是我能決定的了。落戶的事情，我也只能替你們給族長說一聲。」

「沒問題沒問題，能這樣已經很好了。謝謝，謝謝，太感謝了!回頭俺們一定報答你們的厚恩。」

厚恩不厚恩的，劉鐵倒不在乎，只希望不要成了農夫與蛇的故事就可以了。

從這轉道往鎮上去要不少時間，劉鐵怕家裡人擔心，讓劉銅先回去送個消息，他一個人跟那兩人一孩去鎮上，正好，上次是他去請老大夫的，跟老大夫也熟。

「老三，怎麼就你一個人回來了?老四呢?」

「四弟帶人去鎮上了。」說著就把剛剛路上發生的事情跟家裡人說了一下，話都沒說完，就被金氏一巴掌重重搧在後腦勺上。「你這沒長腦子的憨貨！」

一句話訓完，都來不及再訓第二句，就趕緊招呼剛剛回來的老大、老二。「老大你去找族長，把這事跟族長說清楚，老二你趕緊去召集村裡的漢子，去追你四弟……」

「娘？」

「你還好意思叫娘，還不滾去後山找你爹回來。要是老四有個好歹，老娘非抽死你不可。」把老三也打發出去，金氏又是生氣老三沒腦子又是擔心老四，掐著腰在原地轉圈圈。

「娘，您也別太生氣了，老三那腦子一直都不太靈光，您也不是不知道……」

汪氏怕金氏真的氣出個好歹來，還想再勸兩句，話都沒說完，金氏直接避開她急急出門去了。

「娘，妳去哪兒啊？娘……」

王蓉幾個都懷著身子，不敢快步跑去攔，只有張氏趕緊拔腿去追。

剩下李氏、汪氏、王蓉在家裡擔心，尤其是王蓉，她自己就逃過荒，逃荒路上人心有多麼黑暗，人性有多麼惡劣，她自己深有體會，所以才對劉鐵更加擔心，又很後悔，她不該跟劉鐵提之前逃荒路上的事情。如果不是因為她，也許劉鐵不會答應那兩個人，現在就只能祈求那兩個人沒說謊……

再說另一邊，劉鐵帶著兩大一小往鎮上趕，為保萬一，行進途中劉鐵一直與兩人保持著一定的距離。那兩人應該也看出來了，並沒有說什麼。

一路急趕，很快，一行三大一小就到了鎮門口。

果然，門口站了一溜幾十個挎著腰刀、官爺打扮的人。為首那人劉鐵還認識，正是之前從陳家出來的劉通。

「阿鐵兄弟？你怎麼來鎮上了？這是跟你一起的？生面孔吧？」劉通打小在鎮子上長大，又是個喜歡到處亂逛的，這鎮子周圍十里八村的人，他不說都能叫得上名字，面熟還是能做到的，但這兩個漢子一看就沒見過，且看這衣衫襤褸的，說不是流民都沒人信。

劉鐵點點頭。「這兩位大哥想要我幫忙請個大夫，這個孩子病了，病得還挺重的……」

「不只這個孩子，俺們一起的還有很多老人孩子都病了，如果大夫願意，俺們想請大夫幫俺們都看看。」

「這？」劉通看看高瘦漢子兩個，又看看劉鐵，臉上露出為難的表情。「這個怕是比較困難，這幾天鎮上也不少人病了，大夫忙得很呢，再來現在大家都知道外面亂，恐怕沒人願意出鎮子。」

「不用出鎮子，就請大夫到門口這來就行，俺們可以把病人都送過來，藥錢俺們也會照付的。」

「是啊，是啊，求大夫來幫俺們看看，俺姪子真的是快撐不住了，俺求求你們了。」

成吧！怎麼的也得給陳軒這個小舅子面子，劉通想了想招了招手，叫來一個跟他一樣著裝臉龐卻明顯稚嫩不少的小子。「福貴你去醫館跑一趟。」

「哎！」小子答應一聲，轉身撒腿狂奔，不多會，就看不到人影了，留下幾人焦急的等待。

「咳咳……二叔？董叔？」一聲很輕微的咳嗽聲吸引了眾人的注意，劉鐵順著聲音望去，就見矮個漢子懷裡的孩子不知道什麼時候醒了，只是精神看起來確實很不濟，一張小臉還不到成人巴掌大，臉上因為咳嗽帶著不正常的紅暈。

「哎，二叔跟董叔都在呢，小盾別怕，二叔帶你來找大夫，等會兒咱讓大夫看看，抓了藥來吃，吃了藥就好了，啊？」

矮個漢子說話聲音很輕柔，對待懷裡的孩子就像對待易碎的珍寶。這讓劉鐵心情好了不少，從之前種種來看，這兩個人應該沒撒謊。沒叫他爛好心。只是，他們期盼中的大夫一直都沒有出現，去叫人的小子也不知道跑去哪裡。

劉鐵轉身正想自己進去幫他們找找，劉銀呼啦啦帶著幾十個漢子到了。

「四弟／阿鐵／老四，你沒事吧？」眾人一看到劉鐵就圍了過來，七嘴八舌的問候了一通，在確定劉鐵確實沒事之後，眾人才鬆了一口氣。「沒事就好，沒事就好。」

他們被劉銀帶著這一路猛追，就怕人再出點啥事，這會兒確定沒事，他們也終於能歇一歇了。

時間又過了約莫有一刻多鐘，老大夫終於蹣跚著來了，旁邊還跟著去叫人的小子。

「老大夫出診去了，藥鋪那邊說不清楚在哪家，我是找了好幾家才找到人。」那小子也是機靈，看著這邊好幾個人面色都不好，上來就趕著解釋。

老大夫也跟著附和著點頭，眾人這才換上好臉。

那矮個漢子等不及更是直接抱著孩子迎了上去。「大夫，大夫，您快給我姪子看看。」

老大夫心腸不錯，也沒說什麼，當即就給診了脈。「這病得有些日子了吧？怎麼不早點送過來？再晚點，這孩子不死也得燒成傻子。」

矮個漢子一聽這麼重，當即臉上就要哭不哭的。「俺們也想早點送過來，可是俺們進不了鎮子，也沒人願意幫俺們，嗚嗚……」說著說著，好好一個壯漢，跟個孩子一樣委屈的哭了起來。

老大夫這才注意到這人身上衣著襤褸，恐怕是流民，心下不免憐憫。「行了行了，也別哭了，既然我現在在這了，說明你們遇到了好心人……這孩子還有救，我給開個藥方，你們趕緊找人去抓藥，熬給這孩子喝了。」

老大夫動作很迅速，幾下就開好了藥方，正所謂一事不煩二主，劉通就讓剛剛去找人那小子又跑了一趟。這一次，人很快就回來了，手裡還拎著幾個藥包。

得了藥，那叫陳小兵的矮個漢子哪還留得住，當下就要轉身回去給孩子熬藥，瘦高漢子董仁傑想著孩子這頭確實緊急，落戶的事情也不是一時半會能定下的，便轉身對劉鐵等人好生感激道：「幾位救命大恩，無以為報，以後幾位有什麼事情，儘管差遣董仁傑。」

「董兄弟這話就客氣了，佛祖還說『救人一命勝造七級浮屠』呢，我等又豈能見死不救，再者也不過搭把手的事兒。」

劉鐵附和劉通的話點頭。

董仁傑也不多說什麼，只是退後一步躬身行了一大禮，又給老大夫送上診金，跟旁邊跑了幾趟幫忙的小兄弟結算了藥錢，然後才又開口對劉鐵道：「俺二人等著回去給俺這姪子救命，之前跟劉兄弟所言之事，不知董某可否明日再去村裡跟劉兄弟細談？」

「可以，救人要緊。」

董仁傑二人帶著孩子跟藥火速離開後，劉鐵也沒多待，就跟著一大群過來找他的青壯漢子浩浩蕩蕩的回村去了，等人都走了，劉通才一拍腦門。「唉唷，看我這豬腦子，董仁傑，董仁傑不會是那個人吧？」

那個，後來叱吒疆場，令匈奴等聞風喪膽的董鬼？傳說他體型高大，長相清奇，明明瘦得跟個竹竿似的，卻力大無窮……哎！真是失算了，劉通懊惱的恨不能把自己拍死。

「通哥，你沒事吧？」

「沒事沒事。」劉通心累的擺擺手，自個走到一邊，算了！反正人還在，也沒跑了，那人之前不還說跟劉鐵有什麼約定回頭要到山凹里去拜訪嘛，這兩天他多去那邊轉轉，說不定還能撞上。

劉通這麼安慰自己，卻不知董仁傑根本就無須第二天去村裡拜訪，他在回去的路上就遇到了在路口等著他的劉氏族長、里正等人。

「先讓這個漢子回去救治孩子吧，你們想要落戶的想法，劉金已經跟我們說了。我老頭子也不是不講理、喜歡擺譜的性子，明說吧，這事也不是不可以，之前我們就接受了王家、陳家，相信這事你也知道。」不然想來他們也不會特意找到山凹里這個犄角旮旯的地方來，畢竟這個年代宗族觀念重，尤其是他們這附近，基本上都是一個或兩、三個姓氏成一村，少有接受外來戶的。

「但是我也要提前說清楚，我們並不是什麼人都接受的。」

「自然。」董仁傑拱拱手，對方的表態在他的意料之中，換做是他，他也不會輕易答應別人落戶自己村裡，誰知道是不是居心叵測或者什麼壞人呢？是以，示意陳小兵先回去後，董仁傑看了看路邊有塊膝蓋高的青石，隨手擦了擦，對著族長、里正兩人做了個請的姿勢，待兩人到青石上坐下，才隨意在旁邊盤腿一坐，道：「老丈有什麼要求只管直言。」

族長點點頭。「我觀你也是識禮的，讀過書？」

董仁傑點點頭。「幼時也讀過幾年書，只是後來實在對書本沒興趣，兼之有些天賦，便拜了師傅跟人學了些許武藝。」

「你們剩下的人都跟你一樣？」

「那咋可能？俺是學過的，其他人都是普普通通的老百姓，俺知道老丈擔心什麼，老丈大可放心，俺們真心沒惡意。不瞞老丈，跟俺們一起的共有五家人，俺董家三戶加上陳家、曹家原本皆是一個鎮上的，曹家與俺家是姻親，陳家跟俺家是鄰居，俺們鎮幾個月前被起義軍攻陷了，俺們是逃出來的，當時一起逃出來的一個巷子裡有十幾家，到現在……只剩俺們五家，家裡人也是死的死、傷的傷，現在只剩將將三十口人命。

「俺們實在是不想再這樣下去了，才找上劉家兄弟幫忙搭個線謀求落戶。就像老丈說的，這地方一般不接受外地人，俺們在年前就逃到這邊了，也想過在其他村子落戶，可沒一個村子接受的，後來沒辦法，只能繼續往這邊來，過年都是在山上洞裡過的……」

董仁傑個性堅強，可是說著說著也開始哽咽起來，尤其說到自家才兩歲的小閨女曉曉就在冬日落雪的第二天死在自己懷裡，高高大大的漢子淚水到底沒忍住。

劉鐵一行人過來這邊，看到的就是董仁傑一把鼻涕、一把淚訴說這幾個月他們幾家逃難各種艱辛的場景。

「啥情況？族長、里正怎麼過來了？」

劉鐵上前拍了把杵在旁邊當柱子的劉金。

劉金搖搖頭。「族長聽我說完，沈思了一下，又去找了里正，然後兩個人也不知道商量了什麼，反正完了，就來這等著了。」

「那這咋還哭上了？」看那瘦高個哭的，比剛剛那個矮個漢子哭得還慘呢。

「他閨女沒熬過來……」

劉鐵臉上本有的嬉笑立馬繃住了，其他人面上也都帶了幾分同情。劉鐵猜測著族長、里正會同意。

果然，董仁傑哭訴完，雖然族長還沒點頭，面上卻已經有了鬆動，只是提出要去他們住的地方看看。這個董仁傑當然不會拒絕，滿口答應，只是這個點，時間上已經有些晚了。

「族長，要不明天再去看吧？」

族長擺擺手。「沒事，咱們先去看看，要是有需要我們幫忙的，我們也可以幫著一些，現在雖然已經出了正月，可咱這地方，晚上也還冷得很。」

劉鐵等人勸不住只能跟上。

這邊里正則帶著幾個人先回去，跟村裡各家各戶送個消息。

好在，董仁傑幾家現在待的地方離山凹里不遠，就在門前山的另一側，距離山凹里也就幾里遠。

「你們這個冬天就住在這個山上？」

董仁傑點點頭。「是，原本俺們只想著在這歇歇腳，等雪停了再繼續走，沒想到這北邊的雪會下那麼久，一下就下了好幾天，積的雪直接能沒了膝蓋。」

「這個冬天應該有不少人生病吧？」

董仁傑抹把臉點了點頭，好幾個都是這個冬天沒熬過去沒了的，他親閨女也是。

族長點點頭，在劉鐵的攙扶下繼續往上走，又走了約莫有兩刻鐘，眼見著光線越來越暗，可視距離只有眼前三五公尺時，族長突然站著不動了。

「董家小子，可以了，你不用帶著我們繞了，這天色也不早了，我們早點看完還要回去……」

「什麼？族長，你的意思是他故意帶我們繞路的？」劉金等人全都對著董仁傑怒目而視。

董仁傑也沒反駁，只是歉意的看向族長。「俺原也沒想著瞞老丈，只是事關家人生命，董某才不得不謹慎些，還望老丈見諒。」

族長沒說話，反而一馬當先走在前面，走出去幾公尺後，才說道：「我老頭子也不是白活了這麼大年紀，這邊山頭現在村裡人確實是來的少了，可是老頭子年輕的時候，卻是經常過來的，這山裡有什麼，我比你們熟悉。你說的那個山洞，哪怕你遮遮掩掩的只說了個似是而非我也清楚是哪兒，我還知道那山洞前面不過百步就有一條小溪，溪水自山上下來，頗為甘甜。小溪裡之前還有不少魚，肉質細膩也不腥，現在已經被你們捉得差不多了吧？」

董仁傑也是臉皮厚，先時被點破還有些尷尬，一下就已經面色如常了，還笑著恭維了族長兩句。「老丈說的一點都不假……」

「那我們彼此的試探就到此結束吧，再這樣下去，以後一個村裡抬頭不見低頭見的未免尷尬。」

「就依老丈。」這一次，一行人不過走了幾百步就見到了族長所說的山洞，山洞裡漆黑一片的，且一點聲響都沒有，直到董仁傑吹了個口哨，洞裡才點起火堆，有了說話的人聲……

「仁傑回來了？仁傑？」董仁傑的老娘薛氏、妻子王氏第一時間衝了出來，一大群人緊跟其後。看到董仁傑身後的族長等人，薛氏等人很明顯愣了一下。

「爹，三叔、陳叔，這是山凹里村的族長。」

董二叔沒熬過來沒了，曹家只剩曹寡婦帶著幾個兒女，所以現在五家人有什麼事一般都是董大、董三、陳二商量著來。董仁傑第一時間把族長介紹給三人，也是要引起大家重視的意思。

「原來是劉氏族長。快裡面請，俺們這地方簡陋……」董大首先開口，剩下董三、陳二也趕緊跟著招呼。

一行人進去後，董仁傑跟在後面，他妻子王氏才湊上前來。「陳家兄弟帶回來的藥很管用，小盾喝下去就好多了，現在燒已經有些退下去了。」說完，頓了下才又道：

「娘的咳疾這兩天又重了……」

第十四章

逃難前，王氏跟薛氏的關係其實沒這麼好，生活中磕磕碰碰的，難免偶爾別個苗頭什麼的，逃難後，可能也是患難見真情吧？婆媳兩個反而好了起來。薛氏的咳疾從年前就有了，時不時的發一陣，一直沒好，這幾天似乎有越來越重的趨勢，王氏很擔心。可是薛氏一直瞞著，怕給家裡添麻煩。

董仁傑皺著眉，輕輕拍了拍妻子柔弱的肩膀。「會好的，別擔心，今天劉氏族長過來就是跟我們談落戶的事兒，說不定這事這兩天就能定下來，到時候我們立馬就去給娘請大夫。」

王氏點頭。

山洞內，族長已經跟董大三人坐在火堆旁攀談了起來。

劉鐵就著若隱若現的火光，不動聲色的打量著周圍。

這個山洞面積不算小，估計約有四、五間房那樣大小，但這麼多人住著，還是會顯得有些擁擠。山洞裡點了兩個火堆，挨著另一個火堆不遠，被人用石頭、木頭、軟草鋪成了幾張大床的樣子，每張床上放了兩床看不清顏色的鋪蓋，中間還拉了一根草繩，草繩上掛著草簾子，旁邊的地上亂中有序的擺放著各種陶陶罐罐。劉鐵看到有婦人從陶陶罐罐中取東西到另一個火堆上煮。隔著草簾子，劉鐵還看到簾子另一邊有些身影，看身形應該是孩子。

「阿鐵，走了。」

族長並沒有在這裡待多久，該了解的了解後，很快他就站起了身。

「劉兄弟留下用個便飯吧？」董大留客。

族長擺擺手。「你們也不容易，我就不留下費你們的食材了，明日董兄弟、陳兄弟也可以帶人先去我們村子看看，剛剛村裡的情況，我也簡單跟幾位說了，我們村位置偏，且山多地少……」建房子的地可以跟村裡買，村裡也還有餘，但是田地什麼的就只能自己去開荒了。

「族長願意收留我們外鄉人，已經是恩德了。」

送走族長一行，山洞裡的人立馬都圍了上來。「董大伯，俺們真的能落戶到山凹里？」

「是啊，他們沒提什麼別的條件吧？」

「什麼時候能落戶啊？」

大家七嘴八舌的鬧成了一團，董大三人也不開口，只笑著看身邊的人說道，待眾人漸漸安靜下來了，董大才開口。「俺看劉氏族長是個實在人，人家也沒騙俺們，怕俺們後悔，還讓俺們親自去看看呢。至於說房子、地，房子俺們肯定是要自己建的，地肯定也是要買的……」

「不會很貴吧？要是很貴，俺們可買不起啊！」他們一路逃難，手裡的積蓄早花得差不多了。

「不貴，俺打聽過王、陳兩家那兩塊地的價錢，算是挺便宜的，不過他們村裡能種的地少，怕是買也買不到，得自己開荒。」這也是董仁傑為什麼這麼急著想要落戶的原因之一，因為開荒需要時間，錯過了農時，哪怕他們落了戶，這一年他們也只能等著喝西北風了。

「自己開荒？那可費工夫得很，這都二月了，離種子下地，可沒多少時間了啊！」陳二感慨。

可不是？所以才急啊！

「明天，俺就去山凹里看看，然後把落戶的事兒最終定下來，這樣你們一家出一個代表跟俺一起去。」

第二天，趕著一大早，心急如焚的董大幾人就在董仁傑的帶路下到了山凹里的村口。

只一小會兒的時間就叫巡邏隊的人發現了。「你們是準備落戶的那五家人？」

昨天族長回來後特意給他們巡邏隊的人開了個小會，說明了一下情況，雖然沒叫他們防著一些董家人，但一般人對於新來的都會本能的有幾分排斥心理。因此，巡邏隊的人態度說不上不好，卻也說不上好。

得到了肯定的回答後，巡邏隊的人商量了一下分出了幾個人，帶董仁傑幾個去看族長準備賣給他們的建宅地。

有一塊建宅地的位置就在王家邊上，正好王栓也在這一批巡邏隊裡，就由他在前面帶路給董仁傑等人介紹。

董仁傑等人聽說王栓就是那落戶的王家人，很是欣喜，跟王栓打聽了不少事情，在知道村裡一開始確實有些排外，後來他們跟劉家聯姻後，大家就對他們跟其他村民一般對待後，董大等人心裡也都在想是不是也要找劉家人結個姻親。

五家適齡的人還不少，董仁傑的親妹妹董仁靜今年十六還未許人家，董家三房長子董仁新十四年紀也勉強夠，還有陳家陳小兵、十五歲的妹妹陳蓮花，曹家次女十六歲的曹雨，十四的長子曹山……

「到了，就是這裡了，這一塊地方比較大，看你們蓋多大的房子，若是跟我們家那樣的房子，夠蓋三個小院的。大一點院子的話，也夠兩家的。」
董大幾人連連點頭，確實夠了，可是他們一共五家人，難道要分開？
「有更大些的嗎？夠俺們五家一起的。」
王栓搖搖頭。「這一塊是村裡最大的一塊了，要想更大的就只有往後面去，可是那邊離山腳下太近，往年有些野豬下過山，不太安全。」
「那還是算了。就這塊吧，這塊挺好的。」陳二連連擺手，他們可沒仁傑那好身手，還是住在村裡安全些。
曹山也是如此想法，只是這裡只住得下三家，很大可能怕是董家三房買下，因此他更關心的是剩下的地能不能住得下兩家，這樣最起碼他們曹家可以跟陳家住一處，也能互相照應一下。
陳家顯然也是這個想法。
「其他的地啊？倒是還有一塊大些的，夠兩家住，你們跟我來吧！」
那一塊地就跟劉鐵家隔一戶人家。
看了地，董家、陳家、曹家先湊在一起嘀咕了一下，其實也沒啥好商量的，很快就定了下來，董家三房要了那塊大的，這邊這塊小一點的留給陳曹兩家。
商量好，這會兒時間也差不多了，一行人往族長家去，里正也已經在族長家等著了。

從里正那邊辦完了買地的手續，里正還要帶著幾家人去一趟鎮上走一下程序，留下董仁傑跟族長商量請人蓋房子、開荒的事兒。

「一個成年壯勞力，一天十文錢，保證一天一結絕不拖欠。只是找人這事，還要族長幫忙吆喝一聲。」

「這簡單，現在春耕還沒開始，大家都是閒著，能賺點錢，他們求之不得呢。」然後，當天午飯都還沒吃，新落戶的幾家要找人建房子、開荒，一天十文錢，有想做的趕緊去族長那報名這個消息就在村裡傳開了。

劉金幾兄弟聽說後，第一反應就是趕緊去報名，可家裡還有棗糕這生意。

「要不先停一停？」王蓉提議。反正這個現在賺得也不多，倒不如放放，先緊著這邊來，幾兄弟齊上陣也能賺得多些。

眾人連連點頭，於是事情就這麼定了下來。

只是，不管是蓋房子還是開荒都是個累人的活計，只沒幾天家裡幾個男人眼看著就瘦了一圈。

王蓉實在心疼劉鐵，想了想還是找上了金氏。「娘，我手裡這批繡活做得差不多了，我想明天叫阿鐵往鎮上送一次，順便叫阿鐵割些肉回來，這段時間家裡個個都辛苦，也好好補補。」

自己兒子，金氏哪有不心疼的，再者王蓉說的也是正事，自然立馬就同意了。

倒是劉鐵，轉過來把王蓉心疼得不行。「不是不讓妳每天都做繡活嗎？傷眼睛，上個月才送過一批，這一批又好了，妳這……我們現在手裡不是又攢了有幾兩銀子了嗎？妳也別太辛苦了，等這一波忙完，地裡的活計結束，我再找些門路，肯定能賺些銀錢的。」

「我知道，其實還有些沒做完，只是找個藉口叫你歇一天罷了，明天你去了鎮上，也別捨不得花錢，多買些肉回來，咱們好好吃上幾天，補補肚子裡的油水。」

王蓉的繡活做得好，又慣有新意，做出來的繡活在繡坊裡一直都很好賣。只是自打她懷孕後，送到繡坊的繡活數量那是越來越少。老闆娘心裡著急，可是也沒有辦法。

這次劉鐵破天荒的提前去送繡活，老闆娘喜得跟什麼似的，還特意多送了劉鐵小半袋的廢舊布料，並一個勁的叮囑。「繡得一些了就給我送過來，我不嫌少。沒有新花樣，我也按新花樣的價格給！」

劉鐵也不多話，只笑著點頭，一副憨厚到不行的樣子。

從繡坊出來，買完肉，劉鐵又去糕點鋪子那邊逛了逛。自打家裡開始做棗糕，就很少再往家裡買糕點了。只是劉鐵心疼媳婦兒，想著媳婦這些日子似乎又瘦了，想要給她買點兒好吃的，挑來挑去最後買了半斤蜜餞。

帶著買好的東西回到家裡，劉鐵也沒再去上工，而是去了後山溜達。

後山上有些地方已經開始吐綠，偶爾還能看到一些新發出來的野菜，嫩綠嫩綠的看著就饞人。劉鐵順道摘了一些，然後就往之前挖的幾個陷阱地方去。

冬日裡山上都是積雪，路又泥濘難走，除非必要，根本沒人上山。他想去看看之前布的陷阱裡有沒有什麼野物？

當然真心說劉鐵也沒有抱太大希望，果然陷阱裡空空如也。倒是半途讓他意外遇到一隻傷了翅膀飛不起來的野雞。雖然一個冬天過去，野雞瘦得看著沒有二兩肉，但劉鐵還是很高興。更高興的是，他在另一邊新坦露出來的石塊中間發現了之前找的滑石。滑石這東西價格很便宜，但耐不住它是秤重賣啊，怎麼的也能賣上一筆錢。

劉鐵喜滋滋的想著也不用等明天了，他回頭就再去一趟鎮上，到藥鋪問問他們收不收，暫時不收的話他就抽個時間，先用簍子一簍一簍弄下山先存起來。

心情頗好的記好位置往回走，只是沒想到剛下到山腳就聽到一陣哭嚎。

一打聽，原來是之前因為救人意外得了筆橫財搬走的劉明一家又回來了。

「說是劉明進賭場，把鎮上的房子又給輸沒了。」

「真真是作孽，好不容易得來的橫財，這才幾個月就又給敗沒了。」

「叫我說，還不如之前就沒有那些錢呢，沒那些錢還在村裡老老實實的窩著，現在去了鎮上，村裡的地先前賣了，房子也賣了，回來可怎麼活？」

他們村也沒個地主啥的，要是有個地主，還能佃點田地種。

「那賭坊的人也是狠，聽說房子賣了還不夠，還要把人也給賣了呢。」

「啥？還賣人？」

「唉唷，我的天！不行不行，我得回去跟我家那幾個好好說道說道，要是哪個小子敢進賭場，老娘就打斷他的腿……」

劉明家的回歸給村裡又添了不少談資，也讓族長起了心思狠狠抓了抓村裡懶漢、二流子進賭坊的事，並且下了嚴令，再有賭博的一經發現直接逐出村子。

若是以往族長突然這麼說，村裡肯定要鬧上一通，但是現下看了劉明一家的悲慘下場，眾人不僅不說什麼，反而拍手讚族長這規矩定得好。

就連劉老頭回去之後，都當著兒子、兒媳、孫子、孫女的面又警告了一通。「別人家我不管，我們家但凡有人賭博的，直接打斷腿，逐出家門，沒得商量。」

王蓉等人自然連連應和「知道了」、「不敢」之類的。

生活還在繼續，劉明一家的事情在村裡一時引起軒然大波，但對王蓉他們的生活並沒有造成太大的影響。

之後的一段時間，劉鐵幾兄弟繼續幫著董、陳、曹幾家建房子開荒地，一連幹了有半個多月，自家這邊要開始下田準備春耕了才結束。

此時，王蓉的身子已經有五、六個月了，雖然肚子看著大了些，懷孕後期的各種不適反應倒也還沒開始找上門。因此王蓉每日的時間分配大致上是這樣的：教大丫簡單的針法、做繡活、走動、做繡活、走動，中午小睡上兩刻鐘，下去繼續做繡活、走動，時間特別規律。

這天，男人們還在地裡忙碌。王蓉在家裡給幾個嫂子打下手準備做飯時，劉杏花突然回來找劉鐵。「孩子他爹不知道怎麼了，突然收到信件，說是要離開家一陣子，也不說要去哪兒。我怎麼勸都不聽。我想著，阿鐵跟他爹好像還說得上話，想要叫阿鐵去幫我勸勸。」

叫劉鐵去勸，自然是沒問題的，但能勸得動嗎？王蓉沒信心，在她的印象裡，陳軒是個特別有主見的人，心思也深，是那種走一步能看好幾步的，這種人一旦有了決定，哪兒是劉鐵那傻子能勸得動的？

只是看著劉杏花一臉焦急的樣子。王蓉也不好直說，只能叫大丫去田裡跑一趟幫著叫人。等人叫回來了，王蓉還特意叮囑了劉鐵一句，順便去隔壁把她哥王栓也一起叫上，怎麼的王栓也是親妹夫，兩個人一起事情也好說一些。

「怎麼樣？」晚些時候劉鐵回來，王蓉第一時間迎了上去。

劉鐵搖頭，這次過去姐夫確實跟他們細細分析了如今的天下局勢，也跟他們說了他這次必須出去的理由，但是這些話，就像姐夫說的並不能跟家裡的婦人說。她們理解不了，說出來也不過多幾個人擔心罷了。但二姐那邊也不能就這麼放著不管。

劉鐵想了想跟王蓉道：「姐夫過幾天就要走，可能會在外面多待一段時間，以後妳沒事兒多過去陪陪二姐。」

四月中，正是田裡活計最忙的時候，陳軒交代好家裡的事，就揹著個書簍在劉杏花母子的淚眼婆娑中走了。陳軒離開之後，王蓉、陳月經常結伴去陳家，甚至王蓉肚裡的孩子都差一點生在陳家。

那是六月底的一個午後，王蓉、陳月、劉杏花三個人坐在陳家小院子裡，一邊各自做著手上的活計一邊聊天，小外甥自己一個人在旁邊玩玩。三個女人說說笑笑的，時間過得倒也快。眼瞅著快到散場的時間了，王蓉肚子突然疼起來。疼痛來得又急又快，毫無經驗的王蓉身子一軟險些摔地上。

陳月趕緊到隔壁王家去叫人，一時聲音太大把周圍幾家都驚動了。

小外甥被突如其來的狀況嚇得哇哇大哭，劉杏花又要顧孩子，又要看著王蓉，也是手忙腳亂的。

等到劉氏過來，眾人有了主心骨，才好一些。

「沒事兒，沒事兒，別怕，別怕啊，娘在這兒呢……」劉氏一邊安慰王蓉，一邊叫王栓趕緊跑去劉家那邊叫人。

結果也是巧了，李氏跟汪氏竟然也在這個時間開始肚子疼，一時間劉家直接亂成了一鍋粥。饒是金氏自己生了七個子女，有著大把經驗也是被弄得手忙腳亂的。而且之前沒想到三個兒媳婦會同一時間生，家裡只找了一個接生婆，這會兒臨時又去哪裡再找兩個？

「我娘是接生婆，之前給不少人接生過，你們要是不嫌棄她是個寡婦……」一邊上的村人王曹氏連忙開口。

「不嫌棄，不嫌棄……」這會兒當然是兒媳婦肚子裡的孫子、孫女最重要，金氏哪還顧得上這些？再說她這人本身也不太忌諱這些。

跟著過來的王曹氏聽了，忙招呼人去喊她娘曹寡婦。

曹寡婦來的很快，手腳也是很麻利，還特意帶上了接生的傢伙——一個木製的箱子，箱子裡有剪刀之類的物什，一看就是熟手。

可是這裡還差一個呢？金氏急得滿頭汗。

「娘讓她們去給兩個弟妹接生吧，我已經生過山子跟大丫了，有經驗，找兩個嫂子幫幫忙就行。」李氏冷靜地主動讓出了接生婆。

金氏也實在是再找不來一個接生婆，無奈下只能同意。「行，那就這樣。娘已經叫人去請大夫了，外頭有大夫守著，妳也別怕。」

李氏確實不怕，事實上大夫都還沒有到，李氏的第二個小子就已經生下來了，順溜得不行。

汪氏跟王蓉那邊就沒那麼順了，她們都是頭胎，又沒有經驗。王蓉還好，畢竟在現代沒吃過豬肉也見過豬跑，知道自己省力氣不大喊大叫。汪氏卻是疼得又哭又嚎的，等到真正生的時候，根本沒了力氣。

金氏也是急得不行，直接進房把汪氏狠狠罵了一通，又親自下廚房去給三個兒媳婦做糖水雞蛋。

一碗糖水雞蛋艱難的吃完，王蓉生怕孩子在肚子裡時間長了弄出個腦癱什麼的，聽著曹寡婦的吩咐，一邊調整呼吸一邊往死裡使力氣，不知道過了多久，彷彿有幾個時辰那麼長，王蓉只聽得自己一聲尖叫，身下便滑出了什麼。

「生了生了……」

生的是男是女王蓉並沒有聽到，因為那會兒王蓉已經昏過去了。不過王蓉先一步生下孩子，還是刺激到汪氏。在汪氏想來王蓉的身體比她要差不少，現在竟然都生了，她還沒有生，這麼一刺激，孩子竟然也從肚子裡滑了出來。

「恭喜恭喜，恭喜恭喜！」

劉家一天喜得三孫，劉老頭跟金氏喜得嘴巴咧的都合不上了。劉桂花聽到消息，第一時間就拾掇拾掇趕回來幫忙。

三個兒媳婦同時坐月子，這在十里八村都是沒有過的事。金氏兩口子，雖然高興，卻也給忙活壞了，洗尿布都洗得手軟。慣常一個孩子就夠鬧騰的，更何況是三個？三個小嬰兒時不時一起來個嚎哭三重奏，能把房頂都給掀了。

大人還能痛並快樂著，家裡狗蛋、狗兒、山子幾個孩子卻是在幾天後就忍受不了三個小不點的荼毒，寧願跟著大人下地幹活也不願意在家裡待著了。

王蓉自己也不好過，明明都是一樣懷孕，月子裡吃的都是一樣的東西。她身體素質還比汪氏、李氏更弱些，可她的奶水卻是比汪氏奶水要多。時不時的還要救濟下小姪子，充當一下奶媽。但是小小嬰兒這種東西，嘴上也沒個輕重，有的時候吃個奶能吮得人生疼……偏偏還沒法拒絕。

又一次忍受完給小姪子餵奶的酷刑，王蓉趕緊將小不點拾掇拾掇扔給進門的劉鐵，讓他給汪氏兩口子送過去。

「不然我跟二嫂說一聲，叫二嫂幫著餵幾次？」劉鐵實在看不得每次王蓉給小姪子餵奶那疼得要哭不哭的樣子。

王蓉也想啊，可是這孩子喝奶就那樣，到二嫂那也是。「二嫂前面已經幫著餵了兩天了，實在受不了了才叫娘抱過來的……」

「這什麼破習慣！」劉鐵瞪著懷裡的娃抱怨兩句，卻也無可奈何，這麼點孩子，還能打罵怎麼的？

第十五章

送完孩子，正好金氏熬了雞湯，劉鐵就替王蓉盛了一碗端進來，邊吃邊聊。

「今年這天氣有點反常。」進入六月後就沒怎麼下雨。原本六、七、八月，應該是全年雨量最大的季節。但是今年到現在就下了一場小雨，連地皮都沒濕透就停了。「族長跟里正這幾天怕是要讓大夥兒進山找水源，我想明天去借兩輛牛車，把那些滑石弄到縣城賣了。」

「不等等了？」

「不等了，鎮上這東西需求量小，也不知道什麼時候再要，還是賣了換銀子放手裡放心。」

「就你自己去？」

劉鐵搖搖頭。「那肯定不會，我晚點去問問董仁傑，看他明天有沒有空，有空就找他跟著走一趟，我許他一成的利。」

劉鐵也是接觸得多了才知道，董仁傑那傢伙看著瘦不拉嘰的，力氣竟然大得驚人，加上學過武，身手非常不凡，有他一起，他們這一行安全性會大很多。

王蓉點頭，她對董仁傑的勇武也略有耳聞，不過還是要叮囑一下。「路上萬事小心，實在要是遇上什麼事情，保命最重要。」

「知道知道，放心吧。有你們娘倆在，我牽掛著呢。」不會做傻事的。

「去縣城？」

劉鐵點頭。「不瞞董兄弟，我手裡有些藥材，準備送到縣城賣掉，只是現在外面不很太平，想要借董兄弟的武力震懾一下，屆時我會拿出一成所得予兄弟……」

「劉鐵兄弟太客氣了，不過是走一趟的事，當天就能來回，都是鄉裡鄉親的，說什麼銀錢。」董仁傑忙擺手，再說他們當初還欠著劉鐵那麼大的恩情，哪能要什麼錢。

「劉鐵兄弟要是實在不好意思，等孩子滿月了，叫上兄弟好好喝上一頓就成。」

董陳曹三家在這山凹里現下是剛剛立足，正是融入階段，像董仁傑有武力這種人真的想要賺錢還真不難，但家裡人能夠被村裡人接受卻不容易。原先他們想著也跟王家、陳家學跟村裡劉氏聯姻，可是這結姻親也不是那麼容易能成的，到現在也沒個頭緒。

去參加劉家的滿月宴是一個很好的融入機會，到時候讓大家看看他們董家是什麼樣的人，了解了、熟悉了，自然而然也就接受了。

這是互利雙贏的局面，劉鐵沒有理由拒絕，兩人很快就約定好了。山凹里所在的縣叫平山縣，是一個不大的小縣城。縣裡有三家醫藥館，分別叫積善堂、濟仁堂、福佑堂。

為了盡可能把這兩牛車的滑石賣個好價錢，在去縣城之前，劉鐵特意託人好生打探了一番。總體來說三家醫藥館口碑都算還不錯，但在收購藥材方面給出的價碼卻又略有不同，相對來說福佑堂的價格會更公道一些。當然，這些劉鐵也都只是道聽途說，實際情況還要等到了縣裡，詳細打聽打聽後再說。

路上，劉鐵跟董仁傑商量，回頭等他們賣了這批藥材，看看縣裡有沒有什麼東西是比較便宜的，說不定還能帶回去做個二道販子。

董仁傑深以為然。

兩人一拍即合，說得甚是熱絡，正說鬧著，突然前面躥出來十幾個拿著刀槍棍棒的山匪。領頭人一臉絡腮鬍子，看不清楚面容，上來便粗聲粗氣的大聲道：「搶劫！識相的給爺爺們把東西留下，爺爺就饒了你們二人性命。若是不聽話，直接把你們倆剁了……」

「口氣不小呀！嘿，我說大鬍子你是哪條道上的？」

「就是這條道上了。甭囉嗦，趕緊的。爺爺們忙著呢！」絡腮鬍子有些不耐煩的樣子。

董仁傑聽了一樂。「正好，你爺爺我也忙著呢。」

「嘿，老大！看他這麼不識抬舉，給他點顏色看看。」

小嘍囉話音一落，那絡腮鬍子便提著根大鐵棍衝了上來，掄起大鐵棍就往董仁傑身邊的車上砸。

劉鐵下意識低呼了一聲。「小心！」

結果話音還未落，那大鬍子已經整個人帶著鐵棍飛了出去，重重摔在距離他們幾公尺遠的地方，砰一聲特別響亮。

剩下的山匪見了，嚇得一哄而散。只剛剛出聲的那個小嘍囉雖然心下有些害怕，還是跑到了絡腮鬍子身邊，看了一下絡腮鬍子的情況。「兩位好漢饒命、兩位好漢饒命。我們就是附近的老百姓，實在過不下去了才做了這營生。之前也只是謀些錢財，並未害過人性命。求兩位好漢饒了我和大胡吧！」說著，就連著磕了好幾個頭，磕得滿腦袋都是血。

劉鐵看了直皺眉。「行了，也別磕了。你說你們是這附近的，你們叫什麼名字？是哪個村子的？這裡離平山縣可不遠，你們在這裡搶劫竟然都沒人管嗎？」

「我叫張小山，大家都叫我張三，大鬍子叫胡大柱。我們都是幾里外胡家橋的。我們做這個……官爺們肯定是管的，只是太多了也實在是管不過來。再說我們也不是真的山匪，只偶爾出來一趟。等官爺他們來了，我們早就回去了。他們也抓不到我們……」

「你們以後還打算做這個？」

「不不不，不敢了，這次之後我們再也不敢了，好漢饒了我們性命吧！」

「這……」劉鐵一時有些為難，不知道該怎麼處理。放了吧，怕這些人回去不學好又出來危害別人，不放吧，難道要把人殺了？

劉鐵看向董仁傑。

董仁傑搖搖頭，劉鐵看不出來，他帶著一家人逃難，自己手上就沾過血，能看出來這些人是沒見過血的，他們說的沒害過人性命應該是實話，且從剛剛明明能夠逃走，這人卻還是選擇留下來，是個難得的有情有義之人，因此開口道：「放了你們也不是不可以，但是你要發個毒誓，用你所有的親人朋友起誓。」

張小山頓都沒打一個，趕緊就給發了毒誓，說得要多狠有多狠。

「行了，滾吧！」

總算撿回兩條命，張小山連滾帶爬的拖著大鬍子跑了。

再次上路，劉鐵、董仁傑兩人都有些沈默。雖然張小山說的不多，但從僅有的信息中他們也能推斷出現在外面的情況比他們想的還要不好。

於是接下來一路上兩個人都打起了精神，再不敢肆意聊天了。

總算一路平平安安的到了平山縣，果然城門口也是戒嚴了。幸虧他們這一次為了以防萬一，老早找里正開了路引，要不然恐怕連城門都進不去。

一個人奉上五個銅板，終於在差役大哥的呵斥聲中進了平山縣縣城的劉鐵已經完全沒了打探價格的心思，兩人一路直奔福佑堂。

許是將近中午的原因，福佑堂裡靜悄悄的，只有個藥童撐著腦袋趴在櫃檯前打著瞌睡。

「小哥醒醒，小哥醒醒。」

藥童迷迷糊糊的睜開眼。「你們是看病還是抓藥？看病的話，大夫回去吃飯了，要等一會兒才會過來，抓藥的話把藥方給我。」

「我們既不是抓藥也不是看病。我們有一些藥材想看看貴店收不收。」

「藥材什麼藥材？」

劉鐵忙伸手取出塊樣品滑石遞到藥童跟前。

「滑石？」藥童明顯愣了一下，然後很快反應過來。「這個我們店裡應該是要的，只是現在掌櫃的不在。要不您二位在這兒等一會兒。大概再一盞茶的時間，掌櫃的就該回來了。」說著藥童還給指了個地方，那邊有供休息的椅子，示意他們可以去那邊等。

「行，多謝小哥了。」

藥童擺擺手，又垂下腦袋繼續打瞌睡去了。

過了約莫有大半盞茶的時間，外面走進來一個身著儒衫的中年人。

想著這人應該就是掌櫃的，劉鐵趕緊起身迎了上去，說明來意。

「小哥可否讓我看看樣品？」

劉鐵忙將剛剛的滑石遞過去。

那掌櫃的接過去看了看，捋著鬍子露出滿意的笑容。近來外面世道比較亂，掌櫃的進貨管道也受到了影響，縣城藥館的用貨量又比較大，福佑堂倉庫裡的滑石也所剩不多了。這些日子掌櫃的正愁著呢，沒想到劉鐵就來了。

掌櫃的為人不錯，也不是那心黑手狠的，東西他又正用得著，給的價格很是公道，兩車滑石總共給了五兩銀子。

「小兄弟以後還有其他藥材儘管往我這送，保證不讓小兄弟吃虧。」

「掌櫃的為人實在，一定一定的，不僅是我，回頭我們村裡有人賣藥材，我也讓他們送到您這來。」

辭別了福佑堂的掌櫃，兩個人簡單在縣城逛了逛，也沒看到啥便宜又好的東西。想了想，來都來了，劉鐵乾脆買了一堆油鹽醬醋帶回去。油鹽醬醋耐儲存，不易壞，買多了，還能便宜些，且以後世道不知道怎麼樣，存上一些，以後也能少跑幾趟鎮上。

沒想到東西剛到家，就被左右鄰居換回去幾兩鹽。劉鐵一想，得，以後乾脆在家裡開個小雜貨鋪子賣油鹽醬醋得了。

鄉親們知道了竟然也都歡迎，哪怕比鎮上稍微貴上一、兩個銅板，大家也願意在村裡買。雖然一次性賣不出去多少，但十天半個月下來也能賺上幾十個銅板。

這活兒又不累，也不需要特地安排人，家裡好幾個孕婦，有人待著看一眼就行。

為此，金氏還特意在前面收拾出來半間房子，然後又讓劉鐵兄弟幾個打了個似模似樣的櫃子，用來放油鹽醬醋這些東西。來買的人多了，漸漸的名聲就傳出去了。

這天下晌，王蓉剛剛餵完孩子，劉桂花突然帶著大柱、二柱、柳葉三個孩子回門了。

「咋這個時候回來了？」金氏還以為兩口子吵架了。

「沒有沒有，沒跟孩子他爹吵架。」劉桂花趕緊笑著解釋。自打過繼出去，她的日子那是跟在蜜罐裡似的，有啥好吵的？「就是幾個孩子吵著要看小表弟們，我就帶他們來了。還有，村裡的大娘、嫂子們讓我順便給捎帶點油鹽醬醋回去。」

「那咱家的價格可比鎮上貴點兒，妳跟人說清楚沒啊？別給自己虧了。」金氏可沒想著是自己閨女就給便宜什麼的，那樣生意就沒法做了。

「娘就放心吧，我都跟她們提前說好了。」

「那成。」金氏點點頭，笑著招呼柳葉幾個過去看小寶寶。

小嬰兒鬧騰，狗娃幾個雖然也喜歡，卻也禁不住長久魔音穿耳，這會兒剛好躲出去不在家。

「娘，妳看小表弟真可愛。」白白胖胖的胳膊，軟乎乎的一戳一個窩窩。

劉桂花跟著笑著點頭，幾個孩子確實養得好，看著就壯實，劉桂花一會兒抱抱這個，一會兒抱抱那個，哪個都不捨得放下。「娘，起名了沒啊？都叫啥？」

「還沒呢，老二、老三都不知道該叫啥，老四倒是想了幾個名字，卻又覺得這個好那個也好。妳爹本也想跟著湊合，還說名字要他來取，但是妳看看他起的那都啥名？我看呀，後面估摸著多半還是去找妳族長大伯起。」

「去找大伯起也沒啥不好。族長大伯識字，起的名字文雅又好聽。」

可不？可是家裡這幾個還是不願意放棄自己取呢。

「隨他們折騰去吧，反正也沒幾天了，滿月前總要定下的。對了，你們村有沒有說要出去找水的事兒？」他們村裡已經商量好了，後天一早就出發。

「說了，好像是要跟這邊村裡一起。」

金氏點點頭，這樣也好，彼此間也有個照應。就是這老天爺，哎！也不給人個活路。

不知道是不是老天爺聽到了金氏的抱怨。當天夜裡就開始電閃雷鳴，然後瓢潑大雨傾盆而下。家裡幾個大的、小的孩子都被電閃雷鳴嚇得哇哇大哭。

一家人尚且來不及驚喜下雨了，就開始忙著哄孩子。

「哦，不哭不哭，寶貝不哭啊，娘在呢，娘在呢，寶貝不哭……」

王蓉一開始怎麼哄都不管用，孩子那小嗓子都哭得有點啞了，後來實在沒辦法，王蓉把孩子外面的襁褓拆了，然後讓孩子貼在自己胸口位置，儘量遮住孩子的耳朵眼睛，讓他能夠聽到母親的心跳聲，聞到熟悉的味道，慢慢的才安靜下來。

他們這邊安靜下來，金氏老倆口又開始操心小閨女劉杏花那邊。陳軒不在家，陳家就劉杏花帶著兩歲的孩子，跟一個陳老爺子，也不知道該怎麼擔驚受怕呢？

想到這兒，金氏對陳軒便多了幾分抱怨。「早知這樣，當初還不如讓杏花嫁給王栓，不說大富大貴的，最起碼日子過得太平。」什麼讀書人，關鍵時候屁用都頂不上。

「行了，妳這話說的……妳可別在老四面前說這話。那杏花要是嫁到王家，老四媳婦兒還能嫁過來？妳能有大孫子？妳可別忘了，王家那兒媳婦到現在還沒懷上呢。」

金氏一想也是。「哎，這陳家也不知道是個啥情況？陳軒吧說是出去做事也沒個音信，拋妻棄子不著家；陳月吧，又是嫁了快兩年了肚子一點動靜都沒有。這也就是老四媳婦她娘人好，換個人試試，那陳月還不被磋磨得不成樣子？」

「行了行了，妳也好，女婿出門妳不也沒上門鬧嗎？妳也就些嘴上功夫……趕緊的，把我的蓑衣拿來，我去杏花那邊看看。」

「你注意一點兒。老大，你跟你爹一起去……」

陳家。劉杏花正經歷著人生中最大的困難。孩子哭得停不下來，哄不住，嗓子都啞了。

陳老頭心疼曾孫子，過來看看，結果一不小心被門檻絆了一下，倒在地上半天爬不起來。劉杏花想要扶又扶不動，大聲叫人來幫忙，可電閃雷鳴的，又夾雜著嘩嘩的雨聲，聲音根本傳不出去。

隔壁，陳月、劉氏等人倒是想過來看看。可很不巧的，二嬸張氏又被這電閃雷鳴的驚著犯病了，一家子人注意力都在張氏身上，根本抽不開身。

劉杏花現在是叫天天不應，叫地地不靈。

她又不敢放著一個孩子跟倒在雨中的老公公出去求救。這一刻，劉杏花多麼希望陳軒就在身邊，可是陳軒沒有，第一次劉杏花對陳軒有了怨怪，怨他在她最需要他的時候不在她身邊，怨他丟下他們老的老、小的小……

「杏花，杏花，在嗎？杏花，是爹啊！快開門，杏花妳沒事吧？」

院門突然被敲響，對劉杏花來說卻恍如天籟。

「爹……來了來了。」劉杏花哭著抹了把臉，爬起來去開門。

院門打開的第一時間，劉杏花撲在劉老頭懷裡，嚎啕大哭。

「好了，好了，沒事了，不哭啊，不哭，孩子呢？」

「在屋裡呢，老公公摔了，我扶不起來。」

「沒事沒事，這裡交給我跟老大。妳趕緊去看看孩子，把孩子哄好，別哭傷了嗓子。」

男人力氣大，劉金只一抄手就輕輕鬆鬆將陳老頭從地上抱了起來。只是陳老頭到底年紀大了，摔了一跤，身上便有些不好。這種情況又沒辦法去鎮上請大夫，只能這麼熬著。

「爹你先回吧，我在這兒守著。」劉金看沒啥狀況，勸了句。

「是啊，爹您先回去吧。」劉老頭年紀也不小了，身子骨也不如年輕時壯實，今天又淋了雨，劉杏花還真怕她爹也倒下。

劉老頭自己也清楚自己的身體並不逞強。「那行，爹就先回去。明天等天亮了雨小點，老大，你去鎮上請個大夫過來給親家看看。」

「爹，您放心吧，我知道的。」

夏天的雨來的快，去的也快。這一場急雨下了大半夜到第二天早上已經停了，劉金趕了個早，往鎮上跑了一趟。

「大夫，怎麼樣？」

大夫搖搖頭。「老人家年紀大了，原本身子骨就不大結實。這一摔，要是年輕人養上個把月也就沒有問題了。只是人老了骨頭長得慢，怕是不太好痊癒。且以後怕是要在床上度過了……」

大夫話一說出來，劉杏花還沒說什麼，過來看情況的金氏，先嚎啕著拍了大腿。「我苦命的閨女呦……咋就這麼命苦！」

「娘，您別這樣。」劉杏花也覺得自己命苦，可那又能怎麼辦呢？該過的日子還要往下過。而且她是個要強的，並不希望自己被人同情憐憫。哪怕生活給她太多的磨難。她也要盡自己所能把日子過好。

回頭陳老頭問起他的病情，劉杏花還能笑呵呵的安慰他。「大夫說沒事兒，養養就好了。回頭我給爺爺多做點骨頭湯喝，說不定還能好快一點呢。」

劉杏花的所作所為，不僅讓王蓉這個活了兩輩子的人自嘆弗如，佩服不已，就連偶爾到這邊來跟董仁傑結交的劉通聽了都很受觸動，決定幫上劉杏花一把。

因為有上輩子的記憶，劉通大概知道陳軒現在在哪裡，他打著試試看的心態，往那邊寄了一封信，信裡細細說了陳軒家裡的情況，把陳老頭的受傷，劉杏花又要照顧幼子、又要照顧老人的種種不容易，都說得很煽情，讓人讀來潸然淚下……

陳軒幾經輾轉收到這封信，也確實被感動不已。可他那邊戰事正是關鍵的時候，確實走不開。無奈之下也只能讓人送了封信並百多兩銀子回來供家中花用，又給劉家、王家都寫了信，言辭懇切的請他們幫忙代為照顧年邁的爺爺及嬌妻幼子，又說了自己這邊的艱難。

金氏是典型的刀子嘴豆腐心，陳軒信上說幾句軟話，加上那些銀兩。金氏立馬又去開解劉杏花叫她別記恨陳軒。「男人在外面打拚也不容易……說到底他不也是為了你們的孩子……」

王蓉不知道金氏的話，劉杏花有沒有聽進去？但是就她自己而言，她是不願意過劉杏花那樣的日子的。哪怕將來陳軒真的能給劉杏花掙來大富大貴甚至誥命……偶爾，王蓉也會慶幸當初她嫁的是劉鐵，一個老老實實、普普通通的莊稼漢，雖然人不是多英俊、多有涵養，但為人貼心知道疼人，而不是陳軒那樣志向遠大……

第十六章

外面風雨飄搖，王蓉的日子變化並不大。出了月子後，日子又恢復成往日的平靜。每日繡繡花、逗逗孩子、做做家務，再三不五時的帶著孩子回王家轉轉，去隔壁陳家看看小姑子劉杏花，日子過得簡單而溫馨。

三個孩子的名字在滿月這一天都定了下來，李氏兒子叫平平，汪氏的兒子叫安安，王蓉家這個叫劉定。三名字最終都出自劉老頭之手，劉鐵之前絞盡腦汁、挖空心思想出來的名字都沒能用上。為此，劉鐵背後沒少編排劉老頭。

「行了，說兩句也就差不多了，你還說上癮了，小心你爹削你……」

劉鐵得意笑。「我爹最近才顧不上我呢，妳又不是不知道，他跟娘為了老五的事兒，忙得都快飛起來了，連看三個孫子都得排到後面去。」

之前就說客棧掌櫃的對劉錫有好感，想要留他做姪女婿。現下考察期過了，掌櫃的終於開口允了小倆口的親事，金氏、劉老頭兩口子自然要高高興興的張羅起來，哪有空理會劉鐵？

「你也就這點出息……」王蓉沒好氣的瞪了對方一眼，轉頭跟劉鐵說起了未來弟妹鎮上的林姑娘。

林姑娘，人王蓉已經見過了，長相一般、身材一般，要說周身最有特色的怕就是一頭烏黑靚麗的秀髮，不過性子明朗大方，是個很好的姑娘。對方雖然一直住在鎮上，卻也沒有看不上劉家。對待劉錫幾個哥哥嫂子也都客客氣氣、大大方方的，之前家裡三個孩子滿月，那林姑娘還給三個孩子每人做了兩件小衣服……而且人家一開始就說好了，她跟老五成親後，先在家住一段時間，然後就回鎮上繼續上工。之前劉錫該交給家裡的錢，婚後也照樣交，直到劉家分家。

人家大方，王蓉覺得她這做嫂子的也不能小氣，於是跟劉鐵商量。「你說第二天敬茶見禮的時候我要不要給弟妹送點什麼東西？把之前人家送小衣服的人情給順手還了？」

「也行啊，妳看著辦唄！」現在他們這一房人情往來的事兒基本都是王蓉在負責，劉鐵也就偶爾幫著出出主意、補充細節。「不過妳自己一個人送不太好吧？要不妳跟大嫂她們商量一下？」

「成吧，那我現在就去。」說做就做，王蓉將手上的針線活一扔，交代劉鐵看著點劉定小娃娃就去前院找張氏幾個去了。

找到人，王蓉將敬茶時送點禮物的事兒這麼一說，李氏先愣了一下。「之前也沒這個規矩啊。突然來這麼一下不太好吧？」好像對方就比較特別似的。

「話雖是這麼說，但咱們之前不收了人家的禮嘛！」對方做的小衣服還特意選用細棉布柔軟透氣又吸汗，顯見是花了一些心思的。「人家有來，我們總得還回去。且我估摸著五弟妹的為人，到時候嫁進來，怕是還會給我們或是孩子們準備禮物。要是咱們什麼都沒準備……」這面子上可不好看。

妯娌幾個聽了覺得也有道理，那就送吧。「只是送什麼好呢？」太貴重的她們拿不出來，太便宜的又顯不出心意。

「四弟妹妳有什麼想法？」

王蓉笑笑。「嫂子們還不知道我？我也就一個繡活拿得出手了，我想著要麼給弟妹繡個小屏風？做得精細些，雅致又好看……這東西雖然咱們鄉下人家用不上，他們以後去了鎮上卻是用得上的……」

「還是弟妹這有手藝的好，做什麼都方便，哪像我們這蠢笨的？」汪氏撓頭。

李氏白著眼推了汪氏一下。「去，蠢笨的是妳，別扯上我，我聰明著呢，有什麼好難為的，咱鄉下的禮不就那些，不拘是布料、針線活還是吃的抑或是直接給些銅錢，哪一樣使不得？」

「那成啊，我就看著二嫂了，二嫂給什麼，我給什麼。」反正她是不費腦筋。

真正為難的反而是大嫂張氏，畢竟她沒有小衣服的禮要還，這禮的輕重就不好把握。

最後王蓉給出主意。「要不大嫂妳多準備一份，一份禮輕一些，一份禮重一些？看著給？」

這倒也不失為一個好辦法，就是稍微麻煩了一點而已。

商量好各自要準備的禮物，妯娌幾個又在一起說起了劉杏花家小子慶兒——大名陳晨過周歲宴的事。

陳軒不在家，估計陳家也不會大辦，但她們是嫡嫡親的舅舅、舅娘，不管這周歲宴辦不辦，操辦得如何，她們那份禮都是少不了的。

王蓉這邊還好，給孩子做個小肚兜、做雙軟底鞋什麼的，布料、針線都是現成的，也就是順手的事情，也不要什麼額外的成本。

「我們就難了，之前好不容易存下幾個銅板，接下來兩個月都得拿出去了。」這到哪兒，錢都不好賺、存不住啊！

「行了，三弟妹，妳就甭抱怨了，回頭等明年妳家安安過周歲，這些禮就又收回來了，虧不了妳的。」禮尚往來、禮尚往來嘛，收了人家的禮要還，同樣的，人家收了禮也是要還的。

汪氏紅著臉尷尬的頷首。「我也沒說虧什麼的，就是……妳們也知道，之前我們在外面借了不少銀錢，現在都還沒還清呢。」

現在這一大家子，兄弟五個，老大人家有多年積蓄，老四兩口子會生財，老五家的嫁妝豐厚，老二也比他們強，算來算去就他們三房最窮。若是往年九、十月分莊稼收上來，說不定還能分上一筆賣糧食的錢，今年，之前幾個月沒下雨，糧食減產是必然的，莊稼能有往年的一半收成夠一大家子吃喝不至於餓肚子就不錯了，哪還敢妄想有盈餘？這麼一想，她若不精細些，他們三房之前借的銀錢得到什麼時候才能還清？什麼時候手裡才能存下銀錢？她也幻想著他們自家搬出去蓋個大院子住著呢……

想到房子，汪氏道：「老五不是定了十月秋後的好日子？這眼瞅著馬上都秋收了，怎麼還不見老五回來收拾房子？爹娘也沒見有什麼動靜？」

「應該是已經跟老木叔那邊訂過了吧？我之前聽到娘念叨來著，不過應該也沒訂太多，五弟他們到時候應該也不會在家裡住太長時間，與其在村裡訂，到時候費力氣往鎮上拉，倒不如直接去鎮上買方便。」

幾個女人閒聊著，日子總是溜走的很迅速，很快就到了金秋收穫的時節。

今年因為早前缺水，莊稼普遍長得不太理想，果子乾癟、細小，甚至還有沒掛果的情況，因此氣氛不是很好，好幾次王蓉抱著劉定哄的時候，都聽到劉老頭在院子裡看著堆放的穀物嘆氣。

「今年地裡莊稼收成不太好，比預計的還要差一些，我估摸著收成勉強能達到往年的四成左右。」往年一畝地能收大概三百多、四百斤，今年估計也就一百五十斤左右。「都留下也就將將夠吃，再從中挑揀出好的留種，恐怕一家人吃都勉強，所以，接下來家裡沒事的，都多往山上跑跑……」山上有板栗及各類堅果什麼的，再不濟還有些蘑菇、菌子、野菜什麼，尋些回來也能勉強飽腹。

「老大、老四，你們兩個明天去鎮上一趟，問問老五那邊還有什麼需要的，順便再看看能不能買些糧食回來。」家裡只收上來的這點糧食，劉老頭總有點不安心。

「老頭子，糧食不是勉強夠吃嗎？就不用買了吧？家裡也沒多少銀錢。」

劉老頭擺擺手，顯然這事沒得商量。「家裡有多少都拿出來，沒有就先讓老大、老四墊上，至於老五娶媳婦的錢，沒有了就去借，糧食一定要買。」

事實證明，劉老頭還是很有先見之明的，老大、老五剛從鎮上拖了一車糧食都還沒到村裡呢，鎮上的糧食就漲價了，不對，應該說可以賣，但沒得買了，都被遠方來的「商人」買空了。

不僅如此，還有人到鎮子附近的村子四處高價買糧。

有了前些年幾戶人家賣糧結果引來流民搶糧食的事情在前頭，這次山凹里倒是難得的，沒有一戶提及賣糧的事，當然也可能是自家都不夠吃，沒得賣。

秋糧入庫，買回來的糧食，劉老頭也都帶著幾個兒子工工整整的給放到地窖裡，看著地窖裡塞得滿滿當當的，劉老頭滿意的點點頭。

「這些糧食是家裡的救命糧，沒有到那萬不得已的時候，不許動用。以後你們分出去自己單過了，也都記住，糧食就是咱老百姓的根，不管是豐收年還是荒年，都要備足糧食，還要多儲備一些，那個什麼酬……」

「爹，是未雨綢繆。」

「對對對，未雨綢繆，杏花女婿這人雖然說話文謅謅的，做的事也不是很地道，但有些話還是有些道理的。」

劉鐵兄弟幾個跟著點頭，確實。

「行了，上去吧，老五成親的日子也沒幾天了，老四你跑一趟你老木叔那去問問，之前家裡訂的家具做得怎麼樣了？做好了就給弄回來，老五的房間裡也該收拾收拾了。」

劉鐵點頭出了地窖，腳下沒停就往老木叔家去了。留下劉金幾個大眼瞪小眼。

老五的親事其實要準備的也不多，聘禮送過去，跟老木叔那定做的家具做好了抬回來，收拾好新房，兄弟幾個跑一圈通知完親戚朋友，再準備上一些酒菜就沒啥事了。

整個過程，王蓉就只跟著幾個嫂子去新房裡幫著參謀了怎麼佈置，並幫忙想了想酒席準備哪幾個菜……

成親當天，王蓉沒被金氏安排活計，這麼說也不對，應該說安排了，就是負責照顧平平、安安、劉定三個小奶娃，怕王蓉忙不過來，金氏還給她安排了一個小助手——大丫。

別看大丫不過才六、七歲，卻已經是個小大人了，照顧起三個奶娃娃來像模像樣的，哄孩子手段那更是一流，連王蓉都要靠後站的那種。

加上幾個奶娃娃也確實還小，將將會翻身，王蓉將三個小奶娃，用被子圍在床中間，任他們自己玩，旁邊再有大丫眼睛都不眨的盯著，王蓉只需要一邊做繡活，三不五時抬頭瞄一眼，需要換尿布、餵奶了，給換個尿布、餵個奶即可。

「四嬸，小定又把小手手吃到嘴裡去了。」

抬頭看過去就見小傢伙正啃手指啃得噴香，王蓉忍著笑站起身，走到床前，俯身輕柔地將小傢伙的小手從嘴巴裡抽了出來，一開始小傢伙還有些不樂意，小眉頭都皺起來了。王蓉又去輕撫對方的眉頭，不知道是不是撫得舒服了，小傢伙咧著小嘴笑了起來，看得王蓉心都化了。

「小定笑了，小定笑了！」大丫樂得直嚷嚷。

外面劉杏花正好抱著小外甥陳晨進來，小外甥聽到裡面的動靜，直鬧著要下地。

「地，弟！」

「好好好，下地，看弟弟。」劉杏花叫懷裡的孩子鬧得沒辦法，只能把人放下。甫一放下，小不點就蹬蹬蹬邁著小短腿直奔床前，一個前撲撲在王蓉腿上。「舅，弟！」

「好好好，舅娘抱著看弟弟好不好？」王蓉房間裡的床有點高，小不點個頭太小，看不到，還知道向王蓉求援當真是機靈。滿足了小外甥的要求，王蓉又轉頭跟劉杏花打招呼。「二姐是從前面來的？前面怎麼樣？忙得過來嗎？」王蓉這裡只聽著熱鬧，什麼都看不到。

「看著還行，不忙，妳這裡帶得過來嗎？」

「帶得過來，剛剛我還做繡活來著，全家現在恐怕就數我最清閒。」王蓉笑言。

「那也就是他們這會兒沒鬧，等會兒鬧起來，也有妳頭疼的。」小孩子鬧騰起來，劉杏花那是深有體會。

說曹操曹操就到，劉杏花話剛落下沒多會兒，平平就哭了，然後跟著安安、劉定也開始扯著嗓子嚎。

王蓉忙上前將手伸到小衣服裡檢查，原來是拉了。旁邊就有乾淨的尿布，王蓉快手快腳的將髒了的尿布取下來扔到旁邊的木盆裡，取過一塊乾淨的帕子兌溫水給平平洗了洗小屁股，然後將乾淨的尿布換上，又哄了哄，平平哼唧一會兒就不哭了。

另外兩個安安、劉定看小兄弟不哭了，兩小隻很快也被哄笑了。

劉杏花看著驚訝得不行。「這也太好哄了吧？我們家晨晨這麼大的時候可沒這麼好伺候……」

然後小外甥不知道是不是聽懂了他娘在說他壞話，一個勁的用小手去推他娘，嘴裡還一個勁咕噥。「晨，聽話，晨，聽話！」

那小模樣，逗得王蓉樂得不行。

劉杏花又是尷尬又是好笑的輕拍了下他的小屁股。「就你精！」

笑鬧過後沒多久，劉桂花兩口子帶著孩子也到了。大柱、二柱、柳葉一到這裡，就一溜煙的跑進來要看小表弟們。王蓉這間小小的屋子險些沒塞下。還是劉桂花怕大柱、二柱實在鬧騰，且年紀也大了，都是半大孩子，讓他們去外面找狗蛋、狗娃、山子他們玩去了，只留下柳葉一個小姑娘正好跟大丫湊做一堆。

劉桂花自己也沒在屋裡多待，只簡單跟王蓉，劉杏花說了兩句話，就到前面幫忙去了。

不多會兒，前面又是一陣喧鬧，這種喧鬧聲一直持續到中午。

李氏進來給孩子餵奶，順便過來叫劉杏花、柳葉她們去前面吃午飯。「弟妹妳也去吃吧，我在這兒看一會兒，妳吃完再過來換我就行。」

王蓉也沒跟李氏客氣，只是到了前面才發現家裡竟然來了那麼多人，烏泱泱的前院基本上都塞滿了。好多面孔有些生，王蓉甚至不怎麼認識。

「妳是老四家的吧？長得可真俊……」

「是？您是？」

「哦，妳不認識我，我是妳南邊的姑奶奶，上次妳跟老四成親我也來了，只是沒見到妳……」

王蓉一臉傻樣，好在大嫂很快就發現了她這邊的尷尬，過來給她解了圍。

老太太也沒有為難王蓉，還在大嫂面前誇了她兩句，說她有禮貌，長得也俊，有福氣什麼的。

將老太太送到席上坐下，又親自給老太太倒了杯水，王蓉下來才有時間聽大嫂給她解釋。「這個還真是姑奶奶，是相公他們嫡親的姑奶奶，公爹的親姑姑，就是嫁得有點遠，在南邊。一年回不來一趟，基本上也就是家裡有紅白事的時候才會過來。我嫁過來這麼多年，也就在你們成親的喜宴上見過幾面。」

因為離得太遠了，這年頭交通不便，走動起來實在是困難。

「妳估計沒注意，妳之前成親收的禮裡面，就有這位姑奶奶送的。」

這個她還真沒注意到。「這位姑奶奶家裡都有什麼人啊？我們要不要備一份禮啊？姑奶奶會在家裡待多久？」

「姑奶奶就一個兒子、兩個閨女，大閨女嫁得比我們這還北一些的地方，小閨女聽說是早年幾歲時帶回來走娘家時叫人拐了，這麼多年都沒找回來，姑奶奶這麼多年堅持回來，一個是會順道去看看大閨女，另一個估摸著也有找人的意思……」頓了頓，大嫂又道：「禮就不用了，娘都會備上的，姑奶奶每次回來都不會待多久，都不會在這過夜的。」

王蓉無意識的點點頭，腦袋裡還在想著孩子被拐的事兒。「既然是在這附近丟的，這附近有找過嗎？」

「怎麼會沒找過，聽狗蛋他爹說，當初他爺都魔怔了，帶著他爹幾乎把附近都翻遍了……」根本找不到，為此，爺爺奶奶到死都對這位姑奶奶帶著愧疚。

這個王蓉多少能理解一點，就像她對娘家堂弟王成，哪怕心裡清楚他很大可能是活不下來的，也在心裡期望著他還在另外一番天地間活得好好的，終有一天一家人能夠團聚。「那那位小表姑有什麼特別的嗎？比如胎記什麼的？」

「這個我就不清楚了。」大嫂搖頭，壓低聲音。「再說都這麼多年過去了……人還在不在都不知道呢……不過我倒是聽相公提過一嘴，據說那位小表姑長得特別好，尤其一雙眼睛……」

之後，不知道為什麼，王蓉腦海裡就總是時不時的閃過小表姑的事情，第二天弟妹敬茶時竟然還因此閃了神。

「弟妹，想啥呢？五弟妹叫妳呢。」

「啊？」王蓉一個激靈，看著五弟妹拿著的禮物，歉意的笑了笑。

還好五弟妹林氏面上並未有什麼不滿。「四嫂，這是弟妹的一點心意。」禮物還是給小娃娃的東西，不過這次不是小衣服，而是一個小巧可愛的銀鎖，分量不重，做得卻很是精緻，上面刻著富貴平安字樣。

王蓉瞟眼看了下，其他三房也都是一樣的，便沒推辭，並轉身將旁邊自己準備的小屏風取了過來算是回禮。

林氏一見到王蓉手上的小屏風就很是喜歡，尤其是上面的貓戲圖更是自己肖想了很久，甚至為此買了繡坊不少塊帕子也沒學會的。「原來鎮上繡坊的各種貓戲圖就是從嫂子這出去的？嫂子有時間可要教教我，我想學繡貓好久了，卻總不能得其神韻。」

「弟妹想學儘管來找我。」王蓉笑著頷首，一點也沒有藏私的意思。

反倒是金氏，咳嗽了兩聲。「妳們自己的手藝，愛教誰教誰，本來我不應該管，不過老五家的剛剛嫁過來，有些事情我還是要說一下，妳四嫂好心教妳，但這是她吃飯的手藝，妳學會了不可搶她生計，可知？」

林氏在家的這段時間，幾個妯娌相處得還算不錯，一個是林氏事兒比較少，大部分時間都在跟王蓉學貓戲圖的繡法，另一個也是林氏很懂得眉高眼低，平時不管是大嫂做家務，還是王蓉幾個帶孩子，她都會主動幫忙搭把手，在家裡不管遇上誰也都是一副笑面孔。

汪氏私下裡就跟王蓉嘀咕過。「這個五弟妹，真不愧是鎮上做買賣人家的閨女，做事真是那個什麼啥啥的都不漏，妳說她這樣不累嗎？」

王蓉笑著搖頭，這個她哪兒知道啊？不過應該是不累的吧？我之砒霜彼之蜜糖。猶記得上輩子，發生在她跟她閨密身上的兩件事，同樣是在馬路邊人行道上對面過來一輛電動車，旁邊大把的空地那電動車不走，偏偏往她身邊擦過去，她被撞了下，胳膊被撞得都麻了才反應過來，可人家電動車已經開走了，無奈也只能回頭罵聲「神經病」了事。同樣一件事情發生在她閨密身上，她那個閨密卻是人家還沒撞上來，她胳膊已經先出去了，差點把那騎電動車的給撞翻了……所以啊，做人千萬不要以自己的想法去揣測他人，人與人是不同的。

第十七章

時間過得很快，轉眼大半個月過去，老五帶著新婚妻子要離開村裡回去鎮上。

老五一開始還沒反應過來，跟往常一樣到了時間抬腿就要走，還是林氏拽了下他袖子他才想起來，拉著林氏一起走到劉老頭、金氏跟前，跪下給老倆口磕了個頭。

「爹娘，孩兒不孝，不能常侍奉爹娘左右，孩兒得空就回來看爹娘。」

一開始老五沒這樣還好，突然來這麼一下，倒是招得金氏眼淚一下子就出來了，就好像親手養大的孩子要飛走了似的。

這下子，就連原本只是簡單出來送送人的王蓉心裡都有些不是滋味。

再聽林氏道：「我跟老五不在爹娘跟前，勞累哥哥嫂嫂們多費心……」

王蓉心裡突然對林氏就有些厭煩不喜，這林氏太會煽情了，也有點假……跟王蓉一樣感覺的並不獨獨她一人，林氏還在那邊作態，汪氏就已經開始跟王蓉擠眉弄眼了。

好不容易，一家子淚眼婆娑的送走了老五兩口子，王蓉趕緊躲回了後院。

「你怎麼也回來了？今天不出去？」

劉鐵搖搖頭。「暫時不出去。」

說完，劉鐵觀察了一下王蓉的表情，又醞釀了一下，才開口道：「之前沒跟五弟妹多接觸，不曉得她是個什麼樣的人，但就今天來看，五弟妹怕是個……喜歡做面子的。妳以後待她也別太實心。跟這種人實誠，被人賣了都不知道。」

「你不出去就為了跟我說這個？」王蓉笑嗔了劉鐵一眼。「我在你眼裡就這麼傻？放心吧，之前她表面功夫做得好，我確實以為她是個好的，可我也留一手呢！現下既然知道了她的真面目，以後就會更防著了。」她教給林氏的那副貓戲圖比她自己繡的那些可簡單多了，並沒拿出她的看家本領。

「那就好，妳心裡有數就行。那咱說點別的，家裡的油鹽醬醋存貨不多了，我想著找仁傑過幾天再去一趟平山縣。」

「可你上次回來不是說外面不太平嗎？路上還遇到了劫匪……」

劉鐵點點頭，也沒否認，不過……

「多找幾個人，再加上仁傑壓陣，應該沒大問題。」

「不怕一萬就怕萬一呢？再說這油鹽醬醋賺的也就三瓜兩棗的，值得上嗎？」反正王蓉覺得值不上，再者他們家現在也沒到吃不上飯的地步，幹麼去冒險呢？歸根究底，王蓉兩輩子都只是個小老百姓，沒有太大的格局，也沒一往直前的勇氣、魄力，只想小富即安。

「這個自然是值不上，可要是有大買賣呢？」劉鐵笑著看著王蓉。

「大買賣？」王蓉疑惑的看向枕邊人。「你又找到滑石了？」

劉鐵笑咪咪的搖頭。「我先保密，回頭妳就知道了。」

說完，劉鐵就轉身出去了，留給王蓉一腦門的疑問。

好在這個疑問，並沒有留存太久，只是陣仗大了些。

「你說啥？我家老四跟董仁傑他們上山了？」

「是，而且還是往東山那邊去了。」

村裡人日常打柴，弄點小陷阱什麼的基本上都是去後山，了不得的去趟南山，因為這兩處外圍地方比較大，地勢也比較平緩沒什麼大的獵物。東山卻不同，東山靠近村莊這邊這塊地勢就很高且陡，據說過了那道山脊裡面就有不少大型野獸。

「這兔崽子、這兔崽子……」金氏嚇得話都說不全了，把懷裡哄著的小安安往汪氏懷裡一塞，趕緊爬起來去找族長、里正。

王蓉也緊隨其後。

到了族長家，族長一聽說消息，也是唬得不輕，趕緊去叫人，這一叫不打緊，才知道原來不只劉鐵，村裡好些差不多大的年輕人都跟著劉鐵一起去了。

「這些臭小子……」這下不僅是金氏急了，族長也急了。

慌忙組織人手就要上山去尋人。

王蓉也想跟著去，叫族長趕了回來。「添什麼亂？還嫌不夠亂啊！回去，都給我回去等。」就連金氏也都被攆了回來。

「娘，這，劉鐵他不會有事吧？」她還不想當寡婦呢。

「應該不會，那董家小子據說身手不凡，還力大無窮，有他在，又那麼多人一起，應該沒事。只是他們怎麼就突然想到上山去？老四之前跟妳提過沒？」

「他之前倒是神神秘秘的說過要做什麼大買賣，我也沒往心裡去……」誰能想到要跑那麼危險的地方去呢？

「這老四，回頭一定要讓妳爹好好捶他一頓，真真是皮癢了。」

「哈啾……哈！哈啾！」

連打了三個噴嚏，引得樹下幾頭野豬對著身下兩人合抱粗的大樹就是一頓猛撞，巨大的衝撞力險些將樹上的劉鐵等人給摔下去。

「阿鐵，你沒事吧？」

「沒，沒事。」劉鐵摸摸鼻子，低頭看向圍在樹下的幾頭大野豬。「仁傑，有把握嗎？」

「放心吧，沒問題。」話音未落，一支鐵箭已經射了出去，只聽得一聲短促的慘叫，一頭野豬就倒下不動了。

「嘿，射中了，董兄弟好樣的。」

周圍一圈轟然叫好的。

「再吃俺一箭……」又是一箭射出，又一頭野豬倒下。樹上的人正等著看董仁傑將野豬團滅，結果董仁傑竟將弓箭扔給旁邊的劉鐵直接溜下了樹。

「仁傑，你瘋了?!」

「沒瘋，這兩頭已經夠村裡吃的了，剩下的都射死就不好賣出去，不是說好了嗎？俺們把所有的都捉了回頭賣到鎮上去。」

可他沒想要活捉啊！這也太危險了，早知道這樣，他就不帶他們過來了。劉鐵急得立馬要跟著下來，叫董仁傑制止了。「先等等。俺再放倒兩隻你們再下來，你們先在樹上幫俺干擾旁邊那幾個。」

說完，劉鐵就見對方躡手躡腳的衝著幾步開外一隻肥頭大耳的大野豬衝了過去，有樹枝遮擋，劉鐵沒看清對方怎麼做的，只看到董仁傑衝上前，砰砰幾聲，只三五息時間，那頭大野豬就慘叫著倒地了。

董仁傑再放倒下一頭時，另外一邊樹上的人倒是看到了，可他們都是一副吃驚、難以置信的表情，等到董仁傑一邊提防剩下的，一邊招呼他們下樹，大家一起將剩下的幾頭野豬拿下，劉鐵過去看那兩頭被董仁傑放倒的野豬，劉鐵才明白他們為什麼會那副表情。原來那兩頭的四條腿中都有兩條硬生生的被人給扯斷了，而那豬還活著，那畫面實在是……

捉到了劉鐵之前意外發現的野豬群，劉鐵猶豫了一下，還是帶著董仁傑去了一個地方。「這處斷崖，你能爬下去嗎？」

「啥？」董仁傑不明所以，不過因為對劉鐵的信任，還是細細打量了斷崖一下，才道：「有點難度，不過可以試試。」

「真的？這可高著呢，萬一掉下去。」

董仁傑再次看了看，點點頭。「放心吧，我不會拿我自己的命開玩笑的。」

「那我告訴你一件事情，我也不確定真假，因為我也是從一個採藥人口中得知的。我之前老往鎮上跑，有一次幫過一個老採藥人，他知道我是這村裡的人後，告訴了我一個消息，說這處斷崖往下約五、六丈的地方有一處平臺，平臺上有幾株人蔘……當年他看到的時候那些人蔘就已經在了，如今幾十年過去，人蔘應該也有些年頭了。」

「你信？」

劉鐵點點頭。「我之前到這邊來，其實就是想看看能不能下去試試，把人蔘給採了，可我這身板……」他不敢下去冒險。「野豬群也是因為這才發現的。」

董仁傑點點頭，若真的像對方說的有好幾株人蔘，這個險倒也值得冒。

「擇日不如撞日，正好今日俺們帶了繩子，俺吊著繩子下去更安全一些，你放心，若真的有，俺們平分。」

說完，也不用劉鐵做什麼，他已經招呼人過來幫忙了。

五、六丈的距離，對董仁傑來說，並不是多大的事，不過為防萬一，董仁傑還是在身上弄了個類似安全繩的東西，保證自己在脫手的情況下有保障，不至於直接摔得屍骨無存。

準備工作做好，跟劉鐵等人溝通好，他在下面拽繩子，他們就往上拉，董仁傑沒有絲毫猶豫就下了斷崖。

「到了沒啊？」

「應該到了吧？下去有一會兒了。」

斷崖旁邊有荊棘植被等遮擋，上面的人看不清底下的情況，大家只能靠猜，加上上面的人對時間沒什麼概念，眾人很快就議論紛紛。

「不會出事吧？怎麼還不拉繩子？」

「是啊！要不要讓人下去看看啊？」

「再等等吧，估計快了。」

就在大家實在等不及，想再找個人下去看看時，繩子終於有動靜了。

「快，往上拉，快……」

「一二三，拉……使勁……」

隨著繩子一點點向上，眾人終於能看清董仁傑的身影。

有人著急想問問東西找到沒，又不敢問，怕卸了力氣，等到人終於拉上了，大家紛紛湊到董仁傑跟前。「董兄弟找到了嗎？」

「找到了，還不少。」董仁傑深深喘了口氣，才笑著點頭，並往懷裡一掏拿出來個布袋子，布袋裡赫然是五根已經長成形狀的人蔘。

「哎呀！竟然真的是人蔘，還一下子五根，這下，董兄弟跟老四可發了……」

「那是董兄弟弄上來的，跟老四有啥關係啊？」有不清楚情況的問。

「你沒聽他們剛剛說的啊？人蔘的地點是老四告訴董兄弟的，現在東西得了，當然對半分了。」

野豬、人蔘都是好東西，這一趟收入不少，劉鐵也不是那小氣的，跟董仁傑簡單一商量直接決定立馬下山把東西拉到縣城賣了，然後請大夥到縣城最大的酒樓醉仙樓吃一頓。

眾人一聽，群情高漲，聲勢之大險些把半座山都掀了。
那動靜，倒是方便了族長他們這些上山找人的人。
「這些兔崽子，也不知道在幹什麼，竟然跑山裡來發瘋……」
族長大伯氣得一口氣衝到劉鐵他們跟前。
突然出現的族長等人把劉鐵他們全嚇了一跳。「族、族長？您怎麼來了？」
「你們說我怎麼來了？一群不省心的……我還沒問你們呢，你們沒事跑山裡來幹什麼？不知道這邊野獸多啊！」族長咆哮。
「知道啊，我們就是知道這邊有野豬群才來的，而且我們還抓到了好幾頭大野豬……」
「野豬？」族長他們這才意識到有什麼不對，然後一轉頭就見旁邊地上好幾頭還在嗚嗚嗚叫喚的大野豬，之前董仁傑考慮到活的更好賣，特意沒有殺死。
「這些，都是你們弄的？」族長指著野豬，手一直在顫抖，跟得了癲癇似的。
劉鐵點點頭。「都是董家兄弟的功勞……」
劉鐵話音未落已經有人主動把董仁傑之前的勇武無敵給說了。「族長，您是沒看見，董家兄弟有多厲害，只一拳、一拳就能把那麼大的大野豬給放倒了，再一下，竟然徒手就把野豬的腿給弄折了，真是神了！」

神不神的，族長雖然沒親眼所見，但僅從眼前的情況來看也足以想見當時的震撼場面，不過這在族長看來可不是什麼好消息，這些野豬只是一時的甜頭，萬一以後這些人因為這一次的收獲不把山裡的危險當回事，進而把命丟在這裡，那他就是罪人了。是以，儘管一群人收獲滿滿且沒什麼人受傷，族長還是親自下令把進山來的劉鐵等一群人狠狠罰了一頓，務必讓一群人有個深刻難忘的記憶。

「嘶……輕點輕點……」

「疼？」

劉鐵狂點頭。「爹真狠，人家爹都是做做樣子，就他，真的抽，嘶……」

「那還不是為了你，為了讓你長教訓，你這次是真的嚇到我了，你下次可別……」

「不會了，再不會了，我自己的本事怎麼樣我心裡都清楚的，這次也是人多，又有董家兄弟在，我才敢去的。對了，野豬跟人蔘呢，爹他們弄去賣了嗎？」

「爹交給董家兄弟處理了。」怕賣不上好價錢，董仁傑還特意去了平山縣。「算算也快回來了吧？」

確實快回來了，不過這一趟去平山縣對董仁傑本人來說卻是一次命運的大轉折。

「什麼？你要去投軍？」

董仁傑豪邁的頷首。「俺這次回來就是給兄弟送這次咱們在山上的收獲，順便跟家人說一聲。」不然，他半路上就直接跟人一起走了。

「不是，我知道你身手好，可是你怎麼、怎麼這麼突然？你不是被人騙了吧？」

董仁傑爽朗大笑。「那是不會的，而且說起來，俺這次有緣跟公子相見，還跟你們劉家有關係呢。你們家那個在軍中的姻親你還記得嗎？這次就是他回來，公子沒事跟著過來看看，俺才有幸結識公子的……成了，俺也不多說了，這是兄弟你的那一份，俺走了……」

說完，董仁傑將一包銀子往劉鐵懷裡一塞，轉身揮揮手走了，端的是瀟灑。

劉鐵看著董仁傑遠去的身影，想到同樣說走就走，如今不知身在何處的二姐夫陳軒，越發無法理解他們這些人的想法。難道老婆孩子熱炕頭的日子不好嗎？做什麼非得拋家出外冒險呀？

搖搖頭，劉鐵轉身回頭跟王蓉一起數銀子去了。

包袱裡銀子不少，這個時代人蔘的價值已經完全被炒起來了，他們那人蔘年分又足，加之又是如今這種世道，人蔘加上野豬，劉鐵足足分了四百五十多兩。對於他們這樣的人家，這算是一筆絕對的大財了。哪怕上交給公中三成，他們也能得三百多兩。

有了這三百多兩，王蓉就有底氣做很多事情，比如在城裡買房子。

「聽老四說，你們要去平山縣買房？」

「沒有，娘，目前還只是計劃，就算是真的要買也要等到外面不打仗了，安定下來。」

就算是安定下來才買，金氏也是理解不了的。「在家裡不好嗎？做什麼都有族人、家人幫襯，你們有那麼多銀子，完全可以在附近買上幾塊地，做個小地主。去了城裡，你們怎麼生活？」看看之前搬走最後又灰頭土臉回來的劉明一家就知道了，城裡不是那麼好過的。

「娘，我們現在也只是計劃階段，至於到時候真的這麼做了，怎麼不好生活？我們可以在京郊買上幾畝地，跟現在一樣種田，也可以在城裡買個鋪子租出去收租子……城裡找活的機會也多，總有辦法的。我們之所以想去城裡，也不是想去享福，只是為了以後孩子們考慮。」

山凹里這個地方偏僻，文風就不用說了，十里八鄉的能有幾個認字的就不錯了，留在這裡，她的孩子想要走出去就太難。

反正總要走出去的，他們做父母的把這個重擔主動擔了，孩子們在這個基礎上總要輕鬆一些。這就跟上輩子，好多人為了一個戶口要死要活是一樣的道理，都是前人栽樹後人乘涼的事兒。

「成吧，你們考慮好就行。」雖然憂心兒女到外面不好生活，但兒媳婦說的也不是沒有道理，再者也不是立刻就實行的事，金氏便也撂開手不管了。

只是她沒想到的是，這一天會來得這麼快。只不過幾個月後，陳軒就送了信過來，說是他們已經打下了一些地盤，希望劉家能夠派人去幫忙。

俗話說「打虎親兄弟，上陣父子兵」，陳家就陳軒一個，王家也就王栓一個，且到現在陳月還沒懷上孩子，陳軒身邊缺人幫忙時能想到的可不就只有劉家了嗎？

「老頭子，你看這個？」

「我去問問族長大哥。」劉老頭也拿不定主意，最後決定求助外援。

族長大伯知道後，當即就把人訓了一頓。「有啥好糾結的？這麼好的機會，你要捨不得兒子，我派我兒子去，族裡多的是捨得兒子的。」

「不是，大哥，這、這可是造反？」劉老頭就是一地地道道的小老百姓，遇上這種事，他怎麼可能不慌？

「造反？造反怎麼了？哪朝哪代那皇帝老爺不是這麼上去的？你可知道，萬一真成了，劉家能得到多大的好處？那可是改換門庭、光耀門楣的大事，就算賭上幾個子姪又怎麼樣？」

「可是萬一失敗了呢？到時候連累到家裡……」

「不會。」族長擺擺手，斬釘截鐵的截斷了劉老頭的話。「就我們劉家那些小子還沒那麼大的能耐，能招得人家那麼大的仇恨。行了，這事我替你定了，至於人選你自己選，你們家老大、老二、老三、老四都有兒子了，你自己挑上兩、三個，抑或是讓他們自己選擇。族裡我們家老二、老三都算上，我再挑一些能做事的，怎麼的也得湊夠十幾個人……我告訴你，這是我們劉家難得的好機會，還是你女婿好不容易才給爭取到的，咱們一定要好好把握……」

第十八章

劉老頭被族長訓得暈暈乎乎的回了家，卻還是想不通，明明就是可能掉腦袋的事兒，怎麼族長大伯就那麼熱衷。不過吩咐下來了，該幹的事兒還是要幹。

把老五叫回來，又將事情跟幾個兒子一說，包括老五在內幾個兒子竟然都躍躍欲試。「爹，讓我去吧，我去給二姐夫幫忙，我能寫會算，這幾年在鎮上雖然沒學太多，卻也學了個眉高眼低，肯定不給二姐夫惹事……」

老五第一個自薦，老大、老二、老三也都不甘其後，紛紛訴說自己的優點，期望著自己能選上，反倒是老四，他這人說好聽點比較戀家、顧家、捨不得老婆孩子，說難聽點，沒啥大志向，所以一直沒吱聲。

劉老頭看看幾個兒子，先否了老五。「你才成親，你媳婦都還沒懷上，你哪兒也別去，真的想去跟著你二姐夫做事，先給你爹我生個大胖孫子……否則沒得談。」

他把老五叫回來，不過是想著不能這麼大的事兒家裡其他幾個兒子都知道，就老五不知道，可沒想到老五真的想扔下新婚妻子跑出去。

「爹，我……」老五還想爭取，見劉老頭一臉堅決，知道沒有轉圜的餘地，臉立馬就垮下來了。

劉老頭卻不管又繼續看剩下幾個兒子，剩下老大、老二、老三、老四，老四是機靈，但看樣子似乎是對這事持可有可無態度，其他幾個在劉老頭看來都是木頭樁子，老大稍微沈穩些，可要留在家裡支撐家門，難道叫老二、老三去？這倆行嗎？劉老頭左思右想拿不定主意，乾脆起身爬起來，扔下幾個兒子又跑了一趟族長家。

族長這邊已經想好了大部分人選，正準備出門去做那些人家長的工作。

聽了劉老頭的話，族長一指頭戳在對方腦門上，把劉老頭戳了個趔趄，還不敢吱聲。「商量個屁，有啥好商量的？論親疏，杏花女婿跟老四最親，老四不僅是他內弟，還是他妹夫的妹夫，有這兩層關係，你說這樣的好事要不要讓老四去？還有老二跟老三，他倆有啥好挑的？要麼你就讓他倆都去，要麼直接讓老二去，有啥好為難的？」

「讓老二去不讓老三去，總得有個原由吧？」不然老三還不得鬧起來？

「老二有兩兒一女，老三呢？」

就一個兒子，好嘛，這個理由確實無可辯駁。

得了族長指點，解決了問題，劉老頭顛顛的跑回來了，這次也沒再說什麼商量的話，只直接指定老二跟老四去，怕其他幾兄弟反應太大，劉老頭又添了句。「以後若是那邊還要人，再叫你們過去。」

這下幾個兒子都不說什麼了，但老三、老五輸在子嗣上，心裡到底憋著一股氣，回去晚上耕耘更賣力了……

且說李氏、王蓉，得知自家男人要出遠門並且歸期還未定，心下肯定是有些猶疑的，但劉老頭咬死了，不許兒子跟兒媳們細說，劉銀、劉鐵也只能簡單解釋下，陳軒那邊缺人手，讓他們過去幫忙。

「什麼時候走？」

「這個月月底就走。」二月都過不完。

王蓉點點頭，陳軒在外面做什麼，她雖然不是特別清楚，卻也是大概能想像得到的，最大機率就是像三國的郭嘉或者荀彧之類的，他自己應該是沒什麼危險，但為他們做事的人就不一定沒有危險了，所以王蓉想做點什麼，打發她心底的不安。

做什麼呢？鎧甲？不說王蓉不會，就算是做出來了，以劉鐵過去之後的身分，恐怕也不適合穿；手弩？這個王蓉上輩子還真研究過，還給親戚家的孩子做過模型，雖然有些忘記了，但大致印象還在，搗鼓搗鼓說不定能弄出來，但是這個需要時間；最後剩下的就只有衣物跟藥物藥丸之類的了。

衣物，王蓉現在手邊就有正在做的一套衣服，怕不夠穿，王蓉還特意跑了一趟鎮上從布莊買了兩疋細棉布，準備給劉鐵再做兩身帶上，免得不夠換洗。買好細布，王蓉又去了藥店。

「治療風寒的藥丸子？這個我們店裡沒有，您要有藥方，我可以按著藥方給您抓。」

王蓉兩手空空，哪來的藥方？

「那個，算了，麻煩您幫我拿點板藍根、折耳根、藿香、馬齒莧、薄荷……」板藍根可以預防感冒，也就是這個時代可以要人命的風寒；折耳根也就是魚腥草，可以抗菌、抗病毒、提高機體免疫力、利尿，也可以治療一般的感冒發燒，一定程度上還能治療瘧疾，熱痢；藿香則可以治肚子疼、消暑氣；馬齒莧，這個田間地頭都常見的，可以止血消毒；薄荷，也可以治感冒發燒喉嚨痛……這些其實都是山間地頭就能採到的，要不是時間急，王蓉也不會到藥鋪來買。

買好了一大包藥草，王蓉心裡還不夠安定，想了想又去鎮上唯一一家書店買了一刀紙，這個倒不是用來寫信或者什麼的，她打算用來做一些計劃、畫一些樣圖，哪怕這次來不及叫劉鐵帶上，不還有以後嗎？

拉拉雜雜的買了不少東西，回到家，王蓉也不得閒，要把買回來的藥草的主要功效告訴劉鐵、劉銀，並且讓他們死死記住，別搞混了。還要帶孩子，抓緊時間做衣服，忙得腳不著地的，眼瞅著劉鐵離開的日子一天天臨近，王蓉的心裡也越來越慌亂，總覺得自己有什麼東西忘了。

「有啥忘的？妳就是太緊張了，別緊張，妳準備得已經夠充分的了，真的，妳看除了吃飯喝水，妳都……」

「喝水？對，喝水，我想起了，想起來了……」趕在劉鐵要離開的前一天，王蓉終於想起來自己忘了什麼，可以用炭來簡易淨水。

可是現在已經二月底了，天氣轉暖，經過一冬天的消耗，就算是有炭也都消耗得差不多了，王蓉瘋魔似的，跑遍了整個鎮上，才從一家賣炭的角落裡挖出來幾斤遺漏的。

看著抱著炭塊笑呵呵的王蓉，劉鐵的心瞬間被暖得軟乎乎的，那種被人在乎、牽掛、在意的感覺真是該死的美妙！這一刻，劉鐵竟然生出了哪兒也不去，就這麼守著王蓉一輩子的想法……然後，劉鐵自己就笑了，怎麼可能？他們明天就要分離了，這一別，也不知道什麼時候才能再見？

第二天，包括劉鐵在內的一行十八個劉氏子弟齊聚村口，再過一會兒他們將從這裡出發，走向未知的前路。

隨著離開的時間越來越近，最終抵不過心裡對王蓉的留戀，劉鐵趕在臨行之前擁著自己這輩子最重要的人，還是將一直在口邊卻沒問出口的話說了出來。「蓉妹，若是我那邊條件允許，妳可願意跟我去那邊吃苦？」

「願意願意，我願意的……只要我們一家人不分開，吃多少苦，我都願意。」王蓉嚎啕大哭，兩人自打成親就沒分離過，現在劉鐵要離開，歸期還未定，說難聽一點，這輩子還能不能再見都不好說。這一刻，王蓉對劉鐵的感情，全都被激發了出來。

「好，那妳等我，等我的好消息，我很快就接妳過去。」

王蓉哭著點頭。

「好了，時間差不多了，出發吧！」

多情自古傷離別，前一次村裡幾十人離開是被迫去服兵役，結果幾十人去，六人還。這一次，不是服兵役而是去為整個劉氏未來的前途命運打拚，大家悲傷的同時又帶著對美好未來的希冀。因此離去的人頗有些雄赳赳、氣昂昂的感覺……

「好了、好了，莫哭了，四弟妹，妳快看看小定吧，他找不到妳，已經哭了好久了。」說著，張氏把臉上還掛著金豆子的小定往王蓉懷裡一塞，王蓉手忙腳亂的去哄孩子，等到哄好了孩子，劉鐵他們已經都走遠了，只能看到一個小小的人影了。

送走了劉鐵他們，王蓉一邊帶孩子一邊做繡活，想劉鐵了，就把畫手弩零件的草稿拿過來修修改改，改得差不多了，王蓉就去找老木叔。

老木叔做了一輩子木匠，手藝很不錯，怕一個不成，王蓉特意請老木叔做了兩套，還有些需要鐵做的，王蓉特意又趁著送繡活的機會去了一趟鎮上的鐵匠鋪。

零件做好，王蓉拿回來開始組裝，很尷尬不知道中間出現了什麼問題，竟然裝不上。試了十多次之後，王蓉終於確定有一個木製、一個鐵製的零件尺寸不對，沒辦法只能再拿去改……

王蓉一趟趟往老木叔家、鎮上跑，家裡人見了都奇怪得很，汪氏私下裡甚至跟張氏嘀咕。「四弟妹是不是因為四弟出門這事刺激得太過了？」

「胡說什麼呢！」汪氏話音剛落就被金氏一巴掌呼在腦袋上。「妳以為是妳啊，一天到晚沒事幹，盡胡思亂想。」

「那不然呢？」汪氏不服氣。

金氏少有的，被汪氏噎得說不出話來。瞪了汪氏一眼，金氏才轉身衝王蓉道：「老四家的，妳過來，妳告訴老三家的，妳在幹麼？」

「啊？」王蓉愣了一下，好一會兒才反應過來金氏話中的意思。「三嫂，我在做手弩。」

「手弩？那是什麼？」汪氏一個普普通通的婦人，壓根兒沒聽說過，王蓉剛剛的解釋相當於沒解釋，聽不懂。

「手弩是一種武器，比較小巧精緻，可以藏在袖子裡，用來防身，嗯，樣子長得跟獵戶們用的弓箭類似……」見汪氏、金氏等還是一臉茫然，王蓉乾脆將她之前畫的圖紙拿了過來，細細給家裡人做起了講解。「就是這樣，做好了之後，只要按一下這裡，這邊就會射出一支箭……」

一群學渣其實還是有聽沒有懂，但是人家老四媳婦講得這麼細緻，說沒聽懂多丟人啊……所以大家紛紛點頭，一副很明白的樣子。

而另一邊，自認為講明白的王蓉，轉頭又去組裝去了，她剛剛把新的組件淘換回來。

這一次運氣比較好，折騰了半天，總算是裝到一塊去了。王蓉想了想，把組裝好的手弩拿到外面試驗了一下，近距離的情況下，準頭還不錯，殺傷力也還可以，如果能換成鐵製箭頭，殺傷力應該會成倍增加。王蓉滿意的點點頭。

「這是成了？」

王蓉笑著點頭。「是，成了。」

「那趕緊給老四他們送過去啊！這都走了一個多月了，也不知道人到了地方沒有？」

「應該到了吧？」這個時代，交通工具太過落後，出門就靠兩條腿，路上要是遇到點什麼事兒，說不定就會耽擱了，所以王蓉還真的不敢確定人已經到了，只能說：「正常來說，應該已經到了。」

不正常的情況，王蓉自然是不願去多想的。「娘，明天我再去一趟鎮上。」去找一下劉通，讓他幫忙把她做的這個手弩，還有她這一個多月做的鞋子、衣服也一起送過去，再送一封信過去問問他們到了陳軒那邊沒有，有沒有安置好？

「行啊，明天娘跟妳一塊去，還有妳娘家那邊，妳嫂子懷孕是大事，妳這事忙完趕緊回去一趟，別失禮。」陳月這個孕信爆出來的時間非常巧，正好趕在她哥陳軒寫信回來找劉家人去幫忙的時候，只是孕婦三個月胎還沒坐穩不好宣揚，所以王家那邊沒吱聲。

劉家這邊想著陳月還沒懷孕，王栓肯定不可能離家，另外陳軒應該在信上也會提這事，所以就沒吱聲，哪裡想王家竟然不知道陳軒寫信回來找人幫忙這事，一直等到劉家這邊事兒都定了，人選都定好了，王家那邊才聽說。

這麼一來，王家那邊自然會有點想法，好在，三家互為姻親，關係親密，王家那邊也都明理，陳月懷孕又是大喜事，這事才算過去……只劉家到底覺得有點心虛，所以在對待王家的事情上，就有一種補償心理。

作為王家的女兒，王蓉卻是沒這想法的，她之前回去過，她娘還主動跟她提了陳軒找劉家人幫忙這事，當時她娘是這麼說的。「什麼為了家族的，娘不懂，娘只知道娘就妳哥一個兒子，現在妳嫂子她雖然懷孕了，可誰就能保證她一舉得男？就算是一舉得男好了，誰又能保證這孩子……」

有小妹跟兩個堂弟的事情在前頭擺著，她娘是一萬個不願意她哥離開家裡出去冒險的。「娘現在沒啥大的願望，大富大貴有更好，沒有也沒啥，娘只希望一家人能夠在一起，好好的……娘不想再白髮人送黑髮人了……」

只是這些話，王蓉不好跟金氏說，也只能讓金氏就這麼誤會著了。

隔天，一家人早早起床，男人們下地，王蓉將小定臨時交給李氏、汪氏幫著帶，自己拎著一個大包袱跟金氏去鎮上尋劉通。自打董仁傑、劉鐵他們相繼離開山凹里後，劉通因為沒有說得上話的人，也就很少過來了，不過因為之前陳軒送信過來，有特意給劉通也來了一封信，雖然不清楚陳軒信裡說了什麼，但劉通卻是特意來了一趟，說是以後但凡他們這邊有什麼需要傳遞的信件、包裹都可以送到他那去，由他幫著轉送到陳軒那邊。

咚咚咚。

「誰啊？來了……」

王蓉、金氏兩個找到劉通位於胡同裡的家，開門的是個年輕婦人，二十出頭的樣子，長得算是清秀，估計剛剛是在洗衣服，手上濕漉漉的。「妳們是？」

「我們找劉通兄弟，劉通兄弟在嗎？」王蓉是年輕媳婦，要說找劉通一個大男人，說出去不好聽，但金氏就不用顧忌這些，她年紀大了，大家也不會往不好的方面去想。

「在的在的。」年輕婦人一邊把金氏、王蓉往院子裡讓，一邊轉頭叫人。「孩子他爹，有人找你……」

劉通難得閒著沒事，正在屋子裡看著兒子寫字呢，聽到媳婦叫喚，趕緊出來。「金大娘？弟妹？快請進快請進，我還說這兩天去看看妳們有沒有什麼要幫忙的呢，妳們就過來了，孩子他娘，給大娘跟弟妹弄碗糖水。」

農家很少喝茶葉，因為甜食貴，糖貴，所以一碗糖水就是最好的待客方式。

「不用忙，不用忙，我們過來就是上次老四他們走的匆忙，有些衣物什麼的怕是帶得不夠，所以想請你幫忙再送些過去……」

「這個好辦，都是陳軒兄弟交代好的，我這邊也就搭個手，不費事……您怎麼上門還帶禮物，這第一次，小姪就收了，回頭再帶過來，可不許您上門了……」

金氏連連笑著擺手。「沒啥好東西，就是自家做的兩塊棗糕，給家裡孩子甜甜嘴。」

說好了事情，王蓉、金氏也沒在劉通家裡多待，留下東西就離開了。

劉通媳婦看著那大大的包袱直納罕。「不是說人才走了一個多月嗎？就又送這麼多東西過去？」說著還伸手摸了摸試了試。「大部分像是鞋子、衣物，哎，怎麼還有個盒子？」

「妳管人送什麼呢？妳這娘們就是事兒多。行了，妳趕緊洗妳的衣服吧，我這就出去一趟，把這些東西給安排一下。」說著拎起大包袱，劉通就往外走。

年輕婦人嘴裡咕噥幾聲，轉身又去井邊洗衣服了。

千里之外，經過大半個月的艱難跋涉，劉家一行十八人終於到了陳軒這邊，不過並沒有第一時間見到陳軒，因為陳軒下鄉安排春耕事宜去了，人要過幾天才能回來。

「那我們就在這兒等著？」

「那要不然呢？」他們剛過來這邊，人生地不熟的，能幹啥？

「你們先在這待著，我出去打聽打聽情況。」把自己的命運完全託付在別人手裡，完全被動，這不是劉鐵的性格，哪怕他們是來投奔陳軒的。

剛剛進城時，他一路上也看了，這個小城雖然看著不顯，但老百姓的精神頭都不錯，街面上也很熱鬧，各種小買賣，若是他能在這安定下來，在臨街的地方租個小院子，到時候讓王蓉、二嫂他們做點小吃、糕點什麼的也能賺錢。

這麼想著，劉鐵就在街面上轉開了，一邊逛、一邊有意無意的打探一下這裡的情況，只逛了半條街，劉鐵不僅用各種小吃填飽了肚子，也把這裡的情況打聽得差不多了。

這個叫做林州的小城，是在半年前被陳家起義軍打下來的，打下來之後起義軍頭領陳牧就把這裡交給了陳軒，並力排眾議授權其總攬軍政大權。陳軒也確實是個厲害的，手段一流，只接手了這裡半年，就一改林州之前的頹廢。現在這裡跟附近幾個大城商業貿易往來頻繁，百姓安居樂業，一派欣欣向榮之景。

唯一比較遺憾的就是，陳軒很忙，忙得腳打後腦勺，就連街上的小販都知道陳軒求賢若渴，想要找人幫他的忙。只可惜，林州還是太小了一點，人才有限，陳牧那邊也沒辦法幫忙，所以陳軒只能自己想辦法找幫手……

知道了陳軒找他們過來的原因，劉鐵心下略鬆，也有心情打聽這裡的物價。「什麼？一個雞子要一文半？這麼貴啊？」

「不貴了，這已經是陳大人平抑物價之後的價錢了，半年前更離譜呢，一個雞子都賣到三文錢了，大米賣到七、八錢銀子一石，人都快餓死了。」提起那段黑暗的日子，小老太太也是難過得不行，那段時間她一大家子都差點餓死呢。

「那房價呢？」

「房價倒是不貴，半年前，這裡好多有錢的大戶人家都跑了，所以空出來不少房子，就這種臨街的鋪子，後面帶個小院子的，只要不是最中間的位置，也就二百兩左右，街後面巷子裡的，還能更便宜點……小哥你想要買啥樣的院子？我家就有人做中人，保證給你找到滿意的，價錢還便宜。」

「真的？那先謝過您了，您是一直在這擺攤？我回頭要買房就過來找您。」

劉鐵最後當然是沒去找小老太太買房，因為陳軒回來後直接就給他們安排好住處，並且言明，只要他們好好幹，房子什麼的都會給他們置辦好了送到他們手上。

「真的？」

陳軒笑著點頭。城裡現在空房子多著呢，也不值什麼，拿來做激勵剛剛好。不過，醜話也要說在前頭。「你們能千里迢迢來幫我，我自是感激，但若是壞了事，辦砸了差事，我也不會客氣的。」尤其是現在這個當口，陳家地盤雖然有了一些，可還沒到能得天下的地步，正是該小心經營的時候，容不得半點差池。

「這個自然，我們來時，族長就交代了，讓我們聽你的話，好好辦事。」

陳軒點點頭，劉家人雖然大部分沒讀過什麼書，做不得什麼大事，卻憨厚可信，這也是他送信回去的原因。

第十九章

給一行十八人備了兩桌簡單的接風洗塵宴，吃飽喝足送走了其他人，陳軒才留下劉銀、劉鐵兩個正經的大舅子、小舅子細聊。

「家裡現在一切可都還好？杏花跟晨兒還好吧？」

「好著呢，晨兒壯得跟小牛犢似的，聰明得很。老爺子也好，雖然因為之前那一摔現在不怎麼能下地了，但二姐照顧的細心，精神還好，一頓飯也還能吃上一大碗。」

那就是頂好的了，陳軒笑著點點頭。

「對了，我們來時，嫂子也懷上了，只是月分還淺……」

嫂子？陳軒愣了下，才反應過來，劉鐵說的應該是他妹妹陳月。「真的？小妹懷上了？」

得到二人肯定的點頭，陳軒也是高興得很。他們這一支這一輩，陳家就剩了他們兄妹兩個，陳月嫁進王家幾年了，一直沒懷上，要說陳軒不掛念著，那是不可能的。現下妹妹那邊終於有了音信，他就要當舅舅了，怎麼能不高興？

高興完，陳軒不免跟兩人簡單說了下林州這邊的情況。「我剛接手半年，這邊事兒多，細碎繁瑣，之前身邊沒有信得過的人，所有事情我都要過問，分身乏術，現在你們來了，我總算也能輕鬆些……」

陳軒說的高興，劉銀卻是滿心忐忑。「那個妹夫，我們，我們除了種地啥都不會啊！」他們這些人生下來就跟土地打交道，得閒了最多也就去鎮上找點粗活做做，除了老四，腦子還算機靈，沒事琢磨個小生意什麼的。

「哈哈，不怕不怕，二哥勿憂，現在正是春耕時節，最忙最緊要的也就是田裡的事，這些都是你們做慣了的，就是這裡跟家裡那邊氣候差異頗大，所種的穀物、需注意的事項也略有不同，二哥注意一下就行了。再者也不需要二哥幫著下田幹活。」更多的其實就是擺出官府的態度，讓老百姓知道，官府重視農桑……

「那就行、那就行，只要不誤了你的事就行。」

安撫完劉銀，陳軒又看向劉鐵。「阿鐵，你呢？是怎麼想的？有什麼想幹的嗎？」

劉鐵搖頭，某種程度上他確實比劉銀要有主見，眼界也略寬一些，可也就強那麼一點，還是在他熟悉的那一畝三分地上，在這裡，他兩眼一抹黑，哪敢亂說話？

「姐夫你看著安排吧，我沒意見。」

「那就先跟在我身邊做個跑腿的吧。」

是人都會偏心，從陳軒對劉家兩兄弟的安排上就能看出來，陳軒打從心裡還是更信任劉鐵、偏著劉鐵的。

第二天，陳軒再次將十八個人喚到一處，當面詢問各人意見，安排差事，最後，包括劉銀、族長的二兒子劉奎在內的七、八人都被安排成了下面的農事官，另有族長三子劉仁會算帳，被安排在府內帳房負責寫算，其他人也都根據各自擅長的東西被安排了相應的職務。

安排完，每個人都開始各司其職。

初期，眾人都還有些不適應新身分的轉變，等過了幾日，也都漸漸適應了林州的生活。

這日，劉鐵剛從一個官員家辦完事回來，甫一進衙門就有王姓差役笑著迎上前來。

「您回來了，老家有東西送過來，老爺讓您回來就去他那領取……」

「老家送來的？」一聽是王蓉給他送的東西，劉鐵話都沒聽完，立馬拔腿往陳軒書房飛奔，只給王姓差役留下個殘影。

「姐夫，姐夫，家裡送東西過來了？」

劉鐵一時太興奮，也沒注意，書房裡陳軒正跟幕僚蔣先生商量事情，就被他這麼貿貿然的打斷了。

「呃，蔣先生？您也在啊？」劉鐵尷尬的穩住身子，將險些衝撞上陳軒的腿腳小心翼翼的又收了回來。

好在，蔣先生是陳軒的心腹，知道劉鐵在陳軒心裡的地位，因此只是笑著順了順鬍鬚，起身給陳軒行了個禮，就退出去將空間留給劉陳二人。

「姐夫，我錯了。」

「下次不可再這樣了，冒冒失失的。」陳軒能理解劉鐵急切的心情，因此並未多言，只小小的批評了兩句，就將大包袱拎了出來。「喏，都在這了。」

包袱不重，摸上去軟軟的，應該都是衣物之類的，劉鐵打開，也確實如此。裡面還有一封信，信裡詳細的寫明了，哪些東西是給誰誰誰的，陳軒沒想到竟然還有他的一身衣服、一雙鞋。

「衣服是二姐做的，鞋是娘給做的。哎？這個是什麼？」扒拉開衣物、鞋襪，劉鐵終於看到了裹在中間那個長條狀的木盒子，將盒子打開後滿臉疑惑。「這是？」

劉鐵一開始沒認出來，倒是陳軒見多識廣，一下子就認了出來。「手弩？誰做的？」

陳軒驚得一下子站了起來，要知道歷史上雖然有這個東西，他也在一些古書上看到過，但幾經戰亂，這個東西的做法早就已經失傳了。

「我媳婦做的。說是擔心我有危險，花了一個多月才做成的，留給我防身，嘿嘿……」媳婦關心自己，劉鐵樂得嘴都合不上了。

可惜，注定這個手弩劉鐵他是用不上了，因為當場，陳軒就把手弩給拿走了。「這個我有大用，回頭用完了再還給你……還有，這個以後誰問都不能說是你媳婦做的，知道嗎？」說完，顧不上劉鐵還在旁邊，一迭聲的喊蔣先生過來。

蔣先生避出去後，並沒有離開，而是去隔壁喝了杯茶，聽到陳軒急喚，直接打翻了茶盞匆匆而來。「大人，怎麼了？大人？」

「先生，你看看這個。」

「這是？」蔣先生拿到東西也是大吃一驚。「這、這是，手弩？這東西不是失傳了嗎？」誰那麼大才給搗鼓出來的？

他內弟媳婦做出來的。陳軒心道，不過這話不能說，陳軒面上只道：「先生跟我出去試試這弩？」

「敢不從命？」蔣先生哪有不應的，他也好奇這古物的威力呢，畢竟一些古書上可是把它寫得神乎其神的。

一行二人扔下還木愣愣的劉鐵往外走，也沒走太遠，就在院子裡找了棵大樹試了試。「力道還是有些弱了。」若是力道能再大些、射距再能長一些，在戰場上的殺傷力會更大。蔣先生有些可惜的搖搖頭。

「不，這弩箭是用木製的，換成鐵質的殺傷力應當會更大些。」且這東西的價值本身就不是這個手弩，而是做它的技術，有了技術，他們就可以在這個基礎上改進，這才是它最大的價值。「我這就給侯爺寫封信，勞先生帶著這個親自跑一趟。」

「屬下的榮幸。」

不久，蔣先生帶著陳軒的信及這個手弩匆匆而去……

「姐夫，那個東西真的就這麼重要？」

陳軒點點頭。「此次你跟蓉妹妹可是立了大功。」

之前兩家一起逃難時，陳軒就覺得王蓉這個小娘子非常的有想法，跟其他姑娘有些不同，倒沒想到她這麼驚人，竟然能夠做出已經失傳的東西。不過，陳軒這人聰明是聰明，卻不是個萬事喜歡追根究底的，東西做出來就好，又何必去管是怎麼做出來的呢？反正她丈夫劉鐵是幫著他的，也不怕她有主意不出。

「媳婦真的立了大功？那姐夫能否獎勵我一座宅子？」劉鐵可是心心念念想著把媳婦兒子都接過來，一家子老婆孩子熱炕頭呢，當然若是能把爹娘他們也接過來就更好了。

「哈哈，宅子的事情簡單。」若真是能用到戰場上，這功勞又豈是一座小小的宅子能抵消的？

事實也確實如陳軒所想，十天之後，蔣先生回來，跟著回來的還有前方戰場的捷報以及侯爺對陳軒的各種獎賞，升官發財那是少不了的，要不是考慮到陳軒已經娶妻生子，這次的功勞又有陳軒妻子娘家那邊的關係，估計侯爺還能給陳軒賞賜幾個美人暖被窩。

「什麼？這麼大的宅子是給我的？」劉鐵眼睛都瞪大了。這可是一處三進的宅子啊！宅子是以前大戶人家置辦的外宅，裡面建得非常精緻，地方雖然只三進，後面卻帶了個大花園，地方開闊，趕得上人家四、五進的宅子了。

陳軒笑著頷首。「對，這宅子是獎賞給你的，除了這處宅子，還有臨街的兩個鋪子……」

「不，這不能算是我的。」劉鐵搖頭，他可不能貪媳婦的東西。「我什麼事都沒做，這是媳婦的，這些都是媳婦賺來的，只能算是媳婦的嫁妝。我這就寫信回去告訴媳婦……」

「……你隨意，反正東西給你了就是你的，你怎麼處置都是你的事了。」陳軒是不會管的，他現在要想的，是不是也把媳婦兒子接過來？

原本他是沒想這麼快把人接到身邊的，畢竟現在局勢還不明朗，他自己也忙，就算接過來他也顧不上，與其如此還不如讓他們在家裡，好歹還有人幫襯。但是如果劉鐵把王蓉母子接過來的話，就不一樣了，一來有人照應，二來劉鐵都接媳婦過來了，他卻不接，他們母子在家裡怕是得聽不少閒話。最後，他也想兒子媳婦了……

這麼想著，劉鐵送信回去的時候，陳軒便也跟著送了一封信。

「啥？你再說一遍……」

「四哥說，四嫂上次給他送的那東西是個得大用的，叫二姐夫發現後，送到了上面，上面一高興就賞了四哥一個大宅子、兩個鋪子，四哥說這宅子、鋪子是四嫂賺的，算是四嫂的嫁妝……」

老五話沒說完就被王蓉打斷了。「父母在，無私財，爹娘能允許我們各房攢自己的私房錢已經是大無私了，這宅子、鋪子怎麼能算是我的嫁妝？小定他爹當真糊塗，爹娘，您二老別當真……」

金氏擺擺手。「老四也沒說錯，這是妳自己賺來的，規矩既然定下了，咱們就按著規矩來，之前就說了你們自己賺的公中交三成，剩下的都是你們自己的，哪怕妳得了一個宅子、兩個鋪子，咱們也按規矩來……這樣，就由我做主，其中一個鋪子算是家裡的，剩下的宅子跟另外一個鋪子歸你們，可服？」

最後的可服，金氏不僅僅問的是王蓉，更多的是其他幾房。王蓉沒看到東西，沒感覺，原本這宅子、鋪子就是意外之財，現在得了自然沒什麼不服的。其他幾房，男人還好，只有為兄弟高興的，女人就不一樣了，羨慕、嫉妒或許都有吧？尤其是老五媳婦林氏，之前雖然嘴上沒說，但林氏隱隱還是有些自傲的，畢竟劉家幾個媳婦都是鄉下土妞，就她是鎮上的，繡活被王蓉超越也就罷了，現在嫁妝竟然也……原有的自傲頃刻間傾覆，林氏喘著粗氣臉憋得通紅……

可惜，老五沒注意到。

「娘，我還沒說完，四哥說想要接爹娘、哥哥嫂子們都一起去住大宅子……」金氏、劉老頭兩個聞言笑著頷首。「老四是個孝順的。」不然也說不出這樣的話，不過……

「此去路途遙遠，家裡還這麼多東西，孩子也小，如何放得下？再等等吧。」說完，金氏單獨對著王蓉道：「我知道你們兩口子乍一分開不習慣，一心想在一起，可現在路上不安生，路途又遠，小定也還小，妳可別犯糊塗，哪怕是團聚也不急在這一時，再等等。」

王蓉一開始確實有立馬帶著小定去跟劉鐵團聚的想法，可是靜下來想想確實不現實，現在可不是現代有高鐵、有飛機，即便後世帶著個不滿周歲的孩子出門都還不方便呢，更何況現在？各種危險太多，於是便笑著點頭道：「娘，我都明白的，您放心吧。」

金氏點頭。「妳二姐那邊，妳也去勸勸，我想著既然老四有這個想法，怕是女婿那邊也跟妳二姐提了，她那邊更麻煩，還有個老人家，可不能輕易騰挪，萬一路上出點什麼事……」那就麻煩大了。

金氏的顧慮，劉杏花也都想到了，所以雖然心裡萬分渴望一家人團聚，但還是忍了下來，甚至劉杏花還反過來勸王蓉。「那個兩情若是久長時，又豈在朝朝暮暮……」

劉杏花話沒說完，王蓉就噗哧一聲笑了。「怪道都說讀書人好呢，看看、看看，二姐才嫁過來多久？都成才女了，詩句張口就來……」

劉杏花被王蓉笑得不好意思，起身去撓王蓉癢。「我好心勸妳，妳卻跟我作怪，看我不撓妳。」

陳晨旁邊看著好玩，也跟著上前鬧王蓉。

「哈哈……哈哈……」

王蓉被母子倆撓得哈哈大笑，劉杏花、陳晨也樂得不行，最後還是旁邊已經五、六個月身孕的陳月實在看不過去了，笑著讓她們住了手。「妳們差不多得了啊……」

笑鬧完，陳月手扶著大肚子，說起自己的想法。「妳們說，我是不是也應該讓栓哥去我哥那闖闖？」之前是她沒懷上，現在懷上了，還把王栓拴在家裡，似乎是不太好？

「別別別，妳可千萬別提這事。」王蓉連連擺手，他們家的情況她知道，那是寧願一家人平平安安、普普通通的過一輩子，也不願再叫兒子去冒險的。陳月若是給王家生了三兩個孫子也就罷了，現在王家孫子在哪兒都還沒看到呢，又怎麼會允許王栓這個唯一的男丁出去冒險？

「可是，我怕妳哥心裡會怨我。」誰心裡能沒點男兒的豪情，沒點想要幹一番大事業的憧憬、幻想？別說以後怎麼樣了，就現在，劉鐵得了一個大宅子、兩個鋪子的消息若是傳出去，那整個村子恐怕都會沸騰的。之前那些沒有同意兒子或者說孫子跟著出去的，恐怕腸子都要悔青了。

陳月心裡擔心，怕最後落得埋怨，影響兩口子的感情。

「這妳不用擔心，我大哥心裡明白著呢。」王蓉搖搖頭。他是長孫，現在又是王家唯一的孫子，他身上有屬於他自己的責任。而且她自己的哥哥，性子她知道，王栓就不是那遷怒的性子，陳月完全不用擔心。

「妳現在還懷著身子，可少操些心，小心生出來，孩子喜歡皺眉頭……」劉杏花也跟著勸。這是本地的一種說法，說是孩子在娘肚子裡，當娘的喜歡哭，生出來孩子就喜歡哭；當娘的愛笑，生出來的孩子就愛笑；若是當娘的整日愁眉苦臉的，那生出來的孩子也是從小就是個苦瓜臉，喜歡皺眉頭……

這雖然只是一種謠傳的說法，沒什麼科學依據，可經歷過上輩子的王蓉知道，還是有一定道理的，所以也跟著勸，陳月很快就舒展了眉頭，三人轉而說起了育兒經。

時光匆匆，轉瞬即逝，轉眼時間就又過了幾個月，到了年關。

因為劉鐵、劉銀不在，今年劉家這個年略有不同。大家雖然高興，但總像是缺了那麼一點什麼。

為此，第一次跟著劉家人一起過年的林氏心裡很是不舒服。

「鎮上家家戶戶快過年了，都熱熱鬧鬧的，準備這些、準備那些，臉上不說笑得像朵花，也都高高興興的，可看看劉家？年貨就不說了，你只看這家裡像是過年的樣子嗎？鎮上誰家這樣？我就說晚點回來、晚點回來，你偏說今年你兩個哥哥不在，家裡缺人，要早點回來幫忙，幫什麼忙？有什麼好幫的……」

「行了，妳鬧這一齣有意思嗎？還有怎麼不熱鬧了？誰家年不是這麼過的？妳要過不慣，就回妳的鎮上去……」

林氏覺得自己是鎮上姑娘，有點自傲，這一點，老五心裡是清楚的，也願意包容，畢竟自家媳婦其他方面確實都挺好的，為人大氣，識字懂禮，手上活計也不差。可是也不知道什麼時候，就有些變了，媳婦提起家裡就顯得煩，明裡暗裡的看不上，跟換了個人似的。一次、兩次的，老五可以不計較，但林氏說的多了，誰能心裡不窩火？

「劉錫，你說什麼？你再說一遍？」林氏真是沒想到劉錫竟然會說出讓她回鎮上這樣的話，當下便紅了眼睛。

老五看著心裡也不是個滋味，再者大過年的，鬧出來實在不好看，只能哄。「好了好了，都是我的錯……」

老五兩口子的事，前院金氏等人是不知道的，只是王蓉因為就住在隔壁屋，聽了那麼兩三耳朵，可她也不是喜歡說嘴的，便也只當沒聽到。然，饒是如此，林氏看到她卻還是意難平，處處挑嘴找麻煩。

最後弄得幾個嫂子，甚至金氏都過來問。「妳哪兒得罪她了？」

原先剛成親那會兒看著還好好的一個人，怎麼才將將幾個月就變成這樣了，還抓著王蓉不放了？

王蓉苦笑。「我也不知道啊，我每天就做繡活、帶孩子，哪裡能得罪到她？」

「五弟妹是不是因為四弟妹不怎麼做家裡活計，覺得不平啊？」之前就有好幾次，其他人都在四弟妹卻留在後面帶幾個孩子的情況。

「有啥好不平的？這些都是之前說好的，四弟妹每月上交公中五十文錢，不用管家裡的活計，再說了，看孩子難道不是活兒？還以為看孩子容易啊？」沒帶過孩子的，不知道帶孩子的苦累，王蓉一個人帶著三個孩子，三個孩子還都已經一周歲多，能跑能走了，不像小時候，床上弄個圍子圍著，幾個孩子圈裡面就行。現在，若沒點手段，怎麼可能看得住三個孩子？

王蓉能夠做這個活計，也是因為她會講故事，倒不是說她口才有多好，而是她上輩子受的薰陶比較多，隨便弄個成語故事，格林童話、安徒生童話，或者西遊記、水滸傳甚至以前看的小說改改就是個非常吸引小娃娃的故事，有時候甚至家裡大人聽了都能迷住了。可這也就是大部分的情況下，孩子有時實在不聽話，王蓉追三個孩子，追得扶著腰喘粗氣，甚至一不小心摔一下險些扭了腳也不是沒有過。

「二嫂那妳就那個什麼了，那是我們知道的，五弟妹可不一定這麼想。再有，妳們想想，五弟妹是什麼時候開始變臉的？」

「什麼時候？」張氏、李氏包括王蓉一臉不明所以。

汪氏翻個白眼，一副恨鐵不成鋼的樣子。「我說妳們都不會看的呀，上次啊，上次老四送信回來說她得了宅子、鋪子賞賜那次。之前裝得一副清高、大方的樣子，上次我可是親眼瞧見的，那臉憋得通紅，肯定是氣的……要我看，老五家的這人也就假大方，心眼小得很，腦子還是個不清楚的，雖然還有一個宅子一個鋪子都歸了四弟妹，可公中不也平白無故的多了個鋪子嗎？城裡的一個鋪子啊，得多少銀子？想想我都美得慌……」

汪氏眼界不寬，也沒什麼大的見識，卻是個有自知之明的。一開始一聽王蓉得了個大宅子、鋪子，心裡確實是酸了兩天，卻沒過幾天就好了。無他，她自認自己沒那個本事，既然如此，那還有什麼好酸的？再說，公中還得了那麼大的好處呢，到時候也會有她的一份。

張氏、李氏的心態跟汪氏差不多，這一家子除了王蓉之外四個妯娌，恐怕就林氏想不開，一心想跟王蓉比較。可比又比不過，雖說王家不行，可耐不住人家王蓉自己能賺啊！一手繡活，只隨便做做，一個月就好幾百個大錢，後面更是一下子放了個大招，把附近十里八村的人都比下去了……

「咳咳……咳咳……」

妯娌四個說話太專注了，一時沒注意，竟然叫不知道什麼時候回來拿東西的老五跟金氏兩個聽到了，這就尷尬了。

四個人一下子從地上站了起來，跟犯錯的孩子似的，低著頭看都不敢看金氏一眼。

金氏見了心下好氣又好笑。「行了，以後在家裡少嚼這些是非，都幹活去。」

金氏話音未落，王蓉幾人已經一哄而散。

兒媳婦都走了，金氏這才轉頭看向旁邊一直站著當柱子，心裡也不知道在想什麼的老五。「剛剛你三嫂的那些話，你也就聽聽就算了，別放在心上，也別回去跟你媳婦鬧……」

頓了頓，不知道想到了什麼，金氏又接了一句。「不過，你三嫂有句話沒說錯，你媳婦腦子確實不太清楚。明晃晃的好處看不到，眼裡只看得到別人的東西，這可不是個好習慣。該掰扯的還是要掰開了揉碎了給你媳婦說道清楚，你四哥、四嫂得宅子、鋪子這事，從各方面看都是對你們只有好處沒有壞處的事，你媳婦是鎮上姑娘，該比鄉下姑娘更懂這些道理才是，可別最後叫你幾個嫂子給比下去了。」

老五頂著羞臊通紅的臉訥訥點頭。

回頭也不知道老五是怎麼跟林氏細說的，反正林氏再見王蓉也沒再故意針對了，只態度上卻也不十分親近。

第二十章

大年三十，闔家團圓，一家人湊在一起吃團圓飯。農家人沒那麼講究，飯桌上說說笑笑那是常有的事，不知誰提了一句就說到了狗蛋的親事上。

「狗蛋說親？會不會太小了？」王蓉印象裡狗蛋還是她進門時帶著狗娃、山子滿地跑瘋玩的小孩子呢。

「不小了，過了年都十四了，先定下，再過一、兩年的娶進來剛剛好。晚了，好姑娘可都叫人挑走了。」

山凹里地方不大，這年頭交通又不便利，大家說親除了極個別的，大多都是在附近十里八村的地方相看，晚了還真不好找。

「那大嫂有看中的嗎？」

張氏笑著點頭。「還是上次他大姑回來跟我提的一個。」是劉桂花他們過繼過去這一房的婆婆的娘家姪孫女，叫牛曉慧，皮膚白皙、身材圓潤，說話慢條斯理的，性子溫和，家裡家外做活也是個好手，據說村裡人多有讚譽。

「那可是好事。大嫂準備什麼時候去相看？要不要我們一起去掌掌眼？」汪氏積極自薦。

「放心，少不了妳。定了正月初六去他大姑家，到時候一起去，剛好相看。娘，您那天去嗎？」

金氏笑著頷首。「去，都去，狗蛋可是咱老劉家的大孫子，這挑媳婦可不能馬虎。」

一句話說得狗蛋都不好意思了。

熱熱鬧鬧的吃完了年夜飯，金氏、劉老頭只留了大房守歲，其他的願意守的就留下，不願意守的都回房自去歇息。王蓉要帶小定，自然早早就回了房。回到房裡，哄著小定睡下，王蓉看著小劉定甜甜的睡顏，思緒不由自主的就想到了遠在他鄉的孩子他爹劉鐵。

劉鐵是二月走的，距離現在已經十個月了，之前送信過去說「暫時不過去，等孩子再大一點」，劉鐵雖然失望卻也沒說什麼，只是接下來好一段時間家裡都沒再收到信，讓王蓉擔心不已。好在十月初陳月生的王家長女薇薇滿月，跟著陳軒的信一起，劉鐵又送了一封信回來報平安……現下，又是兩個月沒信回來，也不知道人在那邊怎麼樣了？可有受傷受寒？可在想著他們母子？

千里之外，己方大營裡的軍帳內。

侯爺正跟包括陳軒在內的幾個幕僚商議軍機要事，作為隨從，劉鐵跟其他幾個同等身分的人一起被安置在不遠處的一處小帳內。

大家閒來無事，今兒又是特殊的日子——除夕，幾個人在一起難免就聊起了家事，勾起了愁思。

「我出來快三年了，出來時，媳婦還沒生，現在大胖兒子都快三歲了，也不知道什麼時候能見上一眼？」

「誰又不是？我出來時兒子也才剛牙牙學語，現在回去恐怕都不認識我了……」

「你們還好，最起碼都有婆娘有娃了，我呢？我連媳婦都還沒抱上呢。」有人更委屈。

眾人聽了哈哈大樂，笑完了，愁思依舊。「哎，這天下，啥時候才能安定啊？」

這個鬼知道，都亂了這麼多年了，現下他們雖然勢力不小，可能跟他們抗衡的也不是沒有，數得著的就有兩、三家，看這勢頭，這天下還有得亂呢。劉鐵搖頭，只希望能夠快些，他真的很想蓉娘跟孩子，也不知道沒有他在身邊，母子倆好不好？

軍帳內的議事一直持續到丑時末才結束，陳軒從軍帳內出來，臉色都有些蒼白。到底還是身子弱了些，熬了點時間，看上去面色就不好了。

「大人，沒事吧？」劉鐵慌忙迎上去。

陳軒搖搖頭，他回頭還有事情要跟侯爺繼續商議，商議完，他們就要立馬趕回林州，時間很趕。「你顧好你自己就行。」

陳軒很快又被侯爺叫了進去。

劉鐵想著陳軒的臉色到底不放心，轉身跟人打聲招呼去伙房那邊找了伙夫，懇請對方幫著熬碗粥米送進去。

當然，既然熬了，就不可能只做陳軒一個人的，侯爺身邊的人也顧慮著侯爺的身體呢。

看著面前冒著熱氣軟糯香甜的粥米，正好事情也商量得差不多了，侯爺難得的笑著捧起了粥碗。「你那隨從倒是個有心的。」

陳軒笑著搖頭。「那是我內弟，怕是幫著他姐看著我呢。」

「你內弟？就是之前給你送來手弩的那個？」那手弩一到他手裡就建了功，所以侯爺對手弩是相當看重的。也聽蔣先生提起過手弩的來源，知道是跟陳軒的內弟有些關係。現在一聽陳軒提起劉鐵倒是起了幾分好奇之心。

「是，就是他。」

「那我可要見見這個大功臣。」說著侯爺衝外面招呼了一聲，自有人去叫了劉鐵過來。

劉鐵第一次見大人物，難免有些縮手縮腳、誠惶誠恐，進來之後慌忙就拜。「小的劉鐵見過侯爺。」

侯爺擺擺手，示意劉鐵起身。「別緊張、別緊張，既然是軒哥兒的內弟，就也是自家親戚，況且之前你獻上寶物，立下奇功，本侯還未賞賜你呢……」

「已經賞了、已經賞了，賞了一處大宅子、兩個鋪子呢，夠了夠了！」

劉鐵一副急切推託的樣子，把陳侯爺又給逗笑了，指著劉鐵衝陳軒笑道：「軒哥兒，你這內弟是個好的，知足、不貪功，好、好……」說完，才又轉頭對劉鐵道：「宅子、鋪子那是軒哥兒這個上官賞你的，我還沒賞呢，你可有什麼想要的？」

劉鐵急急搖頭，連連搖了好幾下，猛然想起遠在老家的妻兒又遲疑了一下，看了旁邊陳軒一眼，見他沒什麼表示才開口道：「什麼都可以？

「那侯爺能派一隊人，幫小的把家人接到身邊嗎？」

「家人？」

「是，小的妻兒老父老母都在老家，家中貧困，之前因為寸許功勞大人賞了一處宅子，那宅子頗大修得也精緻，小的想把家人接過來一同享福，可距離太遠，路上也不太平，怕路上出事，一直沒能成行……」若是一路上有人護送，自然也就沒了這個顧忌。

「你只想要這個？」

劉鐵重重點頭，在他心裡沒有比把妻兒接到身邊，一家人團聚更重要的事情了。

「好，本侯答應了，此外我再送你些許金銀物什……」

劉鐵只當陳侯賞賜的金銀物什不多，也就沒推辭，等回到林州，看到陳侯身邊的人送上來的一馬車滿滿當當的東西，直接傻眼了。

「這、這，這都是給我的？」

負責送達這一馬車東西，同時領了前往北地接劉鐵家人任務的領隊陳家家將陳忠笑呵呵的點點頭。「是，都是給你的。你看安置在哪兒？我帶人給你搬到庫房裡去？」

「那、那麻煩你們了，先堆這個房間裡吧。」劉鐵撓撓頭，領著陳忠他們直接將東西搬進衙門後院一處空屋子裡。

之前陳軒給他的那宅子太大，一個人住的話就跟鬼宅差不多，因此雖然得了宅子，劉鐵卻一直沒搬進去，到現在都還跟陳軒住在衙門後院裡。

搬好了東西，陳忠也沒說歇口氣就開始了自己的第二個任務——接人的準備工作。

想要接人，首先要知道人住哪兒，其次還得要有足夠分量的信物讓對方相信，願意跟著他們來，不然即便陳忠帶著人過去了也是白跑一趟。

住哪兒好辦，只要有地址、大致方位，找個地方找人還難不倒陳忠，難的是讓王蓉等人相信他們，這個就比較難辦了。僅僅憑藉一封信，家裡人怕是很難相信陳忠。

「不然，我跟著陳忠大人跑一趟？」說話的是當初跟他們一起出來的十八個族兄弟之一，叫劉小五，今年才十五，因為年紀小，之前一直跟在劉銀身後幫忙，現在距離春耕還有兩個多月，田裡的事兒還不是很忙，跑一趟倒也來得及耽誤不了什麼事兒……

先不說劉鐵這邊商量劉小五跟著陳忠回村裡接人這事，只說王蓉她們正月初六去劉桂花家走親戚，順便給狗蛋相看媳婦。

因著是喜事，所以包括王蓉在內，劉家幾個妯娌並金氏去時都歡歡喜喜的，怕有孩子在誤了正經事，王蓉還特意把小定送到娘家，叫她娘劉氏幫著看半天。順便聽了一耳朵，她娘絮叨她二叔、二嬸給堂妹王婷說親的事兒。

「前兩年我說要給婷丫頭說親，妳二叔、二嬸捨不得，妳爹也護著，說想要把閨女多留兩年，現在好了，都十六了，這十里八村的好小子，十六、七歲的哪個還沒訂下親事？這兩天妳二嬸急得都快犯病了……」

那能咋整？只能慢慢尋摸唄，這事也急不來，要是兩、三年前，王蓉還能從劉家族人裡給王婷挑一挑，可這幾年，徵兵損失了一批，之前又跟著劉鐵一起走了一批，現在剩下的劉家子弟也沒什麼合適的，所以哪怕王蓉想幫忙，也幫不上，只能溫言寬慰她娘幾句。

到了孫家，那牛曉慧看著倒是個不錯的，確實長得很符合老人家尋兒媳的眼光，且性格溫柔似水，只是，也不知道是不是王蓉多心了，總覺得對方眉目間似乎多了那麼幾分風情，不像一般的農村女娃娃。

「大姐，那牛曉慧家裡是做什麼的？」

「家裡？聽婆婆說之前是給大戶人家做事的，那慧丫頭她爹之前給人家管著鋪子，家裡也是頗有家資的，只是可憐見的，現在外面不是亂嗎？城被攻破了，一家子就從城裡逃出來了……」

「大戶人家？」王蓉眉頭一跳。「牛曉慧之前在大戶人家待過？」

劉桂花點點頭。「可不？說是在那戶人家的老太太身邊伺候過，學了不少規矩禮儀……」

「規矩禮儀應該是確實學了，可人卻不是個好的。」林氏突然開口，王蓉、汪氏、張氏、劉桂花都齊齊轉臉看她。劉桂花臉上還帶著薄怒。「我說五弟妹，這飯可以亂吃，話可不能亂說，人好好的姑娘，怎麼就不是個好的了？」這不挑撥她跟張氏姑嫂關係嗎？

「大姐，妳別生氣，先聽弟妹說說原由，說實在的，我這心裡也總有點不舒服，只是說不出來原由……妳的心意，我都知道，妳這都是為了狗蛋，我只有記妳的情的，又怎麼會怨怪？」

「是啊，大姐，我們都知道妳是好意撮合。」

王蓉幾個好一番勸，劉桂花總算是不說話了，只直勾勾的盯著林氏，看她能說出什麼子丑寅卯來。

林氏胸有成竹，哪怕被幾個人看著，倒也不懼，只道：「一般人確實不一定能看出來，可我們家卻是不一樣的，我們家祖上做過牙婆營生，自有一番手段，那牛曉慧長得確實好，可卻是已經破了處的……」

「什麼？妳可確定？」張氏、劉桂花兩個一下蹦了起來。

「當然確定，不確定，我也不敢說出來。」

「好好，好啊！她們、她們，欺人太甚！」本是好心，卻險些害了自家姪子，劉桂花惱的當下就衝了出去。

王蓉、汪氏幾個趕緊去攔，可劉桂花盛怒之下，王蓉幾個哪裡追得上？待王蓉幾人趕到時，那邊劉桂花已經跟牛家母女撕扯在一起。

「天殺的，臭不要臉的小蹄子、破爛貨，不是黃花閨女，還騙老娘說是黃花閨女……」

劉桂花薅住了牛曉慧的頭髮，牛曉慧疼得嗷嗷直叫，牛曉慧的娘過來廝打劉桂花救女兒，一邊嘴裡還罵罵咧咧的，說是劉桂花毀她閨女名聲。

金氏跟劉桂花婆婆在旁邊看的都呆住了。

「這，到底怎麼回事啊？」怎麼突然就鬧成這樣了？剛剛不還好好的說著兩家的親事嗎？

「娘、嬸子，五弟妹家裡有家傳的本事，說牛曉慧不是黃花閨女。」

「啥？不是黃花閨女？」我的個娘哎，這事可大了！這裡可不是城裡，這是鄉下，還是個北方犄角旮旯的地方。由此可以想見這地方人的思想能有多開化？要是一開始說親之前就跟人說清楚的還好，不說清楚，就這麼不明不白的，這不讓人做綠帽王八嗎？再一想這親事還是她從中牽的線，劉桂花婆婆牛氏恨不能暈過去。

「行了，別打了！」牛氏扭曲著一張老臉，親自上陣，一邊一個將人拽住了，這麼大的年紀，愣是沒讓劉桂花、牛曉慧娘掙脫。

「曉慧娘，妳先說，桂花說的是不是真的？曉慧還是不是黃花閨女？」

「是，怎麼不是？我閨女雖然在大戶人家待過，卻是在老太太身邊伺候的……曉慧，妳快跟她們說妳是黃花閨女，快說啊，快說啊！」牛曉慧娘急得直冒汗，這可是大事，今天不說清楚，以後牛曉慧可就完了。

牛曉慧卻只低著頭不張嘴，其中的不言而喻其實已經很明顯了，可牛曉慧她娘關心則亂，愣是沒想明白，只一心想著叫牛曉慧好好解釋，到後面，更是直接拽著牛曉慧就往王蓉等人跟前推。推推搡搡間，王蓉突然覺得哪裡有些不對，只她還沒反應過來，就聽旁邊一聲尖叫。

「血，血啊——」

「快請大夫……」

好好的一場相親宴，最後以牛曉慧小產、大夫登門了結。

回去的路上，金氏、張氏、李氏走在前面，汪氏還在後面跟王蓉悄悄八卦。

「妳說這個牛曉慧到底在想什麼？看她娘那樣子，根本就不知道她已經失了身的事，她難道還想要假裝是黃花大閨女？還有，妳說她知道她自己懷孕了嗎？要是知道懷孕了，還想這麼嫁人，那得多噁心人啊？這是不僅讓人做王八，還讓人幫忙養便宜兒子的？」

王蓉搖頭，她又不是牛曉慧肚子裡的蛔蟲，她哪裡知道對方什麼想法。當然，汪氏其實也沒想著她真的能說出什麼建設性的意見，因為她很快自己就得出了結論。

「我覺得她應該是知道的，我之前沒注意，現在回過頭再一想，那牛曉慧之前可不有意無意的把手放在小腹上？也就是被大姐薅了頭髮才沒顧得上。說不定這孩子是那大戶人家的哪個少爺的？這些大戶人家也真是夠亂的……」

「汪氏，妳胡咧咧啥呢？還不趕緊走，妳兒子妳還要不要去接了？」

「要的、要的，娘妳們等等我！」

汪氏拔腿就跑，到了村裡，王蓉也轉去王家接小定。

陳晨這兩天有些不舒服，劉杏花今天就沒去，這會兒正好也在王家，就順嘴問了問相看的情況。聽王蓉說了情況，劉杏花、劉氏幾個人都傻眼了。

「這怎麼跟那戲台子上演的似的。那最後怎麼弄的？」

「還能怎麼弄？掰了唄，就是可憐了大姐婆媳兩個，原本是好心，結果弄成了這樣……」

相看之事過後，劉家沈寂了一段時間，張氏、金氏也似乎是被牛曉慧的事嚇到了，對待媒人誇得天花亂墜的女孩子謹慎了很多，且每每再相看總要把林氏帶上，就怕再出現之前牛曉慧這樣的事情。因此，林氏在劉家媳婦中的地位倒是有了些提升。

只是也不知道是不是運道不好，後面連續相看的幾個姑娘總不能叫金氏、張氏滿意。

這一拖就拖到了二月間，劉小五、陳忠他們到來。

「你說啥？是老四求了侯爺特意叫回來接人的？」

「是，是四哥特意在侯爺跟前求得賞賜，四哥怕嬸子、嫂子們不相信，正好我沒什麼事，順道也想著回來看看爹娘，就跟著跑了這一趟。這位陳忠大人是侯爺跟前的管事……」

陳忠跟著拱了拱手。

唬得金氏等人一跳，忙不倫不類的回禮，回了禮請人到屋裡坐下，喝完茶，大家才坐下來細細說道事情的來龍去脈。

等到搞清楚緣由，劉老頭當著陳忠的面，把劉鐵給罵了一頓。「不知所謂，拿著雞毛當令箭，多大點功勞就敢要這要那的？」又誠惶誠恐的替劉鐵請罪。「農家小子沒什麼見識，丁點功勞就飄了，還要煩勞忠大人千萬替我們在侯爺面前給那不知天高地厚的小子說說好話、道個罪，都是我們做爹娘的沒教好……」

直到陳忠連連保證這些都是劉鐵該得的，侯爺並未生氣，劉老頭兩口子才鬆了口氣。可卻也不敢拿喬，只好聲好氣的跟陳忠商量。「這事兒實在突然，可否叫我們商量商量？」

「自然自然。」

劉小五這一次回來，還帶了劉鐵、陳軒的親筆信，將陳忠等人安置好後，一家人才湊到一起讀信，商量要不要去、誰去這個問題。

「老四的意思是叫一大家子都去，反正那邊宅子也住得下。至於日常開銷，他和老二跟在女婿身邊做事，每個月也有些俸祿，加上兩個鋪子租出去一個月也能得些銀子足夠我們生活的……女婿的意思是叫我們老倆口、老二家的、老四家的帶著孩子都去，正好跟杏花母子還有親家一起，路上也有個伴，至於老大、老三、老五，看你們自己的意思……你們自己是個什麼想法？也都說說。」

「爹娘，你們的意思呢？」

「要按你娘我的意思，自然是不能都去，這裡是咱家的根，可不能就這麼給扔了，這兒還有宅子跟地呢。」可說不好那邊將來是個啥樣情況。「再一個，娘之前也跟你們說了，老四得的那宅子跟鋪子，宅子跟一個鋪子都歸老四媳婦，只有一個鋪子是歸公中的，這要是都去了，都得住那宅子裡，你們也沒個營生手段，難不成一直叫老四養著？」

「怎麼叫四哥養著？四哥不是跟在二姐夫身邊做事嗎？等咱們去了，也叫二姐夫給安排個事兒做不就得了？」之前老五因為剛成親不好丟下新婚妻子就沒去成，現在都來接了，一家人也不用分開還不去，這不有病嗎？

反正林氏心裡是想去的。她覺得劉家兄弟幾個中她相公是最有本事，去了那邊肯定也最得重用。四哥才過去多久？就得了宅子鋪子，她相公也就沒趕上好時候。若是當初是她相公過去說不定得到宅子鋪子的就是他們這一房了，完全忽略了，四房得的宅子鋪子跟劉鐵關係並不是很大，最關鍵的還是王蓉做出來的東西……

「你們也都是這麼想的？你們二姐／妹夫什麼時候欠你們啥了？就一定要給你們安排差事？」

「不是，娘，我不是這個意思……」金氏一副質問的語氣擺出來，林氏趕緊彌補。可惜，金氏壓根兒不吃那一套。「不是這個意思那是哪個意思，啊？哦，之前去的安排了，後面去的就也要安排啊？人家陳家欠妳的，還是妳臉大啊？」

林氏被金氏兩句話問的低著頭壓根兒不敢再吱聲。

好一會兒，見剛剛還有些蠢蠢欲動的兒子、兒媳都被壓下去了，金氏才又開口道：「你們想去，當然可以，你們都是親兄弟，老四既然開口了，宅子你們住著也沒啥，但是你們心裡要清楚咯，那宅子不是你們爹娘賺的，沒你們的分，將來讓你們搬出來也別有什麼怨言。再一個，你們自己的日常開銷，自己承擔……」

醜話說前頭，別到時候因為這事，鬧得幾兄弟失和。

「娘，不是還沒分家嗎？不用分得那麼清吧？」這次開口的是老大劉金，他倒沒想要占兄弟便宜，只是還沒分家就各花各的總覺得不太好。

「有啥不好的，總比以後你們為了點銀錢打得滿頭包強，你們要是覺得不好，分家也行。」

——未完，待續，請看文創風826《守財小妻》下（完）

2020年2月出版

富貴不求人

文創風 822～824

都說有錢人家的飯碗不好捧，幸好她也不稀罕，
錢財雖然迷人眼，但榮華富貴她卻是不求人給的，
銀子嘛她有能力賺，當然也能自個兒當個有錢人嘍！
再說了，她跟他家門不當戶不對的，他家裡能接受她當媳婦嗎？
所以兩人還是繼續合夥做生意就好，那些情啊愛的就先擱著吧……

貧賤親戚離　富貴他人合／塵霜

月幼金合理懷疑老天爺在弄她啊！
死都死了，竟還穿越，穿越便罷，偏偏讓她出生在一個「極品」家庭，
由於娘親蘇氏一連生了七個女兒都無子，在月家的地位可想而知，
他們二房受盡奚落，包攬大部分家務，還老是吃不飽、穿不暖，
倘若親爹是個會疼人的倒也能勉強度日，可他卻只會動手家暴她們母女！
於是她想辦法讓父母和離，順利帶著娘親和手足們遠離月家，改隨母姓，
因著外祖家曾是宮中御廚，娘親小時候跟著學了不少，燒得一手好菜，
所以她決定靠著這門祖傳手藝賺錢，畢竟民以食為天嘛，
果然，小試牛刀的酸梅湯不僅讓她賺飽飽，還引得肖家繼任家主來買方子，
五百兩哪，她當然毫不猶豫地賣給那富商肖臨瑜，並進一步開起糕餅鋪啊！
由於生意大好，她緊接著又分別開了專賣蜂蜜及特色花茶的店鋪，
甚至，她還搞起飢餓行銷，開了間酒樓，每日販賣限量菜餚吊人胃口，
正當她賺錢賺得眉開眼笑之際，那肖臨瑜突然頻繁地跟她書信往返，
她忙著拚事業，根本沒空回信，這位大哥居然親自上門堵她，並在她家住下了！
他、他究竟想幹麼啊？難不成這回是看上她這碟清粥小菜了？不會吧?!

2020年2月出版

廚娘很有事

文創風 820～821

她不過是舉手之勞做點好事，
人家卻把哥哥親手送上作為謝禮，
這……到底是該收不該收啊？

美味相伴　溫馨時光／不吐泡的魚

林滿不過是想過年睡個懶覺，怎知一覺醒來竟到了古代，
明明還沒談過戀愛，如今卻成了連剋兩任丈夫的寡婦，
不但窮得連自己都養不活，更別提還要扶養亡夫留下的女兒了，
本以為好不容易得到穿越必備的空間法寶，正想要大展身手，
卻遇上被調戲的鄰居少婦，路見不平之下帶人家逃進空間躲藏！
眼看法寶穿幫，她只好利誘兼威脅，為自己掙得一個打拚好伙伴，
兩個弱女子齊心協力，空間裡播種、收成自己來，種出神級美味蔬菜，
再加上林滿一手好廚藝，火鍋、燒烤……全都是她的私房絕活，
有了這些新奇菜色，再搭配香噴噴的獨門辣醬，絕對能收服眾鄉親的胃！
只是……沒想到伙伴的哥哥竟也被她收服，還反過來撩得她不要不要的，
原來空間不但照顧她的生計，連桃花也一起種下了，這可不在計畫內啊！

2020年1月出版

瑤娘犯桃花

文創風 819 【重生之四】

棄婦瑤娘被人追殺而死，幸而她救的小狐狸(妖？)犧牲一條尾巴讓她重生！
自此瑤娘和小狐狸成了好友，還多了個狐狸精萬人迷的外掛，
讓專門收妖的道士靳玄對她難以抗拒，但又嘴硬不承認。
說起靳玄，八歲被師父騙入門下，十四歲接下掌門人之位，
如今長成二十二歲少年郎，沒有道士該有的仙風道骨，
反倒英武昂藏，還很care自己的打扮，重點是把捉妖當經商，
沒辦法，小門派窮得揭不開鍋，要想發揚光大，只能當「奸商」！

花樣百出 本本驚喜／莫顏

靳玄一身正氣凜然，渾身是膽，人們說他天地不怕，只有他自己知道，他怕瑤娘。
他俊凜魁偉，氣宇軒昂，眾人皆讚他不近女色，只有他自己清楚，他心癢瑤娘。
連三歲小孩都知道，靳玄最討厭狐狸精，女人勾引他，無異於自取其辱，
只有靳玄心裡明白，他的貞操即將不保、色膽已然甦醒，因為他想要瑤娘。
偏偏瑤娘不勾引他，因為她討厭他，只因他一時嘴快，罵她是個狐狸精……
瑤娘清麗秀美，賢淑婉約，從不負人，只有別人負她，但她從不計較，
她對人總是溫柔以待──只有一個人例外。
「瑤娘。」
「滾。」
靳玄黑著臉，目光危險。「妳敢叫我滾？」
「你不滾，我滾。」
「……」好吧，他滾。

婦唱夫隨　繾綣相依／昭華

2020年1月出版

醫世好妻

她曾經很傻很天真，中了別人的圈套而丟掉小命。
重生後，她要替自己解套，讓這世的命運逆轉勝！

文創風 815 1

憶起前世慘遭養姊毒手的悲劇，定國公府嫡女宋凝姝嚥不下這口氣，
重活一世，定要揪出養姊的狐狸尾巴為家族除害，奪回自己的人生！
這次連老天爺都幫她，助她得到滋養萬物的神仙甘露，繼而拜師學醫，
眼看事事皆按預想發展，孰料一場遇襲讓她跟蜀王傅瀲之牽上了線，
他雖救過她，但帶來的驚嚇好像比驚喜更多，還得幫忙醫治猛獸狳猁！
她心臟再強也想抗議了，莫非這冷面王爺才是她此世最大的考驗？

文創風 816 2

有神仙甘露加持，宋凝姝的醫術越發高明，唯有一事讓她苦惱得很，
救下狳猁後，傅瀲之待她完全不似傳聞的厭女模樣，屢次幫她解圍，
還三天兩頭上藥堂找人，連師父都瞧出他心思不正，根本意不在藥嘛！
她尚未想出如何應對，解決她與養姊兩世恩怨的時機便先來臨——
失寵已久的養姊終於出手，祖母中毒倒下，矛頭指向她製的補藥。
她不怕髒水，只求斬草除根。這回定要醫好祖母，替宋家清理門戶！

文創風 817 3

解決掉養姊，還把收養的狳猁和白獅照顧得頭好壯壯，宋凝姝很是歡喜，
但新的煩惱隨之而至，年將及笄，二皇子及新科狀元郎竟爭相求娶她，
自邊疆戰勝返京的傅瀲之得知後臉都黑了，耍無賴都要把人拐回府裡。
好吧，既然這男人肯支持她行醫，那她也不介意學著當個稱職王妃！
但壞消息隨即傳來，在邊疆當斥侯的堂哥溜進敵城查探後失蹤，
重視家人的她決定跟夫君趕去救人，哪怕敵國如虎穴，也得闖了！

文創風 818 4 完

救回堂哥後，宋凝姝繼續一邊行醫、一邊當人妻的忙碌日常，
孰料邊疆爆發瘟疫，她立即帶著藥材趕至，卻發現案情不單純，
這分明是敵國首領授意下毒引起，想鬧得人死城亡，好藉機進攻大虞。
她與夫君解決此疫平安回朝，卻引來敵國首領的殺機，祭出陰狠蠱毒，
傅瀲之為救她而中招，卻苦於無藥可解，她怎能看他被蠱毒折磨而亡？
就算翻遍天下醫書也要配出解藥，從死神手中把夫君搶回來！

文創風
825

守財小妻 上

國家圖書館出版品預行編目資料

守財小妻 / 忘憂草著. --
初版. -- 臺北市 : 狗屋, 2020.02
冊 ; 公分. --(文創風)
ISBN 978-986-509-082-1(上冊:平裝). --

857.7 108021884

著作者 忘憂草
編輯 林俐君
校對 周貝桂
發行所 狗屋出版社有限公司
地址 台北市104中山區龍江路71巷15號1樓
電話 02-2776-5889～0
發行字號 局版台業字845號
法律顧問 蕭雄淋律師
總經銷 知遠文化事業有限公司
電話 02-2664-8800
初版 2020年2月
國際書碼 ISBN-13 978-986-509-082-1

本著作物由北京晉江原創網絡科技有限公司授權出版

定價250元
狗屋劃撥帳號：19001626
網址：love.doghouse.com.tw E-mail：love@doghouse.com.tw
版權所有・翻印必究 倘有倒裝、缺頁、污損請寄回調換